T0270347

AQUELLOS QUE ESTAMOS DESTINADOS A ENCONTRAR

JOAN HE

AQUELLOS QUE ESTAMOS DESTINADOS A ENCONTRAR

Traducción de Juan Naranjo

Argentina – Chile – Colombia – España
Estados Unidos – México – Perú – Uruguay

Título original: *The Ones Were Meant to Find*
Editor original: Roaring Brook Press
Traducción: Juan Naranjo

1.ª edición: abril 2024

© 2021 *by* Joan He
All Rights Reserved
© de la traducción 2024 *by* Juan Naranjo
Published by agreement with Folio Literary Management, LLC and Inter-
national Editors & Yáñez' Co.
© 2024 *by* Urano World Spain, S.A.U.
Plaza de los Reyes Magos, 8, piso 1.º C y D – 28007 Madrid
www.mundopuck.com

ISBN: 978-84-19252-58-6
E-ISBN: 978-84-19936-70-7
Depósito legal: M-2.695-2024

Fotocomposición: Urano World Spain, S.A.U.

Impreso por: Rodesa, S.A. – Polígono Industrial San Miguel
Parcelas E7-E8 – 31132 Villatuerta (Navarra)

Impreso en España – *Printed in Spain*

Para mi madre, que es como una hermana.

Y para Leigh. Gracias por querer tanto a Kasey.

Perdamos lo que perdamos (ya sea un tú o un yo),
siempre podremos volver a encontrarnos en el mar.

e. e. cummings
«maggie y milly y molly y may»

I

Me despierto en pie y con el viento enredándome el pelo. La arena que tengo bajo los pies está fría y la marea está subiendo, haciendo que la espuma blanca y el agua grisácea me burbujeen en los tobillos antes de escabullirse entre los dedos de mis pies.

De mis pies descalzos.

Por sí solo, eso no sería un problema. Pero es que también llevo los pantalones cargo de M. M., el par más delicado de su apolillado armario. Me los puse anoche antes de meterme en la cama. La misma noche en la que, según parece, llegué hasta la orilla andando sonámbula. Otra vez.

—Mierda.

—Mierda —repite una voz que suena muy monótona en comparación con las olas que se alzan delante de mí.

Miro por encima del hombro, aún con los ojos adormilados, y localizo a U-me mientras rueda a través de la niebla matutina que envuelve la playa. Las cadenas de sus ruedas dejan tras ella triángulos que parecen huellas de pezuñas. Cuando llega a mi costado, su cabeza cuadrangular encajada sobre su cuerpo de latón me llega a la mitad del muslo.

—Mierda: material fecal, nombre; cosa mal hecha o de mala calidad, nombre; hecho o situación…

—Cerré bien la puerta.

U-me cambia el modo a declarativo.

—Totalmente de acuerdo.

—Escondiste la llave en la casa.

—Totalmente de acuerdo.

Las olas avanzan obligándome a retroceder hacia la playa. Al moverme, un brillo en el suelo capta mi atención.

La llave de la casa, incrustada en la arena gris como una concha. La recojo.

—Mierda.

La palabra devuelve a U-me al modo diccionario otra vez. Apenas puedo oírla con el sonido del mar.

El sueño que más veces tengo es que nado hacia el horizonte y encuentro a mi hermana en los confines del mundo. Me agarra de la mano y me lleva de vuelta a casa. A veces, «casa» es una ciudad en el cielo. En ocasiones, otra isla. Por lo que a mí respecta, esto podría ser «casa» solo con que ella estuviera aquí. Pero no está. No sé lo que nos separó, solo sé que despertarse por la mañana es una mierda, especialmente cuando mi cuerpo se empeña en imitar mis sueños independientemente de cuántas puertas cierre. ¿Mi solución? Convertir mis sueños en realidad. Encontrar a mi hermana lo más pronto posible.

—Vamos, querida —le digo a U-me, volviendo a la orilla—. Intentemos ganar al sol.

Avanzo por la playa. Aún me duelen los hombros por el último viaje tierra adentro, pero la recuperación puede esperar. Mis primeras escapadas noctámbulas nunca hicieron que me metiera en el agua. Hoy estoy metida hasta los tobillos. ¿Mañana? O acabo hoy con Hubert o no estaré aquí para averiguarlo.

Llego a la casa de M. M. en cincuenta zancadas. Es una pequeña choza con vistas al océano. Está peligrosamente cerca de la orilla, sobre un lecho de rocas medio hundidas en la superficie. Hay cosas por todas partes: en los escalones del porche, en la terraza... Los objetos más preciados de M. M., como su riñonera, están colocados por encima de la arena. Agarro la riñonera de la barandilla del porche y me dirijo al lateral de la casa, donde Hubert está descansando.

—Buenos días, Bert. —Me coloco la riñonera sobre el hombro—. ¿Crees que hoy tendremos suerte?

No me contesta. Hubert no es muy dicharachero, lo que me parece perfecto. Ya estoy yo para no parar de hablar: él me mantiene cuerda con su mera existencia.

He dividido el tiempo que he pasado en esta isla entre la vida antes de Hubert y la vida después de él. En la vida antes de Hubert... vaya, apenas recuerdo lo que hacía para pasar el día. Puede que plantar ñame y arreglar las tuberías de M. M. Lo típico de la supervivencia.

Entonces completé con éxito mi primera incursión al interior de la isla y conocí a Hubert. Estaba hecho pedazos. Ahora solo le falta una hélice para estar completo, y tengo que decir que estoy muy orgullosa de lo lejos que hemos llegado. Claro que traer hasta aquí su cuerpo casi acaba con el mío, y que un momento muy incómodo que implicó su casco, algo de cuerda y la fuerza de la gravedad, casi acabo teniéndome que hacer un torniquete en la pierna... pero él confía en mí y eso me da fuerza. Yo también confío en él. Ojalá pudiera nadar hacia mi hermana igual que nado en mis sueños. ¿Cuál es el problema de los océanos? Que desde la orilla siempre parecen más pequeños de lo que son.

—Ya verás, querido —le digo a Hubert dándole un golpecito con el pie—. Tú. Yo. El mar. Esta tarde.

Y una hélice.

No volveré sin ella.

U-me rueda hacia mí y juntas partimos hacia el interior de la isla. Dejamos atrás los sonidos del mar y de las gaviotas, hasta que solo se oye el ruido de las rocas bajo las ruedas de U-me, el chirrido sobre el barro grisáceo que hacen mis zuecos de goma (gentileza de M. M.) y el silencio de la bruma que se extiende durante kilómetros. Conforme avanzamos, el barro se va calcificando hasta convertirse en lutita. Los charcos de agua de lluvia forman pequeñas lagunas estériles y poco profundas. Los arbustos se inclinan hacia donde sopla el viento y sus raíces se aferran como venas a las rocas. Esta parte de la isla, la parte costera, es bastante llana. Si no fuera por la niebla, se podría ver sin problema la cresta. Esta divide en dos la isla como una muralla de piedra que no se puede circunnavegar, solo escalarse.

A la sombra de la impresionante fachada de la cresta, abro la cremallera de la mochila, saco el rollo de cuerda de nailon y le hago un nudo a U-me alrededor del cuello.

—Ya sabes qué hacer.

—Totalmente de acuerdo.

Empieza a rodar desde la base de la cresta y sube hasta que se convierte en un puntito lejano. Desde la cima, con un nudo hecho, me lanza la cuerda que se balancea a lo largo de los cien metros de caída. Me agarro del extremo y tiro, comprobando que está bien fijada antes de anudármela a la cintura. Me agarro lo mejor que puedo al nailon resbaladizo, tomo aire y me impulso desde el suelo.

Aseguro los pies. Aseguro las manos. Y repito. El sol me calienta los hombros mientras llego al tramo final. Me aferro jadeando a la cumbre de la cresta mientras sudo bajo el jersey de M. M. y recupero el aliento observando el terreno que hay al otro lado. El lado de la pradera. Es tan grisáceo como el resto de la isla y en él los árboles crecen en conjuntos dispersos. Hay montículos de ladrillo que, como tumores, salpican la hierba alta. Aún tengo que averiguar qué son. Tal vez sean santuarios. Santuarios descuidados y llenos de musgo.

Empiezo a descender con los brazos temblando. U-me se desliza a mi lado y, de vez en cuando, suelta un «Totalmente en desacuerdo» describiendo los lugares en los que poso los pies. Pero he memorizado la mayoría de puntos más blandos de la cresta, así que le ordeno que vuelva arriba cuando ya vamos por mitad de camino.

La cuerda, desenredada, me cae junto a los pies cuando llego al suelo. Me la meto en la mochila y le acaricio la cabeza a U-me cuando se reúne conmigo.

—Buen trabajo, querida.

Además de nosotras, la niebla es esta mañana lo único que se mueve en el páramo. Hago lo que puedo por ignorar los santuarios y trato de atribuir los escalofríos al sudor que se me hiela en la espalda. El hambre me azota el estómago, pero no me detengo a comerme una galleta de ñame. Aquí no. No parece que sea apropiado comer aquí.

La pradera termina en un bosque disperso de pinos. Varios de ellos están fundidos por el tronco, como si fueran siameses. Infiltrados entre los pinos, hay árboles de hoja de ocho puntas, que son los que predominan en el interior del bosque. Las ramas se ciernen sobre nuestras cabezas y las hojas cubren el sendero con una alfombra en descomposición. Un escarabajo salta ante nosotros y acaba aplastado bajo las ruedas de U-me.

Crunch.

Me da un escalofrío. Llevarse una vida por delante, por muy pequeña que sea, parece algo muy importante teniendo en cuenta las pocas cosas vivas que hay en esta isla.

—Desalmada.

—Desalmada: falta de conciencia, adjetivo.

—O algo que, literalmente, no tiene alma.

—Neutral.

—Vale, ¿qué intentas decir con eso? ¿Que eres neutral a la definición? ¿O a la idea de no tener alma?

A U-me le zumban los ventiladores.

Avanzo agachándome bajo una rama que se ha desprendido.

—Es cierto. Lo siento, querida. Olvidé que no respondes a preguntas como esa.

Además de otro trillón de cosas, claro.

Cuando encontré a U-me en el armario que hay bajo el fregadero de M. M. mientras buscaba algo de zumo solar, me puse a bailar por la casa. Un robot me podría ayudar a construir un barco. O cartografiar las aguas de los alrededores de la isla. O incluso ofrecerme algún tipo de información trascendental, como de dónde soy o cómo puedo encontrar a mi hermana.

Lo que pasa es que U-me no es un robot cualquiera. Es una mezcla entre un diccionario y un corrector de cuestionarios, lo que para mí es tan útil como… bueno, como un diccionario y un corrector de cuestionarios. Al menos sabe atar cuerdas, cavar agujeros y seguir mis instrucciones, como la de rodar en dirección a los montones de chatarra cuando por fin llegamos al Astillero, que es el nombre que le doy al claro del bosque donde hay otro pequeño santuario y algo que se parece mucho a una alberca. Los alrededores están cubiertos de moho y de restos de chatarra, la mayoría de ella oxidada, deformada e inutilizable, especialmente ahora que he usado en Hubert todo lo que aún se podía salvar.

Aun así, me agacho y reviso los montones, más metódicamente al principio que después. Las posibilidades de encontrar una hélice son escasas. Pero también lo eran las posibilidades de encontrar cualquier parte de un barco y, sin embargo, ya tengo: casco, timón, caña del timón, motor y perno. Cada vez que pienso «Ya está, se me ha acabado la suerte», encuentro otra pieza. Es más, cada pieza parece venir del mismo barco. Es una cosa casi mágica. Todo lo que rodea a Hubert lo es. Apareció cuando más lo necesitaba. El día que lo conocí fue como si el universo me dijera: «No te rindas». Y no me he rendido. Estoy muy cerca de encontrar a Kay. Me quedo sin aliento cada vez que pienso en ella. Un destello de lentejuelas. Una carcajada. Una sonrisa fugazmente manchada de helado de cereza. Dos manos entrelazadas, la mía y la suya. Una escalera blanca e imposible que conecta el cielo y el mar. Ambas nos pasamos días chapoteando y jugando.

Pero, cuando navego entre mis recuerdos, las aguas tiemblan a nuestro alrededor. Veo un barco arrastrado por las olas. Oigo un susurro («Lo siento») envuelto en la tristeza de una despedida.

«Pensamientos positivos». Es mejor concentrarse en el presente. Dividir las cosas en tareas asumibles. Reconstruir a Hubert. Encontrar a Kay.

Construir.

Encontrar.

Construir.

Encontrar.

Pero no encuentro la manera de que el miedo no envenene mis pensamientos.

Dejo caer la chatarra. Las rodillas me crujen al levantarme. Me voy hincando cosas en los dedos de los pies mientras camino hacia el borde de la alberca. Está llena de agua de lluvia y refleja una imagen bamboleante de mí misma: una chica con el pelo liso y oscuro hasta los hombros con la cara demasiado pálida y, supongo, con los ojos negros. Además de mis recuerdos, he perdido la habilidad de ver en color. Es raro, lo sé. Pero más raro es lo que pasa después. La imagen del agua cambia y de repente veo el reflejo de Kay.

—¿Dónde estás? —me pregunta, con una versión más suave y profunda de mi propia voz.

—Ya voy, querida.

—Te estás olvidado de mí. —Sacudo la cabeza con fuerza, pero Kay continúa—. Mira de nuevo, solo te estás viendo a ti misma.

Y es cierto.

La chica del agua ya no es Kay.

Soy yo.

Me noto el pulso en los oídos. Es obvio que mi hermana no está aquí. Pero la Kay de mi cabeza tiene razón: sí que me estoy olvidando de ella. Cuando sueño con ella lo hago en colores vibrantes, nada que ver con las tonalidades de gris con las que vivo mi día a día. Pero cuando me despierto todo se vuelve borroso. Los detalles se confunden. Los colores se desvanecen.

Me froto los ojos como si me los fuera a sacar. Vuelvo a abrirlos. Los azulejos del fondo de la alberca reflejan la luz. Parece que el agua me llama por mi nombre.

«Cee».

Me acerco hacia el borde antes de darme cuenta de lo que estoy haciendo. Me abofeteo en las mejillas. Estoy despierta, no sonámbula. Por supuesto que no voy a acabar en una sopa de microbios.

Poco a poco, doy marcha atrás. Siento una gran tensión en el pecho, como si una banda elástica me uniera con el agua. Me da miedo que el corazón se me salga por la boca cuando me alejo de la alberca, pero permanece entre mis costillas bombeando cuando me vuelvo a arrodillar ante la pila de chatarra.

A veces, la necesidad de encontrar a Kay me sobrepasa tanto que me olvido de la propia Kay. Pienso en Hubert, que depende de mí. Pienso en el mar, y en su enorme tamaño que lo convierte en imposible de cruzar a nado. Pienso en todas las noches sin dormir que he pasado en casa de M. M. vestida con sus jerséis y sus pantalones cargo, viviendo una vida de segunda mano. Nada de lo que hay aquí es mío. Ni siquiera U-me. Mi verdadero hogar me espera al otro lado del mar.

Lo primero es lo primero: salir de esta isla.

Sigo revolviendo entre la chatarra y aparto rápidamente la mano conteniendo un grito. El dolor se suaviza cuando veo la cuchilla. Sobresale de entre los desperdicios y en ella brilla un líquido grisáceo que creo que es mi sangre.

—No seas agorera —me digo a mí misma.

Con cuidado, aparto la cuchilla. Surgen otras dos. Las tres forman una espiral alrededor de un cilindro. La sostengo ante la luz que se filtra entre los árboles. Los tres filos de metal centellean, algo herrumbrosos pero bastante bien afilados para cualquier ojo no experto.

—¡Julios!

¿Es que estoy soñando?

No, aún sigo sangrando. Sujeto la hélice herrumbrosa como si fuera una especie de flor exótica.

—Julios: unidad de trabajo del sistema internacional, nombre —me dice U-me mientras rueda hacia mí.

—¡Putos megajulios! ¡Lo conseguimos, U-me! —La abrazo haciéndole cosquillas y suelto un grito que resuena en toda la isla. U-me parpadea, probablemente planteándose si el grito es una palabra traducible. Sea cual sea su veredicto, no la escucho. Salgo corriendo hacia la cresta dudando si debería llorar, reírme o gritar un poco más.

Así que hago las tres cosas.

Adiós, pradera. Me lanzo a través de las hierbas altas.
Adiós, santuarios.

Adiós, cresta. La escalo en tiempo récord con los brazos entumecidos por la adrenalina. *Adiós, M. M. Gracias por compartir conmigo tu casa. Siento que las polillas se hiciesen con tus jerséis antes que yo.*

Me guardo el último adiós para mí, la única alma en este lugar *juliolvidado* de la mano de dios. Puedes creerme si digo que es así: he buscado mucho. Por todos sitios. Y he reducido mi situación a las siguientes afirmaciones descorazonadoras:

1. Estoy en una isla desierta.

2. No tengo ni idea del motivo, porque (mirar el 3).

3. Muy probablemente tenga un caso de amnesia que empeora día a día.

¿Afirmación, no tan descorazonadora, número cuatro?

Me largo de aquí.

2

*D*esde lejos, la ciudad del cielo parecía tan carente de vida como el océano que había bajo ella.

Pero, bajo esa superficie, las cosas eran muy diferentes.

En el estrato-99, el penúltimo nivel de la ecociudad, la fiesta había dejado a Kasey Mizuhara sola en la isla de su propia cocina. Mientras todo el mundo saltaba al ritmo de la música y los cuerpos brillaban bajo la luz negra, Kasey permanecía de pie tras una barricada de botellas y vasos. Miraba a su alrededor como se observa a los animales del zoo, pero ella no se sentía del todo humana. Más bien se sentía alienígena. O fantasma.

Era cuestión de tiempo. Kasey había perdido su invisibilidad. La habían reconocido un par de veces solo en la última semana. Cuando la primera oleada de fiesteros llegó, ella estuvo a punto de irse.

Pero el universo tenía su propia forma de guardar el equilibrio. En quince minutos, un grupo de compañeros de clase la tomaron por uno de los camareros. Entonces, mientras Kasey mezclaba bebidas, Meridian le mandó un mensaje para decirle que no podía venir. «Me parece bien», le respondió Kasey. Le pareció perfecto que la mente detrás de la supuesta fiesta de despedida no acudiese. Así podría conservar su anonimato. Porque nadie había venido allí por ella, sino por su hermana Celia.

Un ejemplo:

—Cincuenta bits a que aparece esta noche —le dijo a su compañero una chica que estaba en la pista de baile.

Sus palabras se materializaron en la mente de Kasey gracias a su Intrarrostro, el ordenador más ligero que nunca se había creado: una interfaz cerebral capaz de capturar recuerdos, transmitir pensamientos y convertirlos en voz, y (como había pasado en este momento) leer los labios, lo que a Kasey le parecía ridículo pero tolerable. Colarse en la fiesta en su honor habría sido algo muy propio de Celia. Solía aparecer elegantemente tarde y envuelta en lentejuelas. Todo el mundo la miraba con miedo de perderse una risa, un beso, un secreto susurrado.

Incluso así, no eran capaces de captarlo todo.

Como la manera en la que Celia siempre encontraba a Kasey entre la multitud.

Justo como la acababa de encontrar.

A Kasey la recorrió un escalofrío. Apartó la mirada del mar de cabezas y se concentró en el castillo de vasos que estaba construyendo. Serían las luces, la música, el exceso de oscuridad o de ruido que le afectaban los sentidos. Ensimismada, se empleó en las solicitudes de registro que se agolpaban en su mente. ACEPTAR INVITADO. ACEPTAR INVITADO. ACEPTAR INVITADO. Apareció más gente en la pista de baile. Pero nadie podía eclipsar a su hermana, que seguía allí cuando echó otra mirada. Bailaba con un chico. Se cruzaron la mirada y Celia enarcó una ceja perfectamente modificada con láser como diciendo: *Esta sí que es una buena conquista, ¿quieres probar suerte, querida?*

Kasey trató de negar con la cabeza, pero no pudo. Se quedó paralizada mientras su hermana dejaba tirado al chico y se deslizaba con facilidad entre los participantes de la fiesta. Celia fue hacia la zona en la que estaba Kasey, ahuyentando al grupo que soplaba anillos de humo alucinógeno en su dirección.

El humo se despejó.

Celia desapareció.

En su lugar apareció una chica con el pelo azul eléctrico y pendientes de bolas de Newton. Celia los habría descrito como «excesivos», mientras que a Kasey le habrían parecido bastante chulos si la mente no se le hubiera quedado en blanco, borrando cualquier opinión (de moda o de cualquier otra cosa). Las pulsaciones se le pusieron a cien cuando la chica agarró un vaso y lo llenó.

—Rápido, háblame.

¿Seguía en una alucinación?

—¿Yo? —preguntó Kasey para asegurarse de que no había nadie alrededor.

—Sí, tú —dijo la chica, lo que hizo que el Intrarrostro de Kasey iniciase el modo PICODORO, un auxiliar de conversación recomendado por Celia. «Hará que las cosas te resulten más fáciles», le prometió su hermana.

En realidad, sus ráfagas de consejos hacían que Kasey se marease. Parpadeó haciendo que estallasen las burbujas de mensajes que le dificultaban la visión.

—¿Hablarte sobre…?

—Sobre cualquier cosa.

Indicaciones insuficientes. Molesta, Kasey indagó a su alrededor para inspirarse.

—¿Toda la población humana cabe en un cubo de un kilómetro cúbico? —La afirmación le salió como una pregunta, así que corrigió la inflexión de sus palabras—. Toda la población humana cabe en un cubo de un kilómetro cúbico.

—¡REPETICIÓN DETECTADA! —exclamó PICODORO con tono de desaprobación.

—¿En serio? Continúa —contestó la chica echando un vistazo a la pista de baile por encima del borde de su vaso.

—¿Que continúe hablando sobre el volumen de los homo sapiens?

La chica se rio como si Kasey hubiera contado un chiste. ¿Eso había creído? Los chistes eran buenos. El humor era un rasgo esencial en la Escala de Humanidad de Cole. Pero el problema era que Kasey no esperaba despertar una risa como reacción a su comentario. La cosa no iba bien en un sentido experimental. Tuvo la intención de preguntarle a la chica qué le parecía tan gracioso, pero la conversación siguió por otros derroteros.

—Un millón de gracias —le dijo la chica, quitando la vista de la pista de baile y mirando, por fin, a Kasey—. Hay gente incapaz de aceptar un «no estoy interesada» ni aunque la vida se les fuera en ello. ¿También estás aquí para verla?

Hacía preguntas directas. Kasey podía resolver preguntas, especialmente cuando sabía la respuesta de antemano.

—¿A quién? —preguntó, aunque solo porque no quería darlo por hecho.

Esperaba el nombre de Celia. Estaba lista para ello.

—Pues a Kasey, la anfitriona de la fiesta. —La chica señaló con la cabeza el castillo de vasos que Kasey estaba construyendo y ella fue incapaz de contestarle—. Me da que no estás aquí para conocer gente. La verdad es que es algo que acaba aburriendo conforme te haces mayor. Sin embargo, la hermana pequeña…

No preguntes. Nada bueno podría salir de ahí.

—¿Qué pasa con ella? —preguntó Kasey sucumbiendo a su curiosidad.

—Ni idea. —La chica dio un sorbo de su copa bajando la mirada—. Ahí está el misterio, ¿no? A veces, evita a la prensa. Otras veces, manda invitaciones electrónicas para sus fiestas a cualquiera que esté a veinte estratos a la redonda. Es una actitud algo perturbadora, ¿no crees? En fin, yo también tengo una hermana y no sé qué haría si desapareciera. —Empezó a sonar una nueva canción con unos fuertes sintetizadores delta—. Pero te aseguro que no estaría bailando al ritmo de Zika Tu.

Es cierto. Es un razonamiento bastante justo.

—Quizás es una especie de fiesta de despedida... —sugirió Kasey deseando ahora que Meridian no la hubiera dejado plantada. Meridian habría sido capaz de explicar, igual que fue capaz de explicárselo a la propia Kasey, por qué esta fiesta tenía sentido (aunque a Kasey se le hubieran olvidado los motivos).

Pero bueno... lo había intentado. Colocó otro vaso en su castillo y casi lo derrumba todo cuando la chica dijo:

—¿Fiesta de despedida cuando aún no han encontrado el cuerpo...? Perdona, ¿he sido demasiado gráfica? —preguntó la chica mientras Kasey trataba de mantener en pie su construcción. Un vaso salió rodando. La chica lo alcanzó y pidió disculpas. Colocó el vaso sobre otros dos. La construcción tembló, pero Kasey la estabilizó—. Me sigo olvidando de que aquí las cosas son diferentes. De donde yo soy, los cuerpos están por todos... Venga, vale. Me callo. —Acercó su copa a la de Kasey y brindó—. Esa soy yo: Yvone, la reina de las metepatas.

Se hizo el silencio.

Tras un breve paréntesis, Kasey se dio cuenta de que la chica estaba esperando que ella también se presentase.

¿Era demasiado tarde para decirle sin tapujos quién era? Probablemente.

—Meridian.

—¿Perdón?

—Meridian. —Dios, ¿cómo hablaba la gente en las fiestas? Es más, ¿conseguían hablar? ¿Por qué esta chica no se había limitado a pedir una copa y, como todo el mundo, seguir con su vida?—. Meridian —repitió mientras alguien subía el volumen de la música.

—¿Qué?

—Meridian. —¿Resultaría condescendiente o exagerado deletrear esa palabra que, además, era tan larga? Ahora se arrepentía de no haber elegido un nombre más corto—. M-E-R...

—Espera, ya sé.

La chica parpadeó tres veces mirando a Kasey, provocando que el Intrarrostro de esta emitiera un alegre *ding* mientras proyectaba la identificación de Kasey sobre su propia cabeza.

MIZUHARA, KASEY
Rango: 2

Mierda.

Kasey canceló la proyección y se aseguró de que nadie la hubiese visto. Fuera de allí, en las calles, las escuelas, las tiendas o en cualquier otro sitio público, tu rango se proyectaba solo y ese número que te flotaba sobre la cabeza te perseguía allá donde fueras. Los sitios privados eran los únicos donde el número te daba un respiro. Además, se consideraba de mala educación ir presumiendo de tu rango cuando no era necesario.

También se consideraba de mala educación mentir sobre tu nombre.

—Así que eres... —empezó a decir Yvone con el ceño fruncido— ... la hermana de...

«Aborta». La pantalla de CIERRE DE SESIÓN ya aparecía en el Intrarrostro de Kasey y estaba solo a la espera de que eligiera la opción CONFIRMAR cuando una mano le tocó el hombro.

—¿Kasey?

Se giró... y, en el momento en el que lo vio, supo que era el chico de Celia. Tristan, creía que se llamaba. O Dmitri. Uno de los dos nombres. ¿Pero cuál?

—Kasey —repitió Tristan/Dmitri, pestañeando como si no pudiese creer lo que veía. Tras él, la multitud seguía bailando. Kasey habría dado cualquier cosa para estar ahora mismo en el centro de la pista—. ¡Por Julio! Llevaba meses tratando de localizarte.

Como todo el mundo. El correo basura y los virus llevaban meses inundando su Intrarrostro. Tenía que filtrar lo que le llegaba de todos los contactos desconocidos.

—Necesito saber si fue mi culpa —dijo Tristan/Dmitri, que alzó la voz cuando Kasey negó con la cabeza—. ¡Necesito saberlo!

Yvone intercaló la mirada entre ambos enterándose de toda la conversación.

—Me paso las noches en vela. —Tristan/Dmitri respiraba con dificultad. Al tomar el aliento se escuchaba un sonido húmedo. Kasey tenía la boca seca—. No he podido dormir desde... Pensaba que después de la ruptura nos llevábamos bien. ¿Fue por algo que dije? ¿Por algo que hice?

Dmitri, no fue culpa tuya, quiso decirle Kasey (al fin y al cabo tenía un cincuenta por ciento de posibilidades de acertar). No fue culpa de nadie. A veces, simplemente, no hay una respuesta. No hay causa y efecto, ni villanos y víctimas. Las cosas pasan y ya está.

Pero Kasey sabía que eso no era lo que diría una hermana cariñosa. El problema es que no sabía actuar como si lo fuese. Una hermana cariñosa tampoco dejaría que las estadísticas guiaran sus decisiones. *¿Tristan o Dmitri?* Una hermana cariñosa tampoco daría una fiesta sin saber bien el motivo, dejando este a la interpretación de los asistentes. *¿Tristan o Dmitri?*

¿Por qué le parecía bien jugársela al cincuenta por ciento? ¿Cómo podía estar tan bien cuando nadie más lo estaba?

Los graves de la música camuflaban los latidos de Kasey. Se sentía muy débil. Se apoyó en la encimera de la cocina que tenía a su espalda, aferrándose al borde como si estuviera en una piscina.

—Oye, colega —escuchó que Yvone le decía a Tristan/Dmitri en un tono que le sonó como amortiguado, como pronunciado bajo el agua—, te equivocas de persona.

—Acabo de ver su identificación.

—Pues has visto mal.

Lo de que Yvone respaldase a Kasey fue un gesto muy bonito por su parte. Kasey debería haberle dado las gracias. Celia lo habría hecho. No es que nunca se pudiera encontrar en una situación así, claro, pero lo habría hecho si se hubiese dado ese caso hipotético.

Celia habría hecho un millón de cosas de forma muy diferente a Kasey, pero esta presionó la opción CONFIRMAR CIERRE DE SESIÓN.

La cocina se desvaneció. La pista de baile, las luces, las bebidas y los vasos… Si hubiesen existido, todos esos consumibles se habrían convertido en emisiones de carbono al final de sus vidas útiles, pero, en realidad, lo único que desapareció fue una cadena de códigos. En el dominio virtual, la fiesta seguía para todos los que continuaban conectados. Nadie echaría de menos a Kasey.

Y menos mal que era así.

Kasey abrió los ojos en su cápsula de inmovilidad azul oscuro. Era una especie de sarcófago en cuyo interior brillaban débilmente las matrices de datos transmitidas desde la aplicación de biomonitor de su Intrarrostro que controlaba sus constantes vitales cada vez que se transformaba en holograma. En ese momento, tenía las pulsaciones alteradas pero dentro de la normalidad. Vio la hora con su visión periférica (las 00:15), así como el número de residentes que aún estaban por la ecociudad como versiones holográficas de sí mismos: el 36,2%.

Holografiarse, que es como se llamaba a este proceso, era más un último recurso que una alternativa ecológica. Para vivir de forma sostenible, se tenía que vivir menos. Las actividades no esenciales (todas menos comer, dormir y hacer ejercicio) se llevaban a cabo en modo holográfico. Se trataba de salir por ahí y relacionarse sin dejar residuos ni huellas, de reducir las necesidades de transporte conservando la infraestructura, la energía y los materiales. Solo mediante esta forma de vida, los arquitectos podrían construir en el cielo ciudades ecoamigables a salvo del ascenso de los niveles del mar. Las concesiones merecían la pena, en opinión de Kasey... aunque era una corriente minoritaria. La mayoría de la gente odiaba vivir como verduras dentro de una fiambrera, por mucho que fuese por su propio bien o por el de su planeta, por lo que se habían quedado en las regiones terrestres. El tiempo atmosférico era más extremo, claro, pero seguía siendo soportable. El deshielo ártico, por muy terrible que fuese, no les afectó igual que a las poblaciones isleñas o costeras.

Pero sí que les afectaron los incendios. Y los huracanes y monzones. Además, los terremotos aumentaron en su magnitud por culpa de décadas de explotaciones mineras en la corteza terrestre. Los desastres naturales catalizaron los provocados por el ser humano: las plantas químicas y las plantas de fisión se vieron afectadas, lo que hizo que se diseminaran radioaxones, nanopartículas y microcinógenos por mar y tierra. La opinión pública global cambió de la noche a la mañana. Se empezó a ver a las ecociudades como utopías alejadas de los epicentros de todos los desastres que acontecían. Y holografiarse desde la propia cápsula de inmovilidad pasó de considerarse restrictivo a ser visto como una muestra de libertad y seguridad. ¿Por qué habría que experimentar cosas en la vida real cuando esta se había convertido en algo tan volátil?

¿Por qué?, le pregunta Kasey a su hermana aunque ya conocía la respuesta. Los límites existían para que Celia pudiera traspasarlos. Nada quedaba fuera de sus posibilidades, no existía un problema demasiado complejo. Su hermana estaba viva en un mundo cada vez más alejado de la vida. Es por ello por lo que a la gente le resultaba difícil lidiar con las noticias de su separación, y por lo que algunos incluso llegaban a negarla.

Cincuenta bits a que aparece esta noche.

También había quien se mostraba afligido.

Yo también tengo una hermana.

E incluso había quien se culpaba.

Necesito saber si fue mi culpa.

Esta era la reacción a la que Kasey le encontraba menos sentido. Su hermana ya no estaba. Ninguna noche en vela lo cambiaría. La culpa era irrelevante. Irracional. Un sentimiento que a Kasey le hubiera gustado no experimentar.

III

Espérame, Kay. Voy a por ti.

Mi sangre se cuela por el sumidero mientras lavo la hélice en el fregadero de M. M. La seco con un trapo y empiezo a golpear las abolladuras. Me tiemblan tanto las manos que es un milagro que siga conservando los pulgares. Siento que me va a estallar el corazón. De vuelta al exterior, dejo caer el perno en la arena dos veces antes de enroscarlo en el eje de transmisión y de atornillar la hélice en su sitio.

Por fin está acabado. Mientras el sol se pone, arrastro a Hubert a la primera prueba con las células solares de M. M. reutilizadas como motores de barco. Arranco el motor una vez que estamos en el agua y me aferro a la popa.

—Vamos, Bert —digo agarrándome a los costados del barco—. Hazme sentir orgullosa.

Hubert gruñe.

—Venga, vamos.

Una ola choca con nosotros y me lanza de barriga hacia la popa. Me preparo para la siguiente sacudida.

Pero nunca llega.

Porque Hubert se mueve. Se mueve surcando las olas y levantando espuma a su paso. Sería capaz de darle un beso, en serio. Ajusto el ángulo, pruebo la caña de timón y vuelvo a encararlo hacia la orilla. Lo dejo en tierra firme y vuelvo corriendo a la casa a por mis provisiones. A algunas galletas de ñame les ha salido moho. Las tiro al suelo de la cocina y las reemplazo por otras galletas recién hechas del tarro de cristal de M. M. En un arrebato, vierto todo el contenido del mismo. Voy a por todas.

—Totalmente en desacuerdo —me dice U-me mientras llevo todas las provisiones a Hubert.

Lo guardo todo tras las puertecitas que tiene bajo la popa.

—Siempre has sabido cuál era mi objetivo.

—De acuerdo.

—Por lo que esto no debería ser una sorpresa.

—En desacuerdo.

—Te estás contradiciendo —me quejo, pero ella ya no me está mirando.

Mira al océano.

Yo también lo miro. En mis sueños, ahí afuera hay otras islas. Puede que, incluso, ciudades flotantes. Pero en mis sueños también puedo ver en color y nadar durante días. Los sueños son sueños y no debería fiarme de ellos.

La verdad es que no tengo ni idea de dónde está Kay. ¡Julios, ni siquiera sé dónde estoy yo! Antes, de vez en cuando, me subía en Hubert y me ponía a remar tan lejos como me atrevía, deseando encontrar tierra firme o, al menos, algo con lo que orientarme. Pero nunca encontré nada, solo kilómetros de mar agitado.

Y ahora vuelvo a acordarme de cómo me sentía cuando estaba ahí fuera. Qué silencio había en los días buenos. Menudas tormentas había en los días malos. Qué grandioso era estar rodeada de agua por todos sitios. Qué espeluznante era saber que, si me ahogase, solo lo presenciarían el silencio y la luz del sol.

Vuelvo a la casa temblando. Los escalones cubiertos de arena crujen bajo mis pies conforme accedo al porche. La cocina me da la bienvenida justo al cruzar la puerta. Las ventanas que hay sobre el fregadero están abiertas, miran al mar e invitan a entrar a la brisa. En los días de viento, la brisa puede entrar por las puertas que separan la cocina de la sala de estar y el modesto vestíbulo insuflando vida a todos los rincones y haciendo que las cortinas raídas bailen con la mecedora del dormitorio.

Pero, incluso sin el hechizo del mar, este lugar está vivo. Solo están los muebles más esenciales y están desparejados, como si se hubiesen ido recolectando a lo largo del tiempo, y la estructura de la casa, a pesar de ser muy básica, presenta ciertas rarezas (como pequeños nichos en las paredes que parecen entradas selladas a otros mundos). La casa debe de ser una especie de reliquia muy apreciada que se ha ido transmitiendo a lo largo del tiempo y, mientras saco un jersey del armario de M. M., casi estoy tentada a quedarme aquí. Sería posible que la soledad me volviera loca o que perdiese la vista por completo o que el ñame muriese porque le atacase una plaga. Pero el futuro es demasiado abstracto. Aquí y ahora estoy a salvo. La casa de M. M. y yo nos cuidamos la una a la otra.

La puerta que tengo detrás se abre con un leve suspiro. No me giro a mirar porque estoy segura de que aquí no hay nadie más que yo. Efectivamente, U-me rueda hacia mí con algo en los brazos: un jersey de punto adornado con unos parches de carlinos.

Se me hace un nudo en la garganta mientras recuerdo mis primeros días aquí. Me desperté en la orilla desnuda como un recién nacido y tragué aire con desesperación para reactivar mis pulmones deshinchados. Los dientes me castañeteaban tanto que se me nublaba la visión mientras me arrastraba hacia la casa de las rocas.

M. M. me salvó la vida. Bueno, sus jerséis. Saqué del armario el del carlino cuando se dispersaron las polillas. Era grueso y calentito, y eso era todo lo que me importaba.

Tardé un día entero en dejar de temblar y una semana en recordar mi nombre. Entonces, el resto de las piezas empezaron a encajar. Me vinieron recuerdos de colores que ya no percibía. También me acordé de que, en casa, tenía una hermana (fuese donde fuese que estaba mi casa). Estábamos muy unidas, lo sentía en las tripas. Seguro que está extremadamente preocupada desde que desaparecí. Quizás me esté olvidando de ella, pero ¿y si ella también se está olvidando de mí?

Se me endurece el semblante mientras miro el jersey. Pensaba que mi enemigo era el mar, pero es esta casa. Estos jerséis. Incluso U-me. Son las cosas que han hecho que me acomode aquí.

Y no pienso aferrarme a esto.

Salgo del dormitorio y de la sala de estar. Ignoro el desastre que he montado con el ñame en la cocina y vuelvo a salir al porche. U-me me sigue. Me observa mientras utilizo un trozo de metal sacado del Astillero para grabar otra línea en la barandilla del porche de M. M. Está entera llena de marcas que simbolizan los días que han pasado desde que llegué aquí.

Con un poco de suerte, esta será la última marca.

—Quédate aquí —le digo a U-me dejando caer el trozo de metal—. Vale… —añado mientras bajo por los escalones del porche mientras U-me parpadea desde la casa sujetando aún el jersey en sus bracitos metálicos—. Quédate y ya está.

Trago saliva, giro sobre mí misma y corro hacia Hubert. Lo empujo hacia el agua, subo a bordo y enciendo el motor.

No miro atrás.

El sol se hunde en el horizonte mientras avanzamos hacia él. Es una imagen muy hermosa. Un atardecer del color de la miel y de la piel de una manzana. Pero me resulta difícil pensar en el pasado sin sentir que me hundo en las arenas del recuerdo y, rápidamente, el cielo se vuelve de un color negro carbón. La luz empieza a brillar muy lentamente, como una antigua bombilla de filamento. Un par de horas más tarde, llegamos a una zona en la que el mar está calmado. Apago el motor de Hubert para ahorrar algo de batería y me apoyo contra el cofre en el que guardo los suministros colocándome un jersey doblado bajo la cabeza. Las estrellas son lo último que veo y, justo después, el sol vuelve a alzarse tornando las aguas de mi alrededor a un tono gris polvoriento. Vuelvo a encender el motor.

Señalo los días que van pasando en la cubierta de Hubert. Bebo agua dando por hecho que pronto lloverá. Mientras mordisqueo las galletas de ñame, trato de mantener viva una conversación:

Bert, querido, ¿crees que vamos en la dirección correcta?

¿Te apetece que te cuente un chiste? Bueno, supongo que no.

Te lo cuento igualmente. ¿Sabes por qué las ostras valen tan caras? Porque les va de perlas. ¿Lo pillas? ¡De perlas! Vale, ya paro.

¿Por qué nunca defines mis palabrotas?

Julios, eres peor que U-me. ¿Por qué no dices nada?

Una semana después dejé de hablarle a Hubert. Me había quedado sin agua.

Tuve que tomar una decisión: cargar tanta agua que hiciese que Hubert avanzase más despacio… o confiar en que lloviese. Y elegí la esperanza. En la isla llovía al menos un par de veces por semana.

Pero la lluvia no llega. Hasta que empieza a llover.

Estoy tratando de echarme una siesta, que es la única manera que tengo de ignorar el desierto arenoso que tengo en la boca, y algo me da en la cabeza. Al principio pienso que es caca de gaviota, pero el cielo está silencioso. Me incorporo. Vuelve a suceder y casi lloro de alegría.

Llueve. Densas gotas caen del cielo gris.

Inclino la cara hacia detrás y abro la boca. Recibo las gotas dulces y frías en la lengua. Entonces me lanzo hacia las puertecitas que hay bajo la popa y saco los depósitos vacíos para el agua. No están tan vacíos cuando la primera ola choca contra nosotros.

Durante un momento que hace que se me encoja el estómago, nos sumergimos. Las burbujas me estallan ante los ojos. Creo que grito. Después me veo a mí misma tosiendo. Los ojos me escuecen con la sal y con la lluvia. Hemos vuelto a la superficie, así que me agarro a la estructura de Hubert mientras el océano se agita. Está más negro que nunca. Pero entre toda esa negrura hay una mancha blanca.

El depósito de agua ha rodado por la borda y se aleja de nosotros con rapidez. También mis galletas de ñame, que salpican las olas como si fueran caspa. Las puertecitas de las taquillas de Hubert ya no están. El mar las ha arrancado. No veo mi arcón de suministros y la embarcación está anegada de agua.

—Mierda.

Casi espero oír a U-me contestándome con la definición de la palabra que acabo de pronunciar. Pero no está conmigo. Estamos solos Hubert y yo, lanzados de una ola a la siguiente, convertidos en un juguete marino. Apago el motor esperando que sirva de algo. Pero no es así. Me pongo a pensar. Los relámpagos iluminan el cielo y una ola que aparece de la nada se precipita sobre nosotros inundándonos con la sombra de sus fauces.

Se acabó el tiempo para pensar. Enciendo el motor y agarro el remo de emergencia. Empiezo a remar con todas mis fuerzas.

Nos movemos poco a poco.

Pero en la dirección contraria.

La ola nos atrapa, nos aplasta.

Los oídos me estallan cuando nos hundimos. Pero aún soy capaz de oír el chirrido del metal desgarrado.

4

Las noticias se extendieron por la ciudad como una onda explosiva. El eco resonó durante semanas.

Celia Mizuhara, la hija mayor de David Mizuhara, el arquitecto de la ecociudad, se había perdido en el mar.

Era un caso de persona desaparecida como los de la época previa al Intrarrostro: cuando lo de holografiarse aún no era un estilo de vida, los biomonitores no corregían las actitudes provocadas por el desequilibrio de los neurotransmisores, y el lugar donde se encontraba una persona no estaba a una consulta de geolocalización de distancia. Y, sin embargo, las autoridades verificaron la autenticidad de la grabación de las cámaras de seguridad. Antes del amanecer, Celia había bajado por uno de los conductos hasta el negocio de alquiler de embarcaciones que hay bajo la ecociudad. Tanto ella como el barco se habían desvanecido dejando tras de sí un gran interés informativo. Amigos y exparejas salieron de debajo de las piedras tratando de rellenar los huecos de la historia de Celia.

Solo permaneció ajena a todo una de las personas más importantes de su vida: Kasey Mizuhara.

—¡Kasey! —Ella siempre trataba de esquivar a los periodistas cuando estos se materializaban tras localizarla en cualquier entorno público—. ¿Cómo has estado desde que las autoridades de la ciudad declararon como desaparecida a tu hermana?

—La han declarado presuntamente muerta —corrigió Kasey dando por hecho que los periodistas se esfumarían si ella se mostraba concisa.

Sin embargo, esta declaración suya se hizo viral. La gente criticó la falta de emociones en su voz. Otros la defendieron explicando que su estoicismo era solo una máscara para ocultar su dolor. Eso molestó a Kasey más que el odio. La esperanza era una droga. ¿Por qué había que engañarse cuando las cifras estaban ahí, estampadas en las imágenes de las cámaras de seguridad? Habían pasado tres meses y doce días desde que su hermana se perdió en el mar. Celia era capaz de muchas cosas, pero seguía siendo mortal. Lo primero que la habría matado habría sido la deshidratación, sobre todo teniendo en cuenta que había alquilado el barco tal cual, sin cargar ningún tipo de provisiones. ¿Quién llevaría provisiones para dar un simple paseo?

A menos, claro, que su intención no fuese simplemente recreativa.

—Los intentos de geolocalizar a tu hermana han sido infructuosos —se apresuraban siempre a decirle los periodistas—. Su Intrarrostro parece haber sido desconectado por completo. ¿Te gustaría hacer alguna declaración al respecto, Kasey?

—No. Sin comentarios.

—¿Crees que podría haber sido un acto deliberado? —le insistían. Y eso hacía que Kasey se parase en seco allá donde estuviese (normalmente en los conductos, esperando a que la subieran a casa después de clase). Los anuncios siempre se escuchaban de fondo, pero no lo bastante alto como para amortiguar la pregunta.

¿Crees que tu hermana no quiere que la encuentren?

¿Qué podía decir Kasey? Existía la posibilidad de que el Intrarrostro no tuviese cobertura. El barco y el cuerpo bien podrían estar en el fondo del mar. No es lo mismo posibilidad que alta probabilidad, claro. Sin embargo, dadas las circunstancias, cualquier teoría conspirativa era posible.

Pero contar lo que realmente se le pasaba por la cabeza habría horrorizado a la gente, así que Kasey simplemente negaba con la cabeza a los reporteros y, en cuanto podía, entraba al conducto.

Mientras la fiesta de despedida continuaba en su dominio virtual, salió de su cápsula de inmovilidad cerrando la puerta y abandonó la habitación que tenía la suerte de llamar suya. Que nadie se equivoque: la familia Mizuhara practicaba lo que predicaba. Su unidad, como la mayoría de las que David había diseñado para las familias de cuatro miembros, solo tenía treinta y cinco metros cuadrados. Pero, al menos, tenían habitaciones individuales que se conectaban por un estrecho pasillo, así como una ventana al final de este. Casi todo el mundo había tapiado las paredes con el fin de mejorar la eficiencia técnica de sus unidades, lo que causó que cesase el servicio de ayuda para las ventanas.

Sin preocuparse demasiado, Celia abría manualmente sus ventanas después de la puesta de sol. Hacía que la tarea pareciese fácil, pero era bastante compleja. Kasey tenía callos que lo demostraban. Agarró la manivela que había bajo el alféizar y la giró. Con cada vuelta, la hoja de poliglás se iba abriendo como el brazo de un transportador.

En el diminuto balcón exterior había una escalera atornillada a la pared. Kasey se agarró a los peldaños y subió hasta que se dio con la cabeza en el estrato que había encima del suyo. Afortunadamente para Kasey, el techo (o, mejor dicho, el suelo del siguiente estrato) se seguía gestionando con la voz, por lo que en cuanto dio la orden se abrió ante ella como un ojo.

Continuó subiendo y llegó a la unidad superior, que estaba iluminada por la luna. No había allí nada vivo, a menos que se contase como tal al robot de limpieza (con el que Kasey tenía una deuda). Si no fuera por él, no habría pasado aquí ni un minuto. Los Cole eran ávidos coleccionistas y, además de con sus cápsulas de inmovilidad, habían amueblado la unidad con una mesita de madera encontrada a la deriva y sillones tapizados de terciopelo turquesa.

Los materiales degradables son un imán para las partículas y la primera vez que sus padres la llevaron a visitar a sus vecinos de arriba (con quienes compartían profesión y amistad), Kasey no había parado de estornudar. También había estornudado cuando, años después, Celia la arrastró escaleras arriba a pesar de que Kasey decía que no deberían subir. Ya no estaban invitadas. Esta no era su casa.

Pero Celia no se podía resistir a la atracción que le despertaban esas ventanas. Porque menudas ventanas. Tenían una vista de 360 grados e iban del suelo al techo. Esta unidad en el estrato-100 era una especie de cono reluciente: el pináculo de una ciudad en forma de lágrima. Celia se sentaba en el sillón junto al cristal como en otra época hicieron sus padres. Su madre y Ester Cole, ambas legisladoras, discutían sobre las últimas crisis humanitarias. Su padre y Frain Cole comparaban planos de microviviendas. Las dos familias más influyentes del movimiento de protección planetaria bañadas por la luz del sol.

Ahora Kasey se sentaba en la oscuridad y miraba a través del cristal al paisaje de mar y aire que rodeaba su ecociudad y las otras siete ecociudades del mundo. Entre las ocho albergaban al 25% de la población mundial. Las otras tres cuartas partes seguían viviendo en los territorios terrestres... pero no todos porque lo quisieran así. La emigración a las ciudades del cielo se había elevado hasta niveles insostenibles, por lo que la admisión estaba limitada por el rango. Este se calculaba a partir del impacto planetario que tenía un individuo según el comportamiento estudiado por su Intrarrostro, así como por el comportamiento que en su momento tuvieron sus antepasados. Muchos de los habitantes de los territorios terrestres tenían en su linaje familiares que participaron en industrias de alto impacto de carbono y denunciaban que este sistema estaba pensado para perjudicarles. ¿Pero era realmente así? Kasey suponía que para la gente era complicado aceptar su propia insignificancia y entender que nuestras acciones eran solo gotas en un mar creado por quienes nos precedieron.

Incluso en algo tan grande como un mar, cada vida tiene consecuencias más allá de su final. Más que al sistema o a sus ancestros, Kasey culpaba a la propia naturaleza humana. Las personas no están preparadas para pensar en las generaciones que vendrán después.

Eran pocas y geográficamente distantes entre sí las entidades como la Corporación Mizuhara, creadora de las primeras ecociudades para comunidades desplazadas por el deshielo ártico. También eran escasas las familias como los Cole, quienes alcanzaron su fama por curar enfermedades tan comunes como el cáncer, disminuyendo así los efectos que la industria farmacéutica tenía en la biosfera. Más que médicos eran humanistas. Para darle a la gente más poder sobre sus propias vidas, inventaron el Biomonitor: una aplicación del Intrarrostro que ponía la salud del individuo en sus propias manos, alertándoles cada vez que se necesitaba tomar alguna medida correctiva.

Como acababa de suceder.

Ding. Kasey escuchó la notificación en su propia cabeza. Abrió la aplicación del Biomonitor y observó que tenía los neurotransmisores LIGERAMENTE DEBILITADOS.

Qué raro. No se sentía debilitada de ninguna forma. Estaba más o menos bien. Miró la opción correctora.

AJUSTAR LOS NIVELES DE SEROTONINA

Parpadeó, pero apareció otro mensaje.

RECUERDO COGNOSCITIVO RELEVANTE: Hermana, Celia Mizuhara.

La terapia cognoscitiva embargaba los recuerdos que despertaban estrés en el organismo para, a posteriori, irlos reintroduciendo de forma gradual. Pero los recuerdos no agobiaban a Kasey. No se podía confiar en ellos y, además, se iban degradando con el tiempo a menos que, como hacía Celia, los fueses grabando metódicamente. Pero Kasey nunca los grababa. No en vano, Historia era la asignatura que menos le gustaba. Incluso el recuerdo que tenía de su madre, Genevie, era fragmentario. Una mano muy cuidada acercándosele para arreglarle el flequillo. Una voz autoritaria que le pedía que fuese a jugar con el único hijo de los Cole, un chico tan silencioso como el conejo que tenía de mascota. Las carcajadas de Genevie y Ester cuando Kasey se negaba y se escondía detrás de Celia.

Algo que sí recordaba era el tiempo que hacía (25 grados de temperatura y una humedad del 38%) el día en que David Mizuhara las había llevado a ver cómo Genevie y los Cole se marchaban a un viaje solidario a un territorio exterior. Como muestra de solidaridad, decidieron hacer el viaje en carne y hueso. Pero esa opción resultó fatal cuando el piloto automático falló e hizo que la robonave se estrellase contra la ladera de una montaña.

En el funeral hubo cuatro urnas de sal marina: tres de la familia Cole y una de Genevie. Tras él, David desapareció en su habitación y Kasey dio por hecho que se quedaría allí unos días, igual que cuando trabajaba en sus planos. Para su sorpresa, su padre salió de allí a la mañana siguiente. En traje y recién afeitado, se encaminó a las oficinas centrales de la ecociudad, tal como lo habría hecho Genevie.

Pero David no era Genevie, y Celia no era David... y Kasey se quedó perpleja cuando fue su hermana quien se encerró en su habitación. Durante horas. Los sollozos atravesaban el tabique que las separaba, y Kasey los escuchaba sin poder hacer nada, incapaz de entender por qué tanto su hermana como su padre actuaban de una forma tan imprevisible.

Por fin, a mediodía, fue capaz de hackear el Intrarrostro de Celia. Allí encontró archivos de deberes que su hermana no había terminado, así que los acabó por ella. También vio un aviso en el que el biomonitor le recomendaba que restableciese el nivel de sus neurotransmisores.

Kasey pensó que esa debía de ser la respuesta al extraño comportamiento de su hermana, así que pulsó Sí. Su puerta se abrió de golpe justo después.

—¿Pero qué coño haces, Kay?

—Estás sufriendo.

Y el sufrimiento era, objetivamente, una emoción no deseada.

Pero Celia miró a Kasey como si fuera ella la que tenía los ojos inyectados en sangre.

—En serio, ¿qué pasa contigo?

Su hermana retiraría sus palabras solo un par de días más tarde. Sus desavenencias se arreglarían un par de años después.

Pero, justo después de la muerte de su madre, fue la Kasey de nueve años la que le hizo esa pregunta al biomonitor de Celia y la que se sorprendió al enterarse de que su hermana no tenía ningún problema biológico o psicológico. No había nada que curar, nada que arreglar. A Kasey le costó trabajo asumirlo. ¿Es que dentro de ella había algo que no funcionaba correctamente? ¿Por qué no reaccionó como Celia a la muerte de la mujer que les dio a luz a ambas? ¿Por qué no reaccionó como la gente a la desaparición de Celia?

¿Por qué ahora cuando parpadeaba para denegar la opción de descifrar los recuerdos de Celia se topaba con el siguiente campo?

SOLICITUD NO VÁLIDA
más detalles

más detalles [x]
Toda la ciudadanía debe mantener un estado de ánimo por encima del nivel de DEBILITAMIENTO_SEVERO [valor ≥-50]. Sin embargo, tu estado de ánimo mínimo necesita una acción correctiva de DEBILITAMIENTO_ LIGERO [≥-10] debido a una anulación por parte de los tribunales*.
*Registros P2C de los tribunales: ver delitos pasados.
La imposibilidad de tomar medidas correctivas conllevaría como resultado el desalojo.

Mientras volvía al campo anterior y seleccionaba el ajuste de los neurotransmisores, Kasey pensó que no era tan buena como Celia. Si ella hubiese desaparecido, Celia habría viajado a los confines del mundo para encontrarla. Si hubiese muerto, Celia estaría mucho más que *ligeramente debilitada*. Estaría mirando a los objetivos de los periodistas con los ojos empañados en lágrimas y diciendo lo que pensaba, en lugar de mentir como había hecho ella.

¿Y si tu hermana no quiere que la encuentren?

Siendo sinceros, Kasey no lo sabía. No merecía la pena escudriñar en la vida de Celia, ni presentarla como un problema que no descansaría hasta poder resolver. Su hermana era una persona excepcional. Cuando Celia insistía en ver el mar en persona, como si hubiera alguna diferencia con holografiarlo, Kasey le seguía la corriente intentando comprenderla. Cuando Celia se escabullía por las noches para ir sabe Julio dónde, Kasey se lo permitía resistiendo la tentación de rastrear su geolocalización. Si lo hubiera hecho, quizás habría evitado todo lo que había pasado. Y Celia no estaría muerta. Pero, en lugar de hacerlo, decidió respetar la santidad de lo que quiera que pasaba en la cabeza de su hermana. Se lo tomaba como una especie de eximente.

Pero ahí estaba Kasey.

Incapaz de dormir por las noches como si eso pudiese evitar que su hermana se escapase por última vez.

Tratando de localizar el Intrarrostro de Celia mucho tiempo después de que las autoridades lo diesen por desconectado.

Mirando al mar desde el estrato más alto como si así pudiera ser la primera en avistar un barco que volviese a casa.

Tres meses y doce días.

Sus acciones no tenían ningún sentido. La lógica no podía explicarlas, solo la esperanza (un sentimiento que se había colado en su sistema a pesar de sus esfuerzos por dejarlo fuera).

Pero una mañana Kasey se despertó con una alerta parpadeándole en la mente. Por primera vez probó lo que se convertiría en un subidón de lo más adictivo.

[CELIA MIZUHARA] INTRARROSTRO LOCALIZADO

HHH

¿*D*ónde estoy?

¿Quién soy?

¿Cómo me llamo?

Cee. Sonrío aliviada cuando me acuerdo. Entrecierro los ojos mirando al sol blancuzco que hay sobre mí.

Giro hasta quedar bocabajo y vomito sobre la arena.

Mi alivio se convierte en pánico. No. No, no, no. No me queda ñame, no puedo vomitarlo también. Tengo que conservarlo. Lo único que sale de mí es un cóctel de bilis y agua salada. No me queda nada de ñame en el interior. Todo está en el océano, disuelto en el cieno. Meses de cultivo de ñame convertidos en comida para los peces.

Y Hubert.

Me pongo en pie tambaleándome. Las piernas me flaquean. La vista se me enfoca y se me desenfoca antes de poder centrarse en un objeto que hay más allá, en la costa.

Un casco.

O, mejor dicho, parte de un casco encajado en la arena húmeda.

Hubert.

Caigo de rodillas y me desplazo hasta sus restos.

—Buenos días, Bert —consigo decir.

Y se me va la cabeza.

Lloro hasta que sube la marea y, entonces, mientras agarro a Hubert para que el mar no se lo lleve, estructuro mi primer pensamiento coherente: *Tengo que enterrarlo y darle una despedida adecuada.*

Lo arrastro hasta un lugar seguro en la arena seca y doy media vuelta para enfrentarme a lo que sea que haya detrás de mí.

Y no me lo puedo creer.

Hay una casa sobre unas rocas que se parece sospechosamente a la de M. M.

Así que ahí estoy. En pie. En una orilla. En esa orilla. Después de haber navegado sobre Hubert durante siete días en mar abierto, a lo que hay que sumar el tiempo que haya pasado desde que he vuelto. Empapada pero viva.

Lo que me lleva a hacerme una pregunta: *¿Cómo cojones es esto posible?*

¿Es que nadé? ¿Me aferré a los restos de Hubert y me aproveché de algunas olas salvadoras? Pero, incluso así, ¿no debería de haberme muerto de sed?

Me devaneo los sesos tratando de recordar algo, cualquier cosa, pero todo lo que se me vienen son flashes de tener la sensación de que me ahogaba.

Plantearme tantos «cómos» me deja agotada, así que trato de centrarme en los «debería». Debería estar maravillada. Debería sentirme agradecida por no ser un maldito cuerpo flotando en el mar. Debería reconstruir a Hubert. Debería volver a intentar encontrar a Kay.

Y, sin embargo, no siento nada.

He vuelto.

Joder, he vuelto.

He fracasado en la gran misión de mi vida, en el único objetivo que me hacía enfrentarme al día a día, y no he sido capaz ni de morir en paz. Vuelvo a estar como antes:

perdida, daltónica y desmemoriada. Estaría enfadadísima si no me sintiera tan cansada.

—Estupendo, Cee —murmuro mientras las nubes se ciernen sobre mí, no lo bastante como para dejar la playa en penumbra, pero sí lo bastante como para que sienta algo de frío—. ¿Y qué más da que hayas vuelto al mismo sitio? ¡Eres una máquina! Ya sabes lo que tienes que hacer. Escala la cresta. Encuentra las piezas. Ponte a construir. Esta vez será más fácil. Créeme.

La charlita motivacional es un fracaso. Suelto una risita ahogada y la autocompasión se me filtra por los ojos. ¿A quién quiero engañar? Me he pasado meses excavando entre montones de mierdas oxidadas buscando una simple hélice. Ya no queda metal en condiciones aceptables. Al menos no para construir un barco nuevo.

Me enjugo los ojos y miro en dirección a la casa.

¿Que no hay metal?

No pasa nada.

—Totalmente en desacuerdo —enuncia U-me cuando me encuentra tirada en el porche arrancando los escalones de madera con mis propias manos—. Totalmente en desacuerdo. Totalmente en desacuerdo.

—Por Julio, cállate ya.

U-me se queda callada.

Me cubro la cara y murmuro entre las palmas de mis manos.

—Lo siento. —Es una disculpa a mí misma, a U-me, al porche. Después de todo lo que M. M. me ha dado, no me puedo comportar así con ella—. Lo siento.

U-me no dice nada, solo rueda hacia mí.

Me descubro la cara y me levanto.

—Quédate ahí —le ordeno mientras me dirijo hacia la playa—. En serio, quédate ahí. Esta vez sí que voy a volver.

Pero cuando llego al final del muelle sumergido de la zona oeste de la costa, no estoy segura de querer volver. Lo sigo viendo todo gris, incluso el agua que golpea las tablas del muelle. Ya he bajado antes por ahí para poder nadar, pero no quiero volver a hacerlo. Quiero ahogarme. El recuerdo del dolor me vuelve a los pulmones y casi puedo volver a sentir cómo se me vuelven a inflar. Sería una mierda. Una mierda gordísima. Pero el mundo seguiría girando y yo estaría mucho más tranquila que ahora.

Megajulios, pero ¿qué demonios estoy pensando?

Me arrodillo e introduzco la cabeza en el agua. La sal me pica en los labios. Los abro para dar un grito.

No me sale nada.

No tiene sentido gritar si no hay nadie que te oiga.

En vez de eso, digo su nombre. *Kay.* Me pregunto si ella está ahí afuera. Si sabe que he intentado —de verdad, insistentemente— encontrarla.

Y si me perdonaría que no volviera a intentarlo.

Al final no entierro a Hubert. No me parece adecuado atrapar una parte de él en esta isla cuando, al menos, uno de los dos tenemos la posibilidad de ser libres.

—Adiós, Bert —le digo soltándolo en el mar.

Las olas se lo llevan. Por un instante, el arrepentimiento me llena igual que el viento hace con las velas. Me lleva a meterme más en el agua siguiendo a Hubert. He cambiado de opinión. Quiero enterrarlo. Quiero mantenerlo cerca, por si acaso aparecen otras partes de él.

El océano lo reclama antes de que yo pueda hacerlo.

Me topo con algo. La espuma se eriza alrededor de mis rodillas antes de alejarse. La arena se desliza bajo mis pies. Me mantengo en pie. Me quedo allí hasta que dejo de ser interesante para las gaviotas que me circundan. Se van a casa y yo hago lo mismo.

Las cincuentas zancadas que me separan de casa hoy parecen cien. Me arden las pantorrillas mientras subo por los escalones arenosos hasta el porche de la casa de M. M. Al agarrarme a la barandilla me topo con las marcas que me sirven para contar los días. Con las 1112 marcas.

Ahora son 1113. La araño con el trozo de metal y lo dejo caer. Da un golpe al caer al porche.

1113 días.

Tres años y pico en esta isla.

Y ahora vuelvo a la casilla de salida.

—Esto se merece que bautice a la nueva era que hoy empieza —digo cuando U-se me acerca.

Pero «la vida después de la muerte después de la vida con Hubert» no parece muy excitante, y la verdad es que no hay tantas cosas que hayan cambiado. La cocina está tal como la dejé: un frasco vacío en la encimera, los restos de unas galletas de ñame esparcidos por el suelo… Recojo los trozos, les quito el moho y los vuelvo a poner en el frasco. No estoy segura de por qué lo hago, aun a sabiendas de que puedo enfermar y morirme por comer algo mohoso con la misma facilidad que puedo morirme por no comer. Pero al menos me mantengo ocupada mientras lo hago. Cuando acabo de rellenar el frasco, limpio el polvo que cubre la encimera y reviso el tanque de agua. Las tuberías circulan por debajo de la casa y extraen agua salada del mar que, después, pasa por un hervidor que funciona con energía solar que atrapa el vapor y lo convierte en agua potable. Si el sistema fallara, pondría en serias dificultades mis aspiraciones de sobrevivir, así que me alivia comprobar que sigue funcionando correctamente. Enciendo las válvulas y me dirijo al aseo para darme un baño.

Me quito el jersey y los pantalones llenos de arena y espero a que se llene la bañera de porcelana.

El agua no está caliente, pero sí que está más templada que la del mar. Contengo la respiración y me sumerjo. Se me despega el pelo del cuero cabelludo y empieza a flotar a mi alrededor. Se me gelifican los pensamientos y en ese momento de silencio semisólido me topo con un recuerdo.

«No deberíamos», dice Kay en un susurro. Vamos en un ascensor de cristal y avanzamos embutidas entre otras seis personas. Luz, oscuridad, luz... nos alumbra un parpadeo mientras atravesamos el suelo de una vecindad y aparecemos en el techo de la siguiente. Paramos en cada nivel y las puertas curvadas se abren. La gente se agolpa al salir y entrar.

Desde un punto determinado, ya nadie sube.

La gente no sabe lo que se pierde. Quienes siguen con nosotras en el ascensor van a lo suyo, ya sea leyendo noticias en la mente o escribiendo mensajes a sus colegas. ¿Qué sentido tiene viajar a ningún sitio en persona si tienes el cerebro en otro sitio?

Pero no debería ser tan dura a la hora de juzgar a los demás. Sé que Kay estaría perdida sin su Intrarrostro. Me giro hacia ella ahora que el ascensor se ha quedado más vacío. «Tienes que ver esto, guapa».

Aún lleva puesto el uniforme escolar y el pelo recogido y algo despeinado. Las pecas le salpican las mejillas. Su mente es tan irrompible como el diamante y es capaz de deslumbrarte desde cualquier ángulo. Al contrario que yo, ella no necesita lentejuelas para brillar. No necesita que la entretengan ni la gente ni otros ambientes.

Y, por la levísima mueca que hace con la nariz, me doy cuenta de que tampoco necesita esta aventura. «Ya he visto el estrato», dice.

«Me refiero al océano», le corrijo con rapidez. «De cerca es radicalmente diferente».

Me preocupa que Kay piense que mi plan sea muy insulso.

El ascensor se detiene.

«De acuerdo, solo por esta vez», dice Kay en un suspiro.

Saco la cabeza del agua jadeando en busca de aire.

El agua me baja por las sienes. Me froto los ojos y trato de aferrarme a la imagen de la cara de Kay: con su boca tan recta como su flequillo y sus ojos del color del café. Me había olvidado.

Había olvidado que tenía los ojos de un negro amarronado.

Y el océano. En mi recuerdo parecía estar a un tiro de piedra. Quizás estaba justo a la puerta de nuestra casa. O de nuestra ciudad que, como en mis sueños, flotaba sobre el mar.

Puede que esté más cerca de Kay de lo que creo.

Aprieto la mandíbula con renovada determinación. Esta noche descansaré. Volveré a organizarme. Y a partir de mañana, en cuanto despunte el alba, nos pondremos manos a la obra. Cueste lo que cueste (otro barco, otro año), encontraré a mi hermana. No puedo fallar a menos que me rinda.

El agua se me va escurriendo cuando salgo de la bañera. Me seco con una de las toallas raídas de M. M. que, como otras muchas cosas de esta casa, tiene su monograma. Me pongo un jersey gordito que solo tiene dos agujeros de polilla en la manga derecha. La barriga me ruge. Me dirijo a la cocina antes de acordarme de que igual no debería arriesgar mi segunda oportunidad vital con una galleta mohosa.

—Lo siento, U-me. —Me sigue a la sala de estar. Me siento junto a la ventana en el desvencijado sofá de cuadros. Me tapo con la alfombra reutilizada como manta—.

Hoy tendremos que conformarnos sin cena. Sé que es la comida que más disfrutas al verme comer —le digo envolviéndome en la tela rugosa.

—De acuerdo.

Puede que aún haya un par de plantas de ñame en la parte de atrás. Lo miraré mañana, cuando tenga la energía suficiente como para preocuparme por morirme de hambre.

La noche empieza a caer y yo me acomodo apoyando la cabeza contra el brazo del sofá y teniendo la ventana como cabecero improvisado. La manta apesta a pies. Me da asco, pero me recuerda que existe más gente en el mundo y, cuando me adormezco, sueño con ellos. Sus voces llenan la casa, sus risas se oyen por doquier y, por encima de ese ruido, oigo que llaman a la puerta. Abro la puerta principal.

Kay está de pie en el porche.

El sueño es más vívido de lo habitual. Es como si mi cerebro supiera que necesito un empujoncito. Suelto un taco cuando algo me saca de aquella escena. No estoy segura de lo que es hasta que un relámpago ilumina la habitación. Le sigue un trueno que hace temblar la casa. Por las paredes se despliegan unas sombras que parecen provenir de la tormenta.

Me siento en la oscuridad y me limpio las babas que me bajan por la mejilla. No puedo seguir durmiendo, no me puedo arriesgar a salir sonámbula en plena tormenta. Echo un vistazo y la lluvia golpea con fuerza el tejado y cae a cántaros alrededor de la casa. El mar parece que está hirviendo, se crece y nos acecha. Pero no nos alcanzará. Se lo agradezco a la persona que diseñó la casa de M. M. mientras los truenos estallan y me tiemblan las manos, apoyadas sobre el cristal de la ventana. Aparto las manos heladas y me froto las huellas dactilares con el jersey.

Hace mucho frío.

Acerco la nariz al cristal. Trato de observar a través de la suciedad y me estremezco con el siguiente relámpago: no por él, sino porque me ha permitido ver algo. Y ese algo sigue ahí, incluso cuando la playa vuelve a sumirse en la oscuridad.

Hay un cuerpo en la arena.

6

A veces Kasey se sentía como una extraña en su propia piel. Holografiarse tan a menudo podía hacer sentirse así a la gente. Los holografiados tenían a su disposición todo un espectro de distintas sensaciones corporales. Pero Kasey decidió no ser parte de aquello. No encontraba ningún placer al sentir pinchazos en los pies, ni a que se le secaran los ojos por culpa de la luz de las salas de conferencias. Eran efectos de los que no podía escapar ni siquiera tras activar en su biomonitor.el comando de producción de lágrimas.

Su mente, al menos, era libre para vagar fuera de esa prisión de carne que suponía su cuerpo. Pero hoy no. Hoy se había enjaulado a sí misma en un bucle de pensamiento consistente solo en dos palabras:

INTRARROSTRO LOCALIZADO

El mensaje se había mostrado solo durante un segundo antes de desaparecer. El subidón que le dio a su nivel de esperanza fue igual de efímero. Las coordenadas de geolocalización correspondían a una unidad residencial. Un dominio privado. Entrar en él, física o virtualmente, se consideraba delito. Y un solo delito ya era demasiado para Kasey.

Además, ¿qué posibilidades había de que Celia hubiera podido colarse en la ecociudad esquivando la mirada de todos los robocámaras? Minúsculas. Era posible, sí, pero muy improbable que esa señal proviniese realmente del Intrarrostro de Celia. Lo más lógico (y posible) era que un pirata informático o un robospam estuviera intentando engañar a Kasey. O puede que su programa de localización hubiese dado un falso positivo. Eso también era posible. ¿Pero era probable?

No lo sería si se tratase de la aplicación de Kasey, programada con sus propias manos.

Pero no lo era. No tenía permitido programar... ni tocar nada que tuviese que ver con la tecnología.

Sobre ella pesaban unas restricciones del P2C que se monitoreaban de una forma tan estricta como sus estados de ánimo.

—Y eso es lo que hay.

Una sonora palmada devolvió a Kasey a su propio cuerpo adormilado sobre una silla. Parpadeó y observó a la mujer que presidía una enorme mesa ovalada.

Ekaterina Trukhin. Bueno, su holograma, que Kasey veía medio transparente. Así es como su Intrarrostro le mostraba los hologramas de los demás cuando ella estaba en modo físico.

Al 50% de opacidad, Ekaterina seguía siendo una presencia imponente. Sus tacones repiqueteaban en el suelo mientras ella se desplazaba por una sala que estaba configurada para reaccionar a los estímulos.

—Son las seis de la tarde —le dijo a una mezcla de personas sólidas y transparentes, cuyos rostros resplandecían por las pantallas que flotaban ante ellos—. Ya sabéis lo que eso significa. —Se detuvo detrás de Kasey y apoyó sus ingrávidas manos sobre la mesa—. ¡Largo!

Los hologramas se evaporaron junto a sus pantallas. Los demás colocaron bien sus sillas y se dispusieron a recoger sus maletines. Todo el mundo volvería mañana. El Comité de Protección Planetaria odiaba la falta de eficacia y los funcionarios del P2C llevaban para adelante demasiadas cosas como para tomarse los fines de semana libres. Manejaban los gobiernos de las ecociudades y actuaban como sus delegados cuando estaban fuera. Se dedicaban a servir al planeta por encima de todo y, en respuesta a las crecientes crisis medioambientales (así como a la presión de la Unión Mundial, que supervisaba tanto las políticas territoriales como las de las ecociudades), los funcionarios del P2C habían asumido recientemente un nuevo papel: el de ser el comité que juzgaba las soluciones del fin del mundo. Habían llegado miles de propuestas de todas partes y ahora esperaban ser revisadas. Era exactamente el tipo de trabajo metódico que a Kasey no le importaba que le asignasen, ya que requería un esfuerzo y una inversión muy limitada. La política no era su pasión. Ella no era como el oficial senior Berry Tran, quien se tomaba como una ofensa personal cada solución inviable que se cruzaba en su camino.

—¿Es que en las escuelas ya no se trabaja la comprensión lectora? —protestó.

Kasey se acordó de la época en la que Barry la consideraba a ella, una chica de dieciséis años que se pasaba los fines de semana en el cuartel general del P2C, como experta en todos los temas relativos a la adolescencia.

Afortunadamente, Barry había aprendido la lección y ahora dirigía sus quejas a cualquiera que quisiera escucharlas, lo que, más a menudo de lo que le gustaría, hacía que Kasey siguiese siendo su única audiencia.

—¿Qué dice aquí? —preguntó enviando a su pantalla las reglas de la competición—. ¿Cómo que una solución «para todos»? ¿Es que la mitad de la población es sinónimo de toda la población? ¡Y mira esto! —dijo deslizando de nuevo y mostrando el resumen de una propuesta.

Parecía algo relativo a la migración extraterrestre. La propia Kasey ya había rechazado varios como ese. Lo aceptase o no la gente, todas las misiones para colonizar planetas parecidos a la Tierra habían fracasado.

—¿Es que no tienen en cuenta el presupuesto? —Kasey pensó que por supuesto no lo tenían en cuenta, mientras recordaba una propuesta de que se viajase atrás en el tiempo hacia una época en la que la Tierra era más habitable—. ¿Acaso los bots no han hecho una criba inicial? —Claro que sí, pero no era de los bots de quien dependía la solución final.

—¿Ha habido suerte con tu parte, Kasey? —preguntó Ekaterina ignorando a Barry.

Podría decirse que sí. Pero decir la verdad era una opción demasiado aburrida y Kasey no era capaz de reprogramar su cerebro para darle a la gente lo que quería.

—No.

—¿Por qué no? —Meridian ya se había quejado antes, cuando Kasey dijo que no a enviar una propuesta de solución que era de ambos, en la medida de que Kasey la había concebido mientras seguía en el equipo de ciencias de la escuela junto a Meridian: *Kasey, por favor… las solicitudes para la universidad empiezan la semana que viene y sería maravilloso que me pudiera apuntar este tanto. Piénsalo: «Coautor de una propuesta en consideración del P2C». Flipante, ¿eh?*

Kasey, que se moría de sueño y de picores por culpa de la chaqueta de la escuela (la otra opción era el pijama), le cortó a Meridian cualquier rasgo de entusiasmo.

—No está lista.

—¡Era una idea ganadora!

—De una competición de octavo curso. No está lista para lanzarla al mundo.

Y nunca lo estaría. Le faltaba una pieza final y Kasey no podría completarla sin romper todas las reglas de la ciencia.

Aun así, odiaba torcerle el gusto a Meridian. Le concedería organizar otra fiesta o teñirse el pelo de rojo, y se le pasaría. Había pocas personas en el mundo con las que ella fuera tan protectora.

¿Qué debía hacer? PICODORO sugirió cambiar de tema. ¿A qué? A lo de *Intrarrostro localizado*, quiso proponer su mente. No. Ni de broma. Estaba en un dominio privado. Lejos quedaban los días en los que cualquier extraño podía visitarte por tareas tan mundanas como traerte comida a domicilio. Entonces se automatizaron todos los trabajos por debajo del tercer nivel en la Escala de Humanidad de Cole, eliminando el desperdicio de recursos así como cualquier papel que Kasey pudiera representar.

No podía ir. No podía…

—¿Cómo accederías a la unidad de alguien?

—¿Perdón? —preguntó Meridian.

—A la unidad de alguien —repitió Kasey.

—Sí, ya te he escuchado la primera vez, pero… ¿por qué?

Para cambiar de tema. Para que Meridian se olvidase de lo de enviar su propuesta de solución.

No porque Kasey necesitara ideas, claro.

—Hipotéticamente —dijo.

Y si no había percibido el enfado de Meridian antes, ahora sí que lo había hecho (bueno, su PICODORO).

—No lo sé —dijo Meridian—. ¿Es que no tienes, no sé, algún privilegio oficial o algo del estilo?

Entonces Meridian colgó manualmente la llamada y dejó a Kasey dándole vueltas al asunto. Privilegios. Esa era una forma de ver su trabajo en el P2C. El trabajo no presentaba ninguna dificultad, tenía ciertas garantías y los adultos eran lo bastante cordiales... pero incluso ellos eran humanos y, mientras dos de ellos charlaban sobre sus bebés en edad de dentición mientras recogían sus cosas, Kasey volvía a encontrarse ajena a un entorno en el que otra persona la había introducido. Habría preferido ir a la Universidad y sacarse una carrera en Bioquímica o en Física y desarrollarse en alguna empresa de innovación tecnológica.

Pero el arrepentimiento, al igual que la culpa, era un sentimiento improductivo.

—Nos vemos mañana, Kasey —dijo Ekaterina—. Vete a casa, Barry.

Solo hubo un gruñido como respuesta.

—Nos vemos —le dijo Kasey a Ekaterina y, entonces, tal vez sintiéndose levemente culpable por no enviar su propia propuesta, estuviese o no lista, añadió—. ¿Crees que pronto tomaremos alguna decisión?

Se habían detectado unos temblores en las costas del Territorio-4, pero los eruditos llevaban tres años seguidos prediciendo «el mayor megaterremoto de la Historia».

—Puede que suceda a lo largo de nuestras vidas o puede que no —dijo Ekaterina—. Pero será mejor estar preparados por si acaso, ¿verdad, David?

Los *sirs* saludaron al padre de Kasey cuando salió de su oficina privada. Como toda respuesta, este asintió con desinterés. Rellenó su taza en el dispensador de agua y, arrastrando los pies, volvió por donde había venido.

Kasey lo siguió y se quedó ante la puerta de poliglás mientras él se sentaba en su mesa.

Cuando su madre aún estaba viva, él solía sentarse de la misma forma que ella (con el hombro derecho más elevado que el izquierdo y las gafas algo caídas), pero lo hacía a los pies de la cama y en pijama en lugar de en traje, y se encorvaba sobre planos en lugar de sobre documentos legales que, si Kasey tenía que apostar, tratarían sobre HOME. La ley HOME (por las siglas en inglés de *Human Oasis and Mobility Equality*) fue la última iniciativa de Genevie y habría permitido a hordas de ciudadanos de los territorios emigrar a las ecociudades, aunque su rango no los cualificase para ello. Irónicamente, trabajar en HOME a menudo mantenía a David lejos de casa, algo que despertaba en Celia cierto rencor hacia su padre. Kasey era más neutral al respecto. Tras la muerte de Genevie, ella aceptó que el sentimiento de pérdida hacía que la gente cambiase. A su padre le había arrebatado algo, ¿pero era eso tan malo? ¿Qué de malo tenía ser normal? Era mucho peor que la pérdida no te cambiase, que no te impactase. Al ser plenamente consciente de ello, como ahora lo era Kasey, entendió que debería sentir algo más intenso por la ausencia de su padre, pero lo único que pudo expresar fue cierto fastidio por tener que hablar para hacerse notar.

—¿Cómo se consigue una orden de registro?

El lápiz óptico de David no cesó de moverse por su escritorio.

—Tendrás que hablar con Barry.

—Ya hemos hablado —Al menos técnicamente, claro. Su padre era la vía rápida y Kasey lo había entendido incluso antes de que su cerebro ideara toda esta operación.

Unos segundos después, una aplicación de orden de registro apareció en el Intrarrostro de Kasey. Ella la seleccionó, y una representación digital de la placa de funcionario del P2C se materializó en su pecho.

Otros padres iban a las competiciones de natación de sus hijos y recordaban las fechas de sus cumpleaños, pero a Kasey no le iban las competiciones de natación ni los cumpleaños... y su padre le gustaba tal como era, sobre todo en aquel preciso instante.

—Confío en que la uses con responsabilidad —dijo David.

Detuvo su lápiz óptico y, finalmente, alzó la mirada. Así es como se comunicaban: sin palabras. Un vistazo silencioso era la forma de ambos de recordar el incidente que trastocó la vida de Kasey y estuvo a punto de expulsarla de la ecociudad. Solo seguía aquí gracias a la intervención de David. Él intervino cuando más lo necesitaba y Kasey lo respetaba por ello. David ya no era arquitecto. Kasey ya no era científica. La vida seguía adelante, aunque fuese un poco peor.

—Lo intentaré —le contestó Kasey, lo que fue más que suficiente para David, que retomó su trabajo.

—Ve en forma de holograma.

—No puedo.

Otro padre habría preguntado el motivo. No es que su nivel semanal máximo de peligro, establecido por los Cole para preservar «el espíritu aventurero de la humanidad», fuera bajo.

—Entonces, llévate el REM —dijo David y Kasey alabó a su padre por ser tan resolutivo.

Unos minutos después ya estaba en un conducto hacia el estrato-22 con el inmovilizador REM enfundado en su costado.

No era la primera vez que bajaba tantos estratos. Incluso había bajado del estrato-22 con Celia, quien insistía en que los estratos inferiores eran más reales, a pesar de que, técnicamente, todos los estratos eran igual de reales, estaban construidos con las mismas materias primas y se apilaban unos sobre otros formando una ciudad flotante gracias a la antigravedad que, además, estaba protegida por el escudo de filtración. Cualquier diferencia visible entre los estratos tenía más bien que ver con como estos eran gestionados por sus residentes. A los habitantes de los estratos superiores se los animaba a maximizar su vida holográfica para así aligerar el peso de las infraestructuras, mientras que los habitantes de los estratos inferiores… abrazaban un estilo de vida diferente que sacudió a Kasey en cuanto salió del conducto.

Calor. Hedor. Ruido. Tuberías quejumbrosas y generadores que traqueteaban. Robobasuras y robobuses trabajando más de la cuenta para mantener la vida en el exterior de esos habitantes. Kasey oía toses, estornudos y sonidos privados mientras atravesaba los pasillos entre los complejos. Sus rangos, expuestos sobre las cabezas según las leyes de responsabilidad del P2C, eran para ellos lo único virtual. Todo lo demás era físico, como la propia Kelsey. Ella encajaba ahí, aunque habría preferido no hacerlo y a pesar de su monodígito 2 flotándole sobre la cabeza en un mar de gente a las que le sobrevolaban cifras superiores a 1000, 10000 o 50000. Sin Celia, este lugar era mucho peor de lo que recordaba. Se puso a respirar por la boca para luchar contra el olor y también puso sus visores en monocromo. Un mundo en blanco y negro parecía menos real y, por ello, menos abrumador.

El calor era lo único que no podía controlar y ya estaba empapada cuando llegó a su destino: GRAPHYC, una tienda física que llevaba a cabo alteraciones físicas que los médicos no consideraban esenciales. Le resultó difícil imaginar que aquello tuviera mucha demanda cuando la apariencia de los hologramas se podía modificar sin problema. Kasey se relajó mientras bajaba los escalones que había entre dos escalinatas a ras de suelo. Su rango se desvaneció al cruzar la puerta y entrar en un dominio privado. Por fin tenía un respiro de ser quien era.

Ese fue su primer error: dar por hecho que entendía a la gente.

Comparado con el exterior, GRAPHYC era como el Ártico. A Kasey se le pusieron los vellos de punta y le empezaron a castañetear los dientes. Aunque quizás fuesen las máquinas que le zumbaban en los tímpanos. Las luces del techo eran duras, industriales. El espacio era tan cerrado como un sótano, pero bastante grande y dividido en cubos. En uno de ellos, un empleado estaba arrancándoles dientes a una fila de clientes inconscientes. Kasey se quedó embobada y desvió la mirada cuando el sacadientes alzó la vista. Siguió avanzando y presenció un número considerable de situaciones cuestionables antes de encontrar lo que iba buscando: un empleado libre que fuera más o menos de su tamaño.

Pero cuando no eres un holograma nunca puedes ser lo bastante precavida, así que Kasey acarició su REM mientras se acercaba al tatuador con el pelo naranja de punta y con tachuelas doradas en las sienes.

—Funcionario del P2C: estoy aquí para llevar a cabo una búsqueda autorizada en la Unidad Cinco.

—Estoy contigo en un nano —dijo el tatuador mientras limpiaba su máquina. Esta se le resbaló cuando ella le mostró su placa electrónica y entonces él exclamó—: ¡Jinx!

—¿Qué? —solo un instante después, una persona entró al cubículo. Llevaba un mono fucsia de trabajo, los brazos llenos de tatuajes del mismo color y unos guantes negros que salpicaron el suelo de rojo cuando los tiró a la basura—. ¿Quién se ha muerto?

—Jinx… —murmuró el empleado.

—Por Julio, relájate de una vez.

Cuando vio a Kasey, entrecerró los ojos. Los del empleado seguían abiertos como platos. Ambos miraban a Kasey como si fuera alguien importante.

Sería mejor que empezase a actuar como tal. Mostró brevemente su placa electrónica de nuevo y volvió a empezar a sudar.

—Orden de registro autorizada en la Unidad Cinco.

Se le ocurrió un poco tarde que no podían tener ni idea de qué hacía ella allí. Tal vez le tenían miedo porque GRAPHYC violaba algunas normas o porque la Unidad 5 estaba llena de cosas de contrabando. A Kasey no le importaba todo aquello, o al menos no hoy, cuando aún tenía nítidamente la señal de **INTRARROSTRO LOCALIZADO** parpadeando en su cerebro. Pero antes de que pudiera decir nada, Jinx se volvió hacia su empleado.

—¿Lo ves? Es por Act —dijo más relajada.

—Me da escalofríos.

—Descuida. Está limpio.

—¿Cómo lo sabes?

—Lo sé porque es mi inquilino y mi empleado.

—Si tú lo dices… ¡Ay! —exclamó el empleado cuando Jinx lo agarró de la oreja.

—Escalera de atrás, primera puerta a la derecha —dijo, probablemente dirigiéndose a Kasey, quien habría seguido cualquier dirección solo por quitarse de en medio.

Subió las escaleras hasta el piso de arriba, donde se encontró un batiburrillo de objetos obsoletos. La arena para gatos llenaba un aparato en forma de caja que muy probablemente pudo ser una lavadora: una máquina de los tiempos anteriores a la definifibra, cuando la industria de la moda suponía el 20% del gasto global de agua y las etiquetas como «sostenible» o «reciclado» aún fomentaban el consumo.

Menudo desperdicio de espacio, pensó Kasey esquivando ese obstáculo y tropezándose ante la puerta casi como si la hubieran empujado. Tenía delante la Unidad Cinco.

La geolocalización del Intrarrostro de Celia.

Lo tenía todo claro y su mente se concentró en la tarea. La escalera se quedó en silencio, siempre lo había estado.

El latido de su corazón era lo que más se escuchaba.

¿Cómo se sentiría una persona normal instantes antes de, posiblemente, reencontrarse con su hermana? Ansiosa, probablemente. Estar nerviosa también podría ser una actitud aceptable. No debería estar asustada, por mucho que esa hubiese sido la respuesta fisiológica de su biomonitor. Quería huir. Contuvo el impulso, tocó a la puerta y, cuando no recibió respuesta, pasó su placa por el escáner de retina.

Posibilidades. Probabilidades. Ambas eran prácticamente nulas.

Empujó la puerta para abrirla.

Y respiró tranquila.

Allí no estaba Celia.

Pasó un escáner de calor corporal. Negativo. Entró buscando pruebas de cómo esta persona llamada Act podría ponerle a alguien los vellos de punta. Tal vez no fuera la mejor jueza, tampoco es que la gente se relajase mucho en su presencia. Pero sí que es cierto que esta unidad era la cosa más mundana que Kasey había visto en su vida: estructura de caja, paredes grises… ¿Barra de combustible? También. No había cama, algo no tan extraño teniendo en cuenta que la cápsula de inmovilidad, atornillada al fondo, podría hacer las veces de una.

Una inspección más detallada hizo que Kasey se centrase en la barra de combustible. En los armarios se apilaban latas de bloques de proteínas, cubos de vitaminas y polvos de fibra. Se fijó bien en la cápsula de inmovilidad: era un modelo antiguo en mal estado al que le faltaba algunos trozos en la zona derecha.

Muchos trozos, en realidad, que además estaban arrancados en intervalos regulares.

Intervalos que formaban una especie de escalera.

Fue un momento de lucidez mental (de un cerebro predispuesto, familiarizado con las escaleras y entrenado para detectar patrones). Eso sí, ¿qué tipo de escalera llegaba hasta un simple techo? Buena pregunta. Kasey echó un vistazo. El techo estaba pintado del mismo gris que las paredes. Nada en él destacaba.

Salvo una motita. Una burbuja de pintura. Un elemento con forma de gota que bien podía estar pegado a la superficie del techo… o, simplemente, permanecía allí de la misma forma que Kasey estaba aferrada al suelo gracias a la gravedad.

Asumir que la antigravedad funcionaba en la unidad de alquiler de un estrato bajo era una locura casi mayor que la de percibir una escalera en el lateral de una cápsula de inmovilidad. La probabilidad era absurdamente baja.

Pero la única misión de Kasey aquí era descartar las cosas casi imposibles.

Se colocó bajo la mota, abrió la aplicación de la orden de registro en su Intrarrostro y pulso a **CANCELAR TODOS LOS ACTIVOS** en el sistema de anulación.

En los primeros segundos no pasó nada.

Pero, entonces, la mota cayó.

La interceptó poniendo sus manos en forma de cuenco, como si fuera una gota que cae del cielo. Nada era tan natural como aquello. El pequeño elemento blanco, no más grande que un diente, tenía una suave silueta mecánica. Cuando Kasey tocó su lado más estrecho descubrió una línea de dígitos en microláser.

Podía haber ampliado los números a través de su Intrarrostro para compararlos con la secuencia de catorce números que había memorizado, compartido con las autoridades e introducido en su propio geolocalizador. Podría haberlo hecho, pero no lo hizo. De forma intuitiva sabía perfectamente lo que esta cosita era. A quién pertenecía. Y dónde había estado instalada mucho tiempo: bajo la piel, en la base del cráneo.

¿Crees que tu hermana no quiere que la encuentren?

El núcleo resbaló entre los dedos de Kasey. No lo sintió caer.

¿Y si fue a propósito?

No lo oyó rebotar contra el suelo.

Bip-bip-bip. Un sonido en el interior de su cabeza. Un mensaje que parpadeaba en su visión mental.

CALOR CORPORAL DETECTADO

Detrás de ella.

Giró y apuntó como un robocam.

Él estaba en la puerta. Un chico. Para Kasey tenía la cara borrosa, solo podía verlo a trozos. Tenía una camisa blanca abotonada y arremangada. Llevaba un delantal gris atado a la cintura y tenía las manos en los bolsillos.

—Manos arriba.

Le salió una voz demasiado dura y una sintaxis demasiado básica, pero, para el alivio de Kasey, el chico le hizo caso. Primero sacó una y después la otra. Sin hacer ningún movimiento extraño. Sus movimientos eran precisos y estudiados.

Despacio, ella bajó su REM.

Pero disparó cuando algo blando le rozó el tobillo.

Fuera lo que fuera, había desaparecido cuando Kasey se giró. Lo que probablemente era un gato, se había esfumado. Pero el chico seguía exactamente donde estaba antes. ¿Estaba paralizado por el miedo? Kasey no estaba segura. Pero sí sabía que él tenía los ojos tan negros como el pelo, y que llevaba esta peinado con una raya hacia la derecha. Sin embargo, no era capaz de analizar su mirada a través del humo que se alzaba desde la quemadura que se había formado en el suelo.

Di algo. Discúlpate.

—no quiero hacerte daño —propuso PICODO-RO.

Kasey no se había dado cuenta de que tenía encendida esa aplicación. La cerró. No le gustaba decir obviedades y, por insensible que pareciera, no le importaba lo más mínimo el estado emocional de este chico cuando, realmente, no podía ser mucho peor que el de ella. Señaló con la cabeza el núcleo blanco del suelo:

—Dime dónde lo conseguiste.

—¿Por qué tendría que hacerlo?

Calladito, pero autoritario. No se había acobardado en lo más mínimo. *¿Por qué tendría que hacerlo?:* un desafío lógico y frío. Kasey se dio cuenta de que estaba de acuerdo con él. Es que era cierto: ¿por qué tendría que hacerle caso?, ¿qué le daba a ella la razón?

—Porque soy una funcionaria del P2C. —Le hubiese gustado ser más original. Tomó aliento y continuó, señalando el objeto del suelo—. Y eso pertenece a una persona desaparecida.

Decirlo lo convirtió en algo real. Lo que había en el suelo era el Intrarrostro de Celia y a Kasey le temblaron las piernas. ¿Qué hacía aquello allí... en poder de ese chico? Alzó de nuevo su REM. Miró al chico de arriba abajo.

—¿Puedo? —preguntó él sin inmutarse.

Ante la falta de negativa de Kasey, recogió el elemento y volvió a ponerse en pie con cierta elegancia. Extendió el puño y Kasey, a regañadientes, separó una mano de su REM. El Intrarrostro cayó sobre su mano. Se lo acercó y amplió los números grabados con láser.

1930-123193-2315. Era el de su hermana. Para asegurarse de ello, se acercó el objeto a su ojo derecho. Un anillo verde apareció en su campo de visión.

IDENTIFICACIÓN DE OBJETO CARGANDO...
CARGANDO...
RESULTADOS: Intrarrostro 18,2/23 gramos, gen. 4.5.

Solo 18,2 gramos de los 23. Kasey miró al chico.

—¿Dónde está el resto?

Sin pedir permiso en esta ocasión, el chico fue hacia la barra de combustible y volvió con una lata.

Se la pasó a Kasey.

—Ella me pidió que lo destruyera después de extraérselo.

Ella pidió que. Kasey se concentró en el verbo «pedir», que implicaba consentimiento, para tratar de sobreponerse a su vértigo. *Extraérselo.* Carne abierta y sangre. Con sus propias manos. ¿Qué había dicho Jinx sobre él? *Mi inquilino, mi empleado.* Kasey volvió a examinar al chico. Tendría dieciséis años, como su hermana, o algo más. Lo delgado y geométrico de su rostro hacía que fuese difícil adjudicarle una imagen. Pero tenía claras dos cosas: lo primero, él era más joven que la mayoría de empleados de GRAPHYC que ella había visto en la planta de abajo; lo segundo, su apariencia se ajustaba a su oficio.

Pero quién era él no cambiaba lo que había hecho así que, con el corazón en la garganta, Kasey miró la lata que tenía en la mano. Tenía una uña de cantidad de una sustancia blanca y polvorienta.

RESULTADOS: Intrarrostro 4,8/23 gramos.

—¿Cuándo? —preguntó encogiendo los dedos de los pies como si pudiera aferrarse el suelo.

—Una semana antes de irse.

Ese fue el periodo de desintoxicación tecnológica de Celia. De vez en cuando, ella apagaba su Intrarrostro y no le daba a la gente otra opción que conectar con ella en persona. Kasey no le había dado demasiadas vueltas a este asunto.

—¿Y tú llevaste a cabo sus peticiones? —La voz le sonó demasiado aguda y acusica, como si el chico hubiera matado a su hermana, aunque cada vez estaba más claro que Celia había estado aquí de forma voluntaria, en sus últimos días, y le había pedido al chico que le hiciera eso.

Segundo error: pensar que su hermana confiaría en Kasey antes que en un desconocido. Si es que él era un desconocido, claro.

—Claro que lo hice. Era mi clienta —explicó el chico con calma—. Pero, para mí, ella era más que eso. —En su expresión había intensidad y algunas emociones a las que Kasey no era capaz de ponerle nombre, aunque las hubiese visto antes en algún sitio—. Así que la salvé. —Él recuperó el Intrarrostro y ella se lo permitió, incapaz de frenarle—. Incluso antes de escuchar las noticias, había planeado reconstruirlo. Quería entender qué le había llevado a creer que no había otra salida. Después de todo, la gente que se extrae sus Intrasrrostros suele ser de dos tipos.

—¿Qué dos tipos?

—Criminales o víctimas.

Criminales. Esa palabra sacó a Kasey de su trance.

—¿Y qué crees que era ella?

—¿Celia? ¿Cometiendo un crimen? —El chico entrecerró los ojos—. El único exceso que la imagino cometiendo es el de amar demasiado.

Definitivamente, no era un desconocido. Era obvio que conocía a Celia, y que la conocía bien. Su mirada dejaba ver esa especie de intoxicación, esa determinación que todo lo consume, que también había visto en los ojos de gente como Tristan/Dmitri. La amaban tanto que no podían seguir adelante. Reaccionaban con la misma fuerza que aquella pérdida había supuesto sobre ellos.

Así eran los humanos normales.

Y Kasey no lo era. Tragó saliva y miró de nuevo a los restos que había en la lata. Si se perdía un solo grano, el Intrarrostro nunca volvería a encenderse. Al chico debió de costarle meses llegar al punto al que había llegado. Y, durante todo ese tiempo, ¿qué había hecho Kasey? Esquivar reporteros. Aceptar la tragedia. Organizar una fiesta.

A ojos del mundo, ella tenía mucho más de payaso que de fantasma.

Volvió a enfundar el REM y miró al chico, quien había respondido a todo lo que ella le había preguntado. Como mínimo, ella le debía una explicación.

—Soy Kasey… Mizuhara —dijo como queriendo que el chico la reconociese.

No era capaz de acordarse de la última vez que se había presentado con su nombre completo. Ahí afuera no podía haberlo hecho sin que la identificase algún robot hackeado que, instantáneamente, les diese su paradero a los periodistas. Pero aquí, en un sitio privado, estaba a salvo. Al menos físicamente.

Psicológicamente se sentía mucho más fuera de su elemento que, incluso, en su fiesta.

»La hermana pequeña de Celia… —añadió, solo por si acaso.

Justo a la vez, el chico le respondió.

—Ya sé quién eres.

Aquello sorprendió a Kasey. Se sobrepuso. Su historia se había vuelto viral.

Si el chico la había juzgado por proclamar sin ningún sentimiento la muerte de su hermana, no le desveló nada.

—Vuelve cuando esté listo.

El Intrarrostro de Kasey recibió una nueva solicitud de contacto.

ACTINIUM

Rango: 0

Una persona normal se habría sentido agradecida por ese dato. Él habría entendido bien a su hermana. Él era alguien que las podía entender.

Pero ese fue el tercer error de Kasey: dar por hecho que alguien la entendería.

Se marchó de allí sin decir nada más. Dejó atrás al chico y, con él, el Intrarrostro de su hermana. Dejó la puerta abierta detrás de ella y se marchó sintiendo una presión en el pecho.

ⵜ⵿⵿⵿ ⵿⵿

HHH II

La puerta se cierra detrás de mí y me enfrento a la
tormenta que hay más allá del porche.

He tenido un montón de ideas terribles, pero esta supera a la de las galletas de ñame. Con cada paso que doy
hacia la lluvia me pregunto si debería quedarme esperando. Mañana el cielo se habrá despejado.

Los relámpagos estallan de nuevo e iluminan el cuerpo, y
entonces me acuerdo de que se trata de una persona. Puede
que ya esté muerta pero, en el caso de que no lo esté, no puedo dejarla a merced de los elementos. Así que avanzo hacia la
orilla atravesando la manta de agua hasta que, después de lo
que parece un año luz y un poco más, llego a su lado.

Es un chico. Y uno nada feo. Eso lo decido con el siguiente relámpago. Está completamente desnudo.

Ya te recrearás más tarde.

Estoy pensando en cómo transportarlo cuando una ola
choca contra mí y casi me tira al suelo. Mierda, qué frío. Vienen más olas: puedo oírlas rugir muy cerca. Ya estaba empapada, pero es que ahora estoy tragando agua de lluvia.

Es hora de irse de aquí.

Levanto mi carga por las axilas y empiezo a arrastrarlo. La arena mojada dificulta el proceso. La superficie está
encharcada y estoy dos veces a punto de resbalarme.

Y a la tercera va la vencida.

Me caigo de espaldas y el chico desnudo cae sobre mí. Y puede que fuese gracioso si él no pesase tanto como Hubert. Con un sonido gutural, consigo quitármelo de encima a medias. El esfuerzo me deja derrotada. Me quedo tumbada tratando de recuperar el aliento. Mientras, el cielo parece querer hacerme ahogadillas.

Y entonces se incorpora.

Está despierto.

Es decir, tiene que estarlo. Un rayo. El pelo le cubre los ojos y no puedo descifrar si está despierto o no. Oscuridad. Está tumbado sobre mí, pero ya no me está aplastando... lo que es un verdadero avance, aunque siga atrapada debajo de él.

Un humano.

La lluvia emite un leve brillo al caer y crea la ilusión de que se está evaporando al tocar su piel. En realidad, esta se desliza por su pelo, por su cara y por la mía. Pestañeo para quitarme el agua de los ojos. Tengo el cerebro anegado. ¿Qué hago? ¿Qué digo?

—Oye. —En el fondo de mi cabeza soy consciente de que por primera vez en tres años estoy hablando con un ser humano—. ¿Te importaría...?

La petición se apaga en mi garganta.

Porque él me la está retorciendo.

Pero... ¿qué está pasando? Me arden los ojos. Parece que se me van a salir los globos oculares. *Estoy soñando, es una pesadilla.* Pero si he aprendido algo desde que llegué a la isla es que nada es una pesadilla y que pensar eso es lo que te mata de hambre, deshidratación o, como en este caso, por la existencia de chicos en la playa.

Le sujeto las manos. Su agarre es férreo. Le doy un rodillazo en sus partes. Ni se inmuta. A lo mejor no era un chico.

Siento mi lengua como muerta en mi propia boca. Me pesa el pecho. Relámpago. Un sonido fantasmagórico. Oscuridad. El vacío.

El trueno se queda en silencio.

Surge una luz azul. Es una habitación poco iluminada, neblinosa. Hay un hombre vestido de blanco. Y un ataúd. Mi voz: *No dejaré que me siga.* Suena como un pensamiento. Me veo desde fuera. Extiendo la mano para tocar a la otra yo, pero no puedo sentirla. ¿Es que estoy muerta?

Encuéntrame, Cee.

No, no estoy muerta. Mi yo muerta no podría escuchar la voz de Kay. Ese sonido me despierta los miembros y la piel… y siento que los dedos del chico se aflojan. Me aparta las manos de la garganta. Su cuerpo cae hacia el lado. Oigo la voz de U-me, fiable y monótona.

—Totalmente en desacuerdo.

La lluvia lo golpea todo y el sonido recuerda al de un aplauso. Cae sobre mí sin contemplaciones ahora que me he librado del chico. Mis jadeos se convierten en un gorgoteo. Me atraganto con mi propia saliva y recupero el aliento. Giro sobre mí misma. Me apoyo con los codos. Levanto la cabeza y, entre la lluvia, veo el resplandor del cuerpo metálico de U-me.

Está junto al chico, que ahora está boca abajo en la arena. No sé qué le ha hecho (¿le ha dado un cabezazo?), pero ha sido efectivo. Él está fuera de combate y no me ha podido asfixiar.

—Gracias, querida —grazno, y mi voz se oye muy extraña—. Te debo una.

—De acuerdo.

Nos planteamos qué hacer con el chico.

—¿Y ahora qué hacemos con él?

8

—**B**ueno, ¿cómo ha ido? —¿Por dónde debería de empezar?, ¿por el Intrarrostro de su hermana o por el chico que se lo extrajo?—. ¿Qué tal la fiesta? —insistió Meridian, y Kasey por fin lo entendió.

Cerró la puerta de la taquilla del gimnasio. Ahora resaltaba incluso más: era la única recién pintada de la fila, después de que alguien escribiese **ZORRA** a modo de grafiti. A Kasey le resultó curioso que se siguieran usando aerosoles. Meridian no parecía sorprendida y Kasey le preguntó quién de ellas había hecho aquello, lo que causó una escena más desagradable que el propio vandalismo. Ella no se había referido a Meridian, claro. De hecho, no le contaba a Meridian muchas cosas para evitar que estas ganasen importancia (como pasó con la fiesta que Meridian se sacó de la manga para sacar de quicio a los detractores de Kasey).

—La fiesta estuvo bien —le contestó Kasey—. Multitudinaria —añadió mientras otras chicas llenaban el vestuario con su presencia, con charla y con cloro, lo que despertó en Kasey un *déjà-vu*.

Si no fuera por las clases de natación, la manera más rápida de quitarse de encima los requisitos de ejercicio físico del biomonitor, hoy habría asistido a la escuela en forma de holograma. El viajecito al estrato-22 la había dejado exhausta. Durmió mal y lo primero que hizo por la mañana fue comprobar su Intrarrostro. No tenía mensajes de Actinium. Y eso la alivió. Quería respuestas, pero la idea de explorar los recuerdos de Celia le daba demasiado vértigo.

Y, ahora, la humedad del vestuario no la ayudaba.

—¿Ya está? ¿Eso es todo lo que voy a conseguir? —se quejó Meridian mientras seguía a Kasey hacia la salida.

Entonces se encontraron con alguien conocido.

—¡Eh, hola!

En persona, el pelo de Yvone era rubio y no azul. Por desgracia, Kasey era exactamente igual que su holograma. Su nombre y su rango flotaba sobre ella siguiendo la norma escolar. Por suerte para ella, iba acompañada ni más ni menos que por **LAN, MERIDIAN: rango 18154**. La escena pedía a gritos ser comentada. Kasey contuvo el aliento ante la sonrisa de Yvone.

—Noto cierto parecido —dijo justo antes de levantar una mano y exclamar—: ¡nos vemos por ahí!

Yvone siguió su camino y Kasey se relajó, sintiéndose afortunada de que la otra chica se hubiese marchado.

A Meridian, comprensiblemente, no le sentó igual de bien.

—Vaya, ¿será cosa de racismo?

Para ser justos, los perfiles geogenéticos de Meridian y Kasey apenas diferían en un 7%. Aunque las identidades culturales se preservaban en las familias, el deshielo ártico había remodelado la sociedad de forma irrevocable. El aumento del nivel del mar había provocado que los continentes se retrajeran en territorios más pequeños y la gente de distintos países se reagrupara en la ecociudad que flotase por encima de su zona.

Pero Kasey no podía defender a Yvone. Le siguió la corriente.

—Pero mírala… —susurró Meridian y Kasey le hizo caso. Se giró para echarle un vistazo a Yvone y se fijó en su identificación, que no había visto hasta entonces—. Pavoneándose por ahí aun siendo una recién llegada.

YORKWELL, YVONE
Rango: 67007

Aunque el rango fuera tan bajo, no despertó el interés de Kasey. Lo que sí lo hizo fue su apellido, que le resultó familiar.

¿Dónde lo había oído antes?

—He oído por ahí que trataron de instalarse en la ecociudad siete, pero que los rechazaron —dijo Meridian cuando sonó el timbre de cuarta hora, mientras las puertas de las aulas se abrían liberando a los estudiantes que empezaron a llenar los vestíbulos. Se unieron a la marea de estudiantes de carne y hueso que iban de camino a la cafetería—. Casi te hace preguntarte cómo es que los admitieron en la nuestra —susurró Meridian mientras escogían unos cubitos de proteínas. Siguió hablando mientras elegían los postes intravenosos que sostendrían sus complementos nutricionales—. Me apuesto lo que quieras a que son unos plantones. ¿¡Qué!? —exclamó cuando Kasey le pidió que bajase la voz.

—Hay que llamarlos sintetizadores.

Esa era la manera adecuada de definir a aquellas personas que habían sido modificadas genéticamente para sintetizar su propia glucosa a partir de carbono y agua, un proceso el doble de eficiente que el inyectado intravenoso de nutrientes.

—Es que no me entiendes —refunfuñó Meridian mientras las roboenfermeras les insertaban las vías en los brazos—. No es justo. Mis madres se han pasado despiertas toda la noche tratando de calmar a mi tía Ling. Antes de que lo preguntes: nos han vuelto a aplazar la solicitud. ¿Te lo puedes creer?

Claro que Kasey se lo podía creer. Los parientes de Meridian del Territorio-4 llevaban tratando de emigrar a las ecociudades casi un año, pero no podían desvincularse del hecho de que su tatarabuelo trabajase para la industria de los pesticidas. No importaba lo ecológicos que ellos fueran en el presente: el daño a su rango era irreversible. Bueno, casi. Hacerse fotosintéticos habría multiplicado su rango por diez en una sola generación. Y eso es lo que Kasey le habría recomendado. Ella se habría modificado genéticamente si hubiese estado en la posición de Meridian. Pero no dijo nada porque, como la mayoría de sus ideas, seguro que se vería como algo insensible y ofensivo... así que se lo mantuvo callado.

—Lo siento —dijo en lugar de eso, ofreciendo así unas palabras sin ninguna utilidad.

—Bueno, no es que tú puedas hacer nada al respecto, ¿verdad? —le contestó Meridian mientras arrastraban sus postes intravenosos por el patio al aire libre (aunque arriba de ellas no había cielo sino el siguiente estrato).

La parte superior del estrato, que hacía las veces de cielo, mostraba hoy unas nubes que simulaban una luz gris que se reflejaba en las mesas. Mientras Kasey buscaba sitios libres, se oyó un grito.

—¡Lan! ¡Por aquí! —les decía un chico desde una mesa de cinco.

—¿En serio? —dijo Meridian dirigiéndose hacia el grupo—. No me digáis que estáis haciendo pellas.

—El doctor Mirasol nos deja salir antes si acabamos pronto —dijo Sid, el chico que acababa de gritarles.

—Hum… —murmuró, escéptica, Meridian—. ¿Habéis acabado tanto rato antes y justo a la hora del almuerzo? ¿Es que no os revisa el trabajo?

—¿Tú qué crees…? —dijo una chica resoplando.

—No tengo culpa de ser un genio —dijo Sid.

Meridian puso los ojos en blanco y se giró hacia Kasey.

—¿Te importa?

Kasey negó con la cabeza, ya que era la única respuesta socialmente aceptable, y trató de pensar una excusa para esfumarse de allí, pero Sid ya estaba palmeando el sitio que había a su lado sin darle otra opción que sentarse allí.

—Ey, Mizuhara —le dijo cuando se sentó—, ¿cómo te va?, ¿tienes algo turbio entre manos? ¡Es broma! ¡Es broma! —aclaró cuando Meridian le puso mala cara.

—Todo bien, gracias —dijo Kasey y entonces echó un vistazo al resto de personas de la mesa.

Había dos personas que le resultaban familiares y dos que eran desconocidas, todas ellas pertenecientes al equipo de ciencias del que Kasey había formado parte. Al dejar el laboratorio habían perdido el contacto. Solo Meridian se había seguido sentando a comer con Kasey después de que le prohibieran cualquier vinculación con la ciencia. Siempre hacía un ruido evidente al poner la bandeja junto a la de Kasey como si estuviera haciendo algún tipo de afirmación categórica ante un hecho controvertido. No tenía ninguna obligación de hacerlo. A Kasey le gustaba estar sola. Pero, de alguna manera, Celia se enteró de aquello (*Cuéntame lo de tu nueva amiga*) y eso le recordó que tener a alguien con quien comer era un pro, no un contra. El tamaño del círculo social tenía una relación directa con la esperanza de vida. Pero Kasey era un caso atípico, ya que cuando más feliz era ella era cuando la conversación fluía como si no estuviera allí. Los temas iban pasando de quejas sobre los profesores hasta la preparación de las competiciones. Meridian compartió la noticia sobre el aplazamiento de la situación de su familia extendida y todo el mundo abucheó.

—¿A quién tengo que asesinar? —preguntó Sid ganándose una colleja de Meridian, así como una sonrisa cómplice.

Kasey se dio cuenta de que la gente sobreactuaba para mostrar que algo le importaba. Lloraban de más, reían a carcajadas y juraban vengarse de quien hubiese herido al otro. Se regodeaban en la autodestrucción, aspiraban a lo imposible, deseaban y temían las cosas en la misma medida…

Ding.

Bandeja de entrada: (1) nuevo mensaje.

Lo de involucrarse en dramas ajenos era una lamentable experiencia humana de la que Kasey no tenía ningún interés en formar parte, pero se vio arrastrada a ello igualmente en cuanto abrió el mensaje.

Era de Actinium. Una sola palabra, sin ningún otro signo de puntuación.

listo

No, quería decirle Kasey. *De listo, nada*. Pero aquello no era una pregunta.

Listo. El Intrarrostro de Celia estaba listo.

—… Ya os lo demostraré. Ay, mierda —dijo Sid cuando Kasey alzó la mirada con los ojos desencajados como si acabara de terminar una carrera de 200 metros braza—. Olvidé que teníamos entre nosotros a una funcionaria del P2C.

—Compórtate —le dijo Meridian a Sid y entonces se dirigió a Kasey—. Hoy Linscott Horn va a hablar sobre el estrato-25.

—Después de clase —dijo una de las chicas—. Vamos a hacer un piquete.

—¿De qué siglo vienes? —preguntó Sid mordisqueando su cubito de proteínas—. Hay que hackearlo —farfulló con la boca llena—. Voy a desactivarle el rango a todo el mundo. Eso le enseñará a Horn que su intolerancia no tiene cabida aquí. Me vendría bien la ayuda de una profesional —dijo guiñándole a Kasey.

—Sid —dijo Meridian en tono de advertencia—. Corta el rollo.

—Estaba de coña.

—Pues no tiene gracia —le soltó Meridian antes de que Kasey asegurara que no pasaba nada.

Se hizo un silencio incómodo. Nadie dijo nada, pero todo el mundo estaba pensando en las sanciones de Kasey. El hackeo estaba estrictamente prohibido. Para todo el mundo, pero sobre todo para Kasey. Los ajustes por defecto de su Intrarrostro monitoreaban que cumpliera aquello, igual que los preajustes de su biomonitor. Si se pasaba de la raya, el P2C lo sabría.

—Lo siento, no puedo —dijo Kasey rompiendo su silencio. Se quitó la vía del brazo y se volvió a bajar la manga de la chaqueta—. Tengo planes.

—¿Ves? —dijo Sid dándole un codazo a Meridian—. Está la mar de solicitada.

La tensión se disipó. Volvieron a ponerse a hablar. Meridian cruzó la mirada con Kasey y le dio las gracias moviendo la boca. Hasta donde sabía, Kasey había soltado una mentira para aligerar la tensión.

Ojalá fuera así.

La mentira de Kasey es que no tenía planes para después de clase.

Se marchó durante la hora de estudio. Tomó el conducto más cercano. Sus compañeros no notarían su ausencia. Puede que sus profesores sí lo hicieran, pero solo sería un primer aviso. Mientras se abría paso entre la multitud del estrato-22 pensó que, si sobrevivía a aquello, también sobreviviría al castigo que podría caerle.

—¡Otra vez no! —se quejó el tatuador cuando Kasey entró en GRAPHYC y se enfiló directamente hacia la escalera trasera.

La puerta de arriba estaba abierta de par en par. Entró sin llamar.

Unidad vacía. Miró arriba y encontró a Actinium encima de su cabeza, boca abajo en el techo, sentado ante una mesita baja con dos objetos. Un proyector holográfico y un aparato más pequeño que emitía una red de láseres en cuyo centro, suspendido como un insecto, estaba el núcleo blanco.

El Intrarrostro de Celia expuesto al mundo. Kasey sintió un hormigueo en el cuero cabelludo. Fue consciente de su estado físico: sudorosa, fuera de sí y totalmente desubicada. Justo lo opuesto a él.

—Llegas pronto.

Su voz invadía el espacio como un elemento radiactivo. Se levantó y la mesa se retiró. Se dirigió a la parte superior de la cápsula de inmovilidad (o a la inferior, según su perspectiva) y empezó a subir por los maltrechos peldaños. La fuerza gravitatoria se invirtió en algún punto intermedio entre el techo y el suelo. Se balanceó colgado de un brazo, se soltó y aterrizó en el suelo.

Estaba claro que el movimiento se había perfeccionado con la práctica. El aterrizaje era totalmente silencioso, pero Kasey notó el impacto en la suela de sus zapatos. Dio un paso atrás.

—Me has escrito tú.

—Pero tienes clase —le contestó Actinium en tono monocorde.

Kasey se cruzó de brazos. Puede que pareciese una empollona, pero el colegio le gustaba tan poco como la gente. Además, no entendía qué le importa a él su vida académica.

—¿Cuánto necesitas? —preguntó en tono serio.

—Diez minutos más.

Esperaría diez minutos, entonces. De repente, la habitación parecía demasiado pequeña para albergarlos a ambos.

—Esperaré af…

Kasey dejó la frase a medias cuando vio que Actinium se había acercado a la barra de combustible. Había abierto un armario y había sacado un bote de té y dos tazas.

… *Afuera*.

Mientras vertía agua hirviendo en las tazas, Kasey lo analizó buscando en él los rasgos que solían gustarle a Celia. ¿Alto? Sí. ¿De pelo y ojos oscuros? Sí. ¿Correcta proporción entre hombros y caderas? Sí. Kasey se detuvo ahí. El chico parecía más corpulento ayer al otro lado de su REM, pero ahora se daba cuenta de que era debido a su postura. Cuando el chico se giró, le ofreció la taza y se apoyó contra la barra de combustible, Kasey concluyó que era algo más menudo de lo que recordaba.

El silencio se convirtió en un suspiro cortado a medias, en un nombre no dicho. Por contradictorio que pareciera, Kasey pensó que aquel espacio que era demasiado pequeño para dos, estaba pensado para tres. Allí faltaba

Celia. Necesitaba a Celia. Necesitaba que le aconsejase qué decirle al chico que tenía al otro lado de aquella habitación. En teoría, el elemento en común que ambos tenían era lo bastante sólido como para soportar cualquier paso en falso que Kasey diese. Pero, aun así, estaba asustada. Asustada de que pareciese que no sufría tanto, que no lo comprendía del todo, que puede que aquello no le importase tanto como al propio Actinium.

Sopló su té, pero eso no hizo que se enfriara más rápido. No se doblegó a las leyes de la termodinámica. Al mundo le iba bien sin ella. Recordar eso le dio el valor de, por fin, decir algo.

—¿Desde cuándo la conoces?

Pero la frase le salió en el mismo instante en el que Actinium le preguntó:

—¿Tienes alguna pregunta?

Fue raro.

—Esa es mi pregunta. —Actinium no contestó. Kasey solía ser la que perturbaba a la gente con sus silencios, pero ahora se encontraba en territorio desconocido—. Te he buscado. —Podría haberse abofeteado a sí misma después de oírse decir aquello.

—¿Y?

Y no encontró nada. Sin la posibilidad de hackear, estaba tan limitada como cualquiera.

—Eres una persona muy discreta. —Tenía que dejar de decir obviedades cuando estaba con él—. Así que no voy a husmear —dijo, aunque eso era justo lo que había hecho—. Solo quería saber…

Cuánto tiempo he estado sin saberlo.

Actinium bajó la vista hasta ocultar sus ojos.

—Años.

Kasey no tenía ni idea. Se llevó la taza a los labios. El té ardía tanto como su vergüenza. Habría sido demasiado cotilla por su parte preguntar cómo se conocieron o cualquier otra cosa sobre su relación. *¿Qué más...?* Se tiró del cuello de la chaqueta del uniforme y se le vino a la mente:

—Tú no estás en la escuela —dijo después de que PICODORO se lo chivase—, tampoco —añadió para suavizarlo.

—Ya no —contestó Actinium.

—¿Cuándo te graduaste?

—No lo hice. —Aquello no iba bien—. Lo dejé hace siete años. Justo antes de entrar a la Secundaria.

Información recibida. Tenía una edad entre la suya, dieciséis, y la de Celia, dieciocho. Kasey dio un buen sorbo a la taza... y se atragantó con lo siguiente que dijo Actinium.

»No tienes que esforzarte tanto. —Le echó un vistazo a la taza que ella sujetaba y añadió—. No tenía que haberlo dado por hecho.

Por un instante, a Kasey le pareció percibir una nota de duda.

—No está mal. Potable.

Lo dijo como un cumplido, pero no salió como esperaba... como casi todo lo que decía. Miró la hora en la esquina de su visión mental. Dos minutos más. Echó un vistazo al techo, donde el Intrarrostro seguía suspendido entre la red láser.

—¿Puedes bajarlo?

—La otra vez no necesitaste mi ayuda —le espetó Actinium.

—No sabía quién eras.

Y seguía sin saberlo, más allá de lo poco que había averiguado. Trabajaba en GRAPHYC, tenía un gato y amaba a su hermana, lo que ya decía bastante de él. En el fondo, era alguien en quien podía confiar. Alguien atrevido.

Alguien que se rige por sus sentimientos.

Actinium dejó la taza sobre la barra de combustible. Se acercó a la cápsula de inmovilidad y escaló por ella de la misma manera que había bajado: girando completamente a medio camino y aterrizando en el suelo. La miró, expectante.

Sí. Sin duda era del tipo de Celia. Kasey suspiró, dejó la taza junto a la de Actinium, se limpió las manos contra la chaqueta y se aproximó a la cápsula de inmovilidad. En los escalones apenas le cabían los pies. Estaba tan concentrada en no resbalarse, que no se preparó para la inversión de la gravedad. El estómago se le volvió del revés... porque ella estaba del revés. Se agarró al lateral de la cápsula durante un segundo antes de caerse...

... Y de aterrizar en el techo. De pie. Contra todo pronóstico.

Aunque entendió que no se hubieran cumplido los pronósticos cuando se dio cuenta de que Actinium estaba junto a ella sujetándola por los hombros. Sus ojos se encontraron. A ella le sorprendió comprobar que la mirada de él era tan cautelosa como la de ella. Entonces la soltó, dio un paso atrás y Kasey pudo por fin concentrarse en lo importante. Estaba en el techo. Con los pies bien plantados sobre la superficie. La sangre le seguía llegando a los pies. La misma fuerza de 9.8 m/s^2 que lo anclaban todo a la Tierra ahora hacía lo mismo... pero anclándolos a otra cosa.

Completamente alucinada, se sentó en lo que ahora era el suelo. Actinium hizo lo mismo. La mesa surgió de forma automática. El Intrarrostro seguía su proceso y el avance se observaba en la pantalla. Aquel espacio le había parecido antes demasiado pequeño, pero en este momento y en este lugar, Kasey se alegraba de tener a Actinium a su lado, ya que así no tenía que observar sola el progreso numérico.

98%
99%
100%

Los rayos luminosos se contrajeron. El Intrarrostro se posó sobre la superficie. Kasey no lo tocó. Esperó a que Actinium lo insertara en el proyector holográfico.

Pero el chico se puso de pie.

—Me voy.

Fueron solo dos palabras muy prudentes, pero Kasey sintió que querían decir otra cosa.

Me voy para darte un poco de privacidad.

—No —le contestó ella y se aclaró la garganta—. Eso no será necesario. Ella habría querido que te quedaras. —Actinium no se inmutó—. Siéntate —le ordenó.

Él se sentó y ella introdujo el Intrarrostro en el proyector antes de darse tiempo a replanteárselo. Un haz de luz vertical surgió de la parte superior de la máquina y se abrió en abanico hasta formar una especie de pantalla gris.

BIENVENIDA, CELIA

Kasey se sentía tan mal por estar en el interior del cerebro de Celia que era como si una serpiente le estrujase el suyo. Actinium abrió un informe sobre la actividad del Intrarrostro de Celia y Kasey dejó la mente en blanco.

Datos. Hechos. Eran cosas que merecía ver.

Los datos: Celia se holografiaba 20,5 horas menos por semana que la media de la gente. Las únicas aplicaciones que tenía eran las que se descargaban por defecto. El grueso del almacenamiento de su Intrarrostro estaba dedicado a capturar recuerdos, docenas de miles de ellos, que se organizaban por fecha y tema. Ahí había cien mil horas de metraje. Tendrían que pasarse ahí años para poder revisarlas todas… así que, cuando Actinium sugirió que revisasen solo los últimos seis meses, Kasey asintió. Revisarían los seis meses previos a la desaparición de Celia.

Abrió la carpeta correspondiente, respiró hondo y le dio al botón de reproducir.

Ahí estaba todo. Recuerdo tras recuerdo tras recuerdo. Lo bueno, lo malo y lo acusatorio. La primera vez que, juntas y en persona, visitaron el mar, y también (como Kasey descubrió al revisar el resto de las grabaciones englobadas en la etiqueta «mar») todas las veces que Celia había vuelto por su cuenta, de noche, sin que Kasey lo supiera. También se topó con otras salidas nocturnas secretas a clubes. Fiestas de pijama. Sesiones de yoga y *brunch* con sus colegas (muchos colegas). Un sinfín de caras, risas, personas y lugares cobraron vida gracias a la atención que les había prestado Celia.

Había revisado dos semanas de recuerdos, ya solo le quedaban cinco meses y medio.

Cuando le quedaban cuatro meses, Actinium se levantó, bajó y volvió a subir. Kasey se encontró con un cubito de proteínas en la mano. Más tarde, ella misma bajó del techo para usar el baño de la superficie del suelo y se sorprendió al comprobar que GRAPHYC había cerrado sus puertas ese día. El tiempo no pasaba en la unidad sin ventanas de Actinium, lo único que allí pasaba era la vida de Celia… pero, afuera, el día se hizo noche y, después, día de nuevo. Las alertas matutinas de noticias aparecieron en el Intrarrostro de Kasey. Temblores detectados en la costa del Territorio-4. El discurso de Linscott Horn, aplazado. Mensajes de Meridian preguntándole dónde estaba. Ningún mensaje de David, que seguro había dado por hecho que ella había pasado la noche en la sede del P2C.

Quedaban dos meses. Kasey alzó la vista y se cruzó la mirada con Actinium. Tenía los ojos inyectados en sangre y ella dio por hecho que los suyos estarían igual. Ninguno de los dos le ofreció un descanso al otro. A lo largo de aquella noche sin pronunciar palabra, se había sellado una especie de acuerdo entre ambos.

Ambos seguirían ahí hasta el final.

Un mes. Una semana. Un día.

Y entonces llegó la negrura. Se proyectó el último recuerdo. El tsunami de la vida de Kasey se retiró llevándose a Kasey con él. Se sentía como un cadáver tirado en la arena. Tenía los oídos saturados y los ojos resecos. Si los sentidos fuesen una fuente no renovable, ella acababa de gastar toda su parte en revisar una fracción de la vida de su hermana. La vida de Celia estaba mucho más llena de cosas que la suya. Mucho más. El mundo habría perdido mucho menos con Kasey, cuyo cerebro ya se estaba reiniciando y llegando a conclusiones. No encontraron nada extraño. Nada de lo que sorprenderse, más allá de sus escapadas nocturnas secretas (no encontrar evidencias de las mismas sí que habría sido más sospechoso). Nada, como había dicho Actinium, que hubiese hecho que Celia se sintiese contra las cuerdas. Las únicas víctimas eran las personas que ella había dejado atrás.

Como Tristan/Dmitri.

Necesito saber si fue mi culpa.

Espera.

¿Dónde estaban los recuerdos relativos a chicos?

Almacenados en una carpeta aparte, pronto descubrió. Una carpeta llamada «xxx». Abrió una previsualización de la misma. Fue un error. La cerró. Ahí sería donde dibujaría la línea.

—Hazlo tú —le dijo a Actinium.

—Hay otra manera.

Actinium abrió los datos del biomonitor de Celia y Celia se enfadó consigo misma por no haberlo hecho. Las emociones podían descifrarse a través de los números. Seleccionó un informe mensual de salud. Sabía lo que estaba buscando: pruebas empíricas de que le hubiesen roto el corazón, alguna irregularidad en los niveles de los neurotransmisores, desequilibrios en su humor... Allí había datos y gráficas de todo tipo.

Pero ninguna correspondía a la imagen que ella creía que podría encontrar.

En lugar de eso, por primera vez en su vida, Kasey tuvo que repasar los números por segunda vez. Le echó un vistazo a Actinium, y vio que entrecerraba los ojos mientras digería esos datos.

Kasey entendió que no estaba preparada para hacer lo mismo, así que se levantó y se alejó un poco. La sangre le bombeaba en el cerebro como si se hubiera restaurado la gravedad y ella estuviese a punto de caerse y hacerse polvo. Eso es lo que le hubiera apetecido que le pasase, al menos durante un angustioso segundo. Caerse y unirse a Celia en un mundo sin sentido. Porque Celia seguía muerta. El mar la había matado.

Llevaba mucho tiempo matándola.

IIII IIII

El mar es siempre más hermoso después de una tormenta. Esta mañana centelleaba más allá del muelle hundido como si estuviera cubierto de lentejuelas. Reconozco que el cielo debe ser de un azul intenso. Ojalá pudiera ver los colores.

Ojalá no tuviera que andar reconstruyendo botes y neutralizando estrangulamientos.

Me acaricio el cuello. Tengo la tráquea magullada y me cuesta horrores tragar. Parece ser que al final había más maneras de morir en esta isla de las que en principio había pensado. Una de ellas era a manos, literalmente, de un chico.

Podría haberlo abandonado en la orilla. La misma tormenta lo habría ahogado. El océano se lo habría llevado de vuelta a dondequiera que viniese. Me podría haber librado de él sin mover un dedo y se lo habría merecido.

En lugar de eso, me ocupé de él. Está atado a la cama de M. M. y sigue desnudo (me niego a vestir a mi casi asesino). Está vivo.

Porque él es como yo. Los dos somos náufragos y estamos desprotegidos como bebés. Si él recuerda algo, cualquier cosa, sobre lo que hay ahí fuera (ya sea otras islas o esas ciudades de mis sueños) me da igual que sea el mismísimo diablo. Podría ser la clave de mi pasado y mi futuro. Podría aumentar mis posibilidades de encontrar a Kay.

Ya veremos cuando se despierte.

La marea aumenta bajo mis pies borboteando entre los tablones del muelle. La brisa marina me sienta fenomenal, especialmente después de los eventos de anoche.

Una última inspiración y me voy del muelle. Siento una punzada en la nuca mientras atravieso la playa. Es raro saber que hay otro alma en esta playa. De alguna forma, la casa está diferente cuando vuelvo. Doy un respingo al oír el crujido de una tabla del suelo, pero solo es U-me.

Los escalofríos se apaciguan una vez que entro en el dormitorio de M. M. A esta hora la estancia está iluminada por la luz del este que entra por la ventana. El papel de las paredes es de florecitas. El aire reluce con motas de polvo y por la rejilla del armario se cuela el tibio olor a lana de los jerséis que M. M. tiene colgados en fila. Dormiría aquí más a menudo si eso no hiciera que el resto de la casa pareciera más vacía. En el sofá puedo convencerme a mí misma de que no soy más que uno de los muchos invitados que pasan por aquí.

El chico, sin embargo, parece muy a gusto bajo la manta con la que lo he cubierto. Me hundo en la mecedora, tibia por el sol, y lo miro dormir. Con envidia me doy cuenta de que, a pesar de que está atado a los postes de la cama, duerme más que profundamente. Apuesto a que no sueña con nada. Apuesto, sé, que no se ha despertado ni una vez en toda la noche. Estaba más que noqueado mientras yo tenía que luchar para mantener los ojos abiertos después de mi experiencia cercana a la muerte, para no arriesgarme de nuevo a morir, esta vez por salir sonámbula a la tormenta.

Si yo estoy despierta, él también debería estarlo.

Se me agota la paciencia y lo sacudo un poco. Lo pellizco. Compruebo que sigue respirando poniéndole un dedo bajo la nariz. Y, al hacerlo, vuelvo a caer en la cuenta.

Es un humano. Vivo. Que respira.

El primero en tres años.

¿Será gracioso? ¿Sarcástico? ¿Encantador? ¿O seguirá actuando como un asesino?

Como si fuera a encontrar las respuestas escritas en su cara, me acerco a él y lo estudio. Parece tener más o menos mi edad, sea esta la que sea. Respecto a su apariencia: es guapo, sin más. No tiene nada que destaque. Nada en él te deja sin aliento. Tiene los pómulos altos, pero no demasiado definidos. Tiene la mandíbula marcada, pero no es nada afilada. Tiene el pelo ondulado; demasiado corto para que pueda considerarse largo, pero lo bastante como para que se extienda sobre la almohada; se le ven algunos rizos en la zona del cuello y las orejas. La frente se la cubre un mechón gris oscuro. Entre los ojos le destaca una naricita mona y algo infantil. Infantil, esa es la palabra. Le faltan ángulos y sombras. Una media luna asoma en sus labios.

Y eso me hace fijarme en sus labios.

Ni demasiado gruesos, ni demasiado delgados. En la media, pero correctos. Puede que los labios sean su rasgo más bonito. Recorro el inferior con un dedo antes de ser capaz de pararme a mí misma. Me sorprende su suavidad. ¿Tendrán los asesinos los labios suavitos? Me acaricio los míos y, de repente, soy consciente de que los tengo agrietados. Y me río. ¿Yo? ¿Loca por un chico? Imposible.

Un momento.

¿De dónde ha salido ese pensamiento?

No tengo recuerdos de ningún chico. De hecho, cuando trato de pensar en ellos, solo se me vienen imágenes de polos derritiéndose demasiado rápido y de ciudades que flotan sobre los océanos. Y de Kay. Con sus ojos color café. Su pelo alborotado. Su particular sonrisa.

Entonces, como si se hubiera roto un dique, me viene una riada de recuerdos. Chicos, chicos y más chicos. Chicos que hablan más de lo que escuchan, pero que no son tan graciosos como creen. Chicos que me necesitan como el aire y a los que muy fácilmente les despierto una sonrisa.

Solo hay un chico que no sonríe. Tiene el pelo negro peinado a la raya. Los ojos, negros como el carbón. Cuando cruzamos la mirada es como si me viera a mí y no a la versión mía que muestro para gustar a los demás. Ve las partes que escondo, los secretos que le guardo a Kay por miedo a que le hagan daño. No quiero hacerle daño a él, ni a ella, ni a nadie.

No recuerdo el nombre de ese chico.

Cuando vuelvo en mí estoy sin aliento. Vuelvo a mirar al chico y veo que sigo teniendo el dedo sobre sus labios. Ha abierto los ojos. Tiene clavados en mí sus ojos grises. Aparto la mano.

—Por fin —digo con fingida frialdad mientras me cruzo de brazos. El corazón me late muy fuerte—. Me has hecho perder toda la mañana.

Dos segundos. Ese es todo el tiempo que tengo antes de recibir un torrente de preguntas.

—¿Dónde estoy? ¿Cómo he llegado hasta aquí? —Mira a izquierda, derecha, izquierda de nuevo y, por fin, a los postes de la cama—. ¿Pero qué…? —Da un tirón con los brazos, pero la cuerda aguanta—. ¿Qué cojones…? ¿Por qué estoy atado?

Demasiadas preguntas. ¿Me acordaré de cómo se contesta cuando te hacen una pregunta?

—«*¿Dónde estoy?*». En mi cama. «*¿Cómo he llegado hasta aquí?*». Te traje a rastras. «*¿Por qué estoy atado?*». Soy un poco pervertida. —Me he pasado—. Estoy de broma —le aclaro cuando veo que la cara le ha palidecido tres tonos.

Primeras impresiones, toma dos: no tiene pintas de asesino, o al menos no actúa como uno. Pero lo que más me sorprende de él es su voz. Incluso cagado de miedo… es melodiosa. Como el sonido del mar salpicando la arena. Casi que no pega con su cara. Pero, mientras pienso en ello, de repente, su cara y su voz me resultan aún más atractivas.

¿El motivo? El problema de la privación del sonido de la voz ajena es algo real y podría causarme la muerte si no me ando con cuidado.

—Desátame —dice el chico.

La cama cruje por sus tirones. Resisto la tentación de saltar en su ayuda. Esto no tiene nada que ver con la vida que he llevado hasta ahora. Las cosas brillantes de mis sueños (los ascensores de cristal y los chicos de blanquísima sonrisa) no existen aquí. Solo somos yo y las habilidades curativas naturales de mi propio cuerpo. Prefiero un corazón que siga latiendo a un corazón que se ablande: una mala decisión es lo que separa a uno del otro.

—Hasta que no me demuestres que puedo confiar en ti, no —le digo, retrepándome en mi mecedora.

—¿Qué *tú* puedes confiar en mí? —me contesta mientras sigue luchando contra la cama.

—Deja de resistirte y escucha un poco.

Lo espero. Durante varios minutos, su respiración sigue acelerada. Me contagio de su angustia y me agarro a los brazos de la mecedora. Para cuando se calma, la madera está ya resbaladiza

»Bueno, empecemos por la pregunta de por qué estás atado. —Empiezo a balancearme en la silla como una abuela y espero que eso le calme—. Anoche intentaste estrangularme.

—Imposible.

—Pues así fue.

—No m...

Me estiro hacia abajo el cuello vuelto del jersey de M. M. y eso hace que el chico se calle.

—Sí que lo hiciste, por mucho que no te acuerdes. Llovía a cántaros. Tienes suerte de que me molestase en arrastrarte hasta la casa. —Me vuelvo a cubrir el cuello—. De nada.

Veo cómo le llega la información. Está intentando que su cerebro asimile la diferencia entre lo que ve y lo que cree. Mis certezas contra las suyas. No creo que se esté haciendo el olvidadizo. Tampoco descarto que su comportamiento de la playa sea un caso aislado provocado por lo que le haya pasado en el mar. Vale la pena señalar que a la luz del sol parece aún más escuálido y que, ni de broma, parece lo bastante fuerte como para estrangularme. Y no es que lo esté excusando. Él parece bastarse para ello.

—¿Dónde ha sucedido esto? —pregunta por fin el chico.

—Ahí afuera —digo señalando la ventana con la cabeza—. Esto es una isla desierta. Ahora mismo estás en la humilde morada de M. M. Y ella no está por aquí. No, no tengo ni idea de dónde está. Han pasado ya tres años... así que ve asumiéndolo. De momento, solo estamos nosotros. Tú y yo.

—En desacuerdo —dice U-me desde el pasillo que da al dormitorio.

—Y U-me, un robot.

Espero a que reaccione. No dice nada. El chico se queda callado un rato.

—¿Cómo llegué aquí exactamente?

—Iba a preguntarte lo mismo. —Dejo de mecerme y me inclino hacia adelante—. ¿Cómo has llegado aquí exactamente?

—No lo sé.

—Piénsalo.

—¡He dicho que no lo sé! —Baja la voz tan rápida como la alza—. Por favor, ¿podrías desatarme?

Mi corazón se resiste a sus ruegos. *Recuerda tu plan.*

—¿De verdad que no recuerdas nada?

Desnudo y sin recuerdos, ni de anoche ni de su pasado. Puede que el chico y yo nos parezcamos más de lo que pensaba, lo que podría resultar reconfortante (*No soy la única que está así*) si no dependiera de él para encontrar respuestas que me lleven a encontrar a Kay.

»Inténtalo —le ordeno—. Intenta recordar algo. Una imagen. Una persona. Un lugar.

La respuesta del chico es dar un tirón con las muñecas. Lo hace tan fuerte que un líquido negro brota de la cuerda.

Mierda. Doy un salto desde la mecedora mientras el líquido le llega al codo.

»¡Para! ¡Para!

Lo agarro de los antebrazos y me sobresalta la tibieza de su piel desnuda. *Otro ser humano.* Que esté sangrando por mi culpa. Pensaba que aparecer como náufraga en una isla era malo, pero ¿cómo me habría sentido si, además, al despertarme un extraño me estuviese coaccionando para que le respondiese unas preguntas?

Lo voy a soltar. Las palmas me hormiguean donde nos hemos tocado. Intentó matarme, no me olvido. Pero estoy viva. Y él también. Somos las dos únicas personas en esta isla. Convivir en paz sería mucho mejor que lo que estamos haciendo ahora. Tal vez sea un error, pero...

—Te voy a soltar —le digo, pronunciando cada sílaba para darme tiempo a pensar. *Establece unas reglas básicas*—. A cambio de que no trates de matarme de nuevo.

Que Julio me salve. ¿No se me podía ocurrir nada mejor? Está claro que no puedo hacer nada para obligarle a cumplir eso, igual que no tendría manera de castigarlo desde la tumba si lo hiciera.

Afortunadamente, el chico no se ríe de mí. Es más, se lo toma demasiado en serio.

—¿Cómo que «de nuevo»? ¿Cómo va a ser «de nuevo» si no recuerdo que haya sucedido una primera vez? —me reta.

Y yo qué sé. La semántica no es lo mío.

—¿Quieres que te desate o no?

Asiente. Me quedo esperando. Lo capta.

—Vale. Lo prometo.

—Sé sincero.

—No puedo ser sincero si no me acuerdo de algo —protesta.

—A ver si te viene: tú, yo, la playa, tus manos en mi cuello…

El chico cierra los ojos y frunce el ceño. Tengo que reconocer que lo intenta. Me da un poquito de pena cuando los vuelve a abrir y me dice:

—Nunca he querido matarte y no creo que vuelva a querer matarte… pero te juro que no seguiré ese instinto si alguna vez se apodera de mí. —Una pausa—. De nuevo.

—Júralo por tu vida.

—Por mi vida.

Espero que la futura yo no se arrepienta de esto.

Lo desato. Entonces me doy cuenta de que igual debería de haberle advertido de que no tiene nada puesto debajo de la manta.

—Pero… ¡joder!

—Joder —repite U-me—. Establecer relaciones sexuales, verbo; Fastidiar algo, verbo; Tratar de forma injusta o desagradable, verbo.

—Allá tú con las palabrotas… —le digo mientras el chico se mete de nuevo en la cama y se envuelve en la manta.

101

—¿Qué has hecho con mi ropa?

Arrancártela. Esa palabra me viene como un reflejo. Tal vez la usé con otros chicos en el pasado, pero sé perfectamente que no debo decírsela al chico que tengo delante con la cara desencajada.

—Apareciste así, amor —le digo en el tono más amable que puedo.

—¡Algo has hecho con mi ropa! —dice sacudiendo la cabeza. Me apunta con un dedo tembloroso y con las mejillas enrojecidas—. ¡Me di cuenta de que querías hacerme algo!

—Julio, estaba de broma.

—¡Que no me llamo Julio! —Los sentimientos le desfiguran la cara. No soy capaz de interpretarlos tan fácilmente como antes... pero creo que percibo su miedo, así como su falta de confianza y su enfado.

—No quería decir eso. —Me empieza a dar vueltas la cabeza a mí también justo cuando creía que lo había tranquilizado—. Mira, amor, siento lo de tu ropa. Sé que no confías en mí, y no tienes que hacerlo, pero de verdad que llegaste tal cual estás. Y no pasa nada. —Me acerco al armario, abro las puertas y agarro tantos jerséis como puedo—. Podemos vestirte ahora mismo. —Le dejo la ropa en el regazo y me siento al borde de la cama—. Ponte a ello.

El chico no dice nada. No hace nada. No se mueve.

Su silencio me da miedo. Me acerco a él y se aparta.

Hacía tiempo que no me enfrentaba a un rechazo de ese tipo.

—¿Por qué no me dices tu nombre? —le pregunto disimulando el escozor que me ha producido su rechazo—. Yo me llamo Cee —le digo para tratar se suavizar el ambiente.

—No sé cómo me llamo. —El terror le invade la mirada—. No sé... —Se mira las manos, que están sobre su regazo, y su voz se convierte en un susurro—. ...Mi nombre.

Se mira las palmas como si estas hubieran aferrado su nombre hasta hacía un instante. Yo, por mi parte, le miro las muñecas. En ellas se entrecruzan unas líneas oscuras. Yo le he hecho eso. Es como si me dolieran a mí. Se las acaricio y me escucho decir:

—Yo tampoco recordaba el mío.

—¿En serio? —me dice alzando la vista hacia mí con lentitud.

—Ajá.

No me gusta rememorar aquella época, pero lo hago por el chico. Durante mi primera semana aquí tenía un techo y ropa, pero no sabía quién era yo o quién era importante en mi vida. Parecía que nadie me habría echado de menos si me ahogase, así que casi lo hice. En la bañera. Me quedé dormida y me desperté con agua en la nariz y en la boca, pero también con un nombre que me retumbaba como un latido en mi cabeza.

—Tardé un tiempo. —No quiero darle al chico un plazo para que así no pueda comparar sus progresos con los míos—. Pero acabé acordándome.

—¿Cómo dijiste que te llamabas? ¿Cee...? —cuando oigo mi nombre en su voz algo se me mueve por dentro. Es la primera vez que he oído mi nombre en la boca de otra persona desde que aparecí como naufraga en esta playa.

—Sí... C-E-E. Suena como el viento colándose por las rendijas de la ventana.

Quiero que lo diga de nuevo.

No lo hace. Me mira como si estuviese aceptando que todo esto es real, y yo lo miro a él. Él sí que es real. Tengo que sujetarme mis propias manos para evitar tocarlo porque parece ser, según estoy viendo, que es así como conecto con la gente. Quiero sentir sus emociones. Compartirlas y protegerla. *Ojalá estuvieras aquí*, pienso, de repente, acordándome de Kai. La agarraría y nunca la dejaría marcharse. Pero ahora, por muy incompleta que esté, no estoy sola.

No estoy sola.

—... Rojo en la cara.

La voz del chico me saca de mis pensamientos. Me he perdido parte de la frase, pero creo que la comprendo. Cuando se toca la comisura del labio, me froto la mía. Tengo una mancha gris en los nudillos. La lamo, para asegurarme. La lengua me sabe a hierro.

Sangre.

Suya o mía, no lo sé. No importa. *Rojo*, ha dicho el chico.

Él sí ve en color.

Siento una punzaba en el estómago. De alguna forma, sigo sola. Él tiene algo que yo no. ¿Debería decírselo? Decido que no. Él tiene sus propias incógnitas de las que preocuparse. Queda claro cuando me pregunta:

—¿Qué pasa si nunca me acuerdo de mi nombre?

Se le hace un nudo en la garganta al preguntarlo y a mí otro al oírlo. Sé lo que busca: un tipo de consuelo que solo se puede encontrar en otra persona. Una promesa, una caricia en la mano.

—Claro que lo recordarás —le digo haciendo ambas cosas.

Esta vez no se encoge cuando lo toco.

10

*U*n recuerdo lo inunda todo como una marea.

Sábado, hace seis meses. La temperatura era de unos agradables 26 grados, cuando Kasey salió de la sede del P2C del estrato-50 para encontrarse con Celia, que estaba afuera esperándola. Llevaba un conjunto de yoga color azul bebé. Kasey aún tenía puesto su uniforme de la escuela.

—Mi ropa… —empezó a decir mientras que Celia la agarraba de la mano.

—No la vas a necesitar.

¿Un lugar donde no necesitaría ni la ropa prestada de Celia?

—¿Dónde vamos? —preguntó Kasey, cada vez más preocupada conforme se acercaban al conducto más próximo.

No siempre habían pasado juntas los fines de semana. Durante los dos años posteriores a la muerte de Genevie, apenas se hablaban. Entonces sucedió aquel incidente que arrancó la tecnología de la vida de Kasey. Celia intentó suavizar aquel impacto disminuyendo el tiempo que Kasey pasaba sola en compañía de sus pensamientos, dando por hecho que podrían ser peligrosos. Y quizás lo fueran. Kasey no estaría incumpliendo la ley mientras veían series, iban de compras o lo que quiera que Celia planease.

La respuesta de su hermana de que iban «a un sitio especial» podía significar cualquier cosa, de ir a un balneario de barros hasta ir a escalar rocas. Justo la semana pasada Kasey se había asado viva en un sitio llamado «sauna».

Para colmo de incomodidades, estas experiencias (que rara vez eran virtuales) solían tener lugar en los estratos más inferiores. Pero en esta ocasión Celia no se bajó en el estrato-50 ni en el estrato-40. Llegaron y pasaron el estrato-30, y ya iban por el 25. Solo seis pasajeros permanecían en el conducto mientras este seguía descendiendo. Los estratos iban desapareciendo detrás del cilindro de poliglás hasta que Kasey dedujo dónde iban.

—No deberíamos.

El estrato-0 estaba prohibido. El propio David Mizuhara se los había recordado en uno de sus mensajes mensuales.

—Tienes que ver cómo es, amor —dijo Celia mientras tres pasajeros se bajaban en la siguiente parada.

—Ya he visto ese estrato.

Kasey se había holografiado para ir allí en una excursión de clase.

—No es eso. Hablo de ver el océano. De cerca. —Celia hizo esa aclaración adelantándose a que Kasey pudiera argumentar que ya había visto el océano desde la unidad de los Cole mientras disfrutaban de la puesta de sol, lo que además era otro de los recuerdos favoritos de Celia—. Es radicalmente diferente.

—De acuerdo —afirmó Kasey, como si no hubiesen llegado ya—. Solo por esta vez.

El nivel más bajo de la ecociudad, el estrato-0, funcionaba como muelle de carga y como plataforma de observación. El punto más bajo y redondeado tenía forma de vientre y estaba completamente hecho de poliglás, lo que creaba la ilusión de que el mar estaba justo bajo tus pies, así como un incómodo efecto invernadero. Sudando, Kasey observaba cómo Celia miraba el océano.

—¿Por qué te gusta tanto? —le pregunto.

Por mucho que lo intentara, no era capaz de entender qué tenía de especial todo aquel agua, sal y metales pesados.

—Porque está vivo.

—Y nosotras también.

—¿Lo estamos? —murmuró Celia. Kasey respiró de forma ostensible para demostrar que estaba viva—. Eso es aire reprocesado —le respondió, aunque Kasey lo habría definido como aire limpio—. Y tenemos las venas llenas de químicos —dijo como si todos los nutrientes no fueran químicos—. Y las mentes, encarceladas —aunque Kasey lo habría definido como «liberadas del mundo material»—. Cuando miro al mar, casi puedo oírlo llamarme por mi nombre. Es muy reconfortante. —Aunque Kasey, más bien, lo habría definido como «perturbador». Celia se rio de la expresión que se le puso—. Ya verás a lo que me refiero.

—No lo creo —le contestó Kasey muy despacio—. Esta no va a ser una actividad que vuelva a hacer.

Celia se limitó a sonreír.

Al día siguiente, para combatir el calor, Celia compró unos polos del puesto de la plataforma de observación. Los polos dejaron a Kasey pegajosa además de sudada. La concentración de sacarosa se le derritió en las manos y tiñó la boca de Celia de un gratuito Rojo 40. Eso no evitó que su hermana se comiera tres, ni tampoco de que volviese al día siguiente y al siguiente hasta que pasó lo inevitable.

Celia sugirió que bajasen a ver el mar directamente.

El día estaba nublado, pero las nubes no disuadieron a Celia. Un conducto las llevó a un negocio de alquiler de barcos instalado bajo la ecociudad. La existencia de ese negocio maravilló a Kasey. ¿Quién se molestaría en bajar hasta aquí cuando, en todo el mundo, se podía disfrutar de un crucero desde la comodidad de tu propia cápsula de inmovilidad? El grupo demográfico de Kasey, al parecer: adolescentes de mofletes mullidos colocados con productos orgánicos. Ni siquiera pestañeó cuando Celia se saltó la fila para alquilar un barco que tenía escrito HUBERT en un lateral.

Hubert venía con ropa protectora, gafas y toxímetros aprobados por el P2C para actividades de fuera de la ecociudad. Todo eso se lo podían haber ahorrado si se hubieran holografiado, fue lo que pensó Kasey mientras se abrochaba la ropa protectora tratando de no pensar en el número de cuerpos que la habían usado antes que ella misma. Se colocó bien las gafas. Eran enormes, casi tanto como las que llevaba cuando aún trabajaba en el laboratorio químico. Celia, con sus propias gafas colgadas del cuello, se rio un poco de ella.

La dueña del alquiler de barcos parecía querer estar allí casi tan poco como Kasey.

—Los mapas están bajo la popa —contestó cuando Celia le pidió recomendaciones de lugares que visitar—. ¡Eh! ¡Solo dos por cada bote! —les gritó a cinco adolescentes que trataban de encajarse en una sola embarcación.

—¡Pasajeros a bordo! —dijo Celia saltando en Hubert mientras Kasey buscaba algún mapa en un compartimento bajo la popa, entre un revoltijo de flotadores biodegradables. Cuando lo encontró vio que estaba plastificados en algún tipo de plastimaterial de contrabando. Al desplegarlo se encontró una enorme cuadrícula azul. El único trozo de tierra emergida, catalogada como 660, era una motita a unos veinte kilómetros al noroeste—. ¿Dónde vamos?

—A ningún sitio —dijo Kasey con el mapa en las manos.

—Pues que allí sea —dijo Celia, lo que despertó un suspiro de Kasey.

Kasey tuvo que replantearse su opinión. Navegar no estaba tan mal. Era una actividad muy tranquila. Te llenaba de paz. Celia apagó el motor cuando llegaron a una zona tranquila en mitad de la nada. Kasey estaba empezando a relajarse cuando su hermana empezó a quitarse la ropa protectora.

—¿Qué vas a hacer? —le preguntó, alarmada, Kasey.

Celia se había quedado en bañador.

—Pues nadar, tontita.

—Tenemos que volver. —Salir de las ecociudades era fácil, pero entrar en ellas resultaba más complejo. Tendrían que dejar las prendas protectoras en los conductos adecuados y después descontaminarse ellas mismas. Y si, por cualquier motivo, no conseguían autorización para entrar…—. Podrían expulsarnos —afirmó Kasey, pronunciando esa idea tan amarga para ambas.

—Conmigo estás a salvo, Kay —le dijo Celia tras mirarla con intensidad.

—A las dos —insistió Kasey.

Y se arrepintió. Celia nunca temía por sí misma. Pero, casi de forma inmediata, la seriedad se evaporó de los ojos de su hermana. Se inclinó hacia ella y le pellizcó la nariz a Kasey.

—¿Con nuestro rango? ¡Somos intocables!

Kasey se quedó callada. Meridian le habría llamado la atención por presuntuosa. Pero ¿acaso no era eso lo que el rango significaba? ¿No era una manera de evaluar lo que la gente tenía derecho a hacer tras haber servido bien al planeta? Ya estaban pagando los errores de otros al tener que vivir encerrados en e-ciudades, como las llamaba Celia, porque otras personas habían convertido en peligrosos los territorios externos. ¿Qué había de malo en aprovecharse de una o dos ventajas?

Kasey no lo tenía claro. Lo correcto y lo incorrecto era, a menudo, subjetivo... por mucho que la gente creyese lo contrario. Subjetivo e interesado. Los únicos que no mentían eran los números. Y a los números fue a lo que Kasey recurrió cuando introdujo en el agua del mar un toxímetro homologado por el P2C.

Le llegó la lectura del nivel de contaminación: era segura al contacto con la piel en un radio de un kilómetro.

—¿Lo ves? —dijo Celia, y saltó del barco antes de que Kasey pudiera añadir nada más—. ¡Está buenísima! ¡Tírate!

Kasey estaba bien donde estaba. Lanzó un salvavidas hacia la zona donde estaba Celia.

—No te alejes.

No confiaba en que las olas siguiesen siendo tan suaves como hasta ahora parecía.

—Sí, mamá. —Celia salpicó a Kasey y esta se limpió las gotas que le cayeron en las gafas—. ¡Ven conmigo! Desde aquí te será más fácil defenderme de los monstruos marinos.

—Los monstruos marinos no existen.

Tampoco existía algo llamado «fuerza de voluntad» cuando se estaba cerca de Celia, así que, al final, Kasey se metió con Celia en el agua. Apenas podía sentir el agua a través de su ropa protectora.

—Así debería ser la vida —dijo Celia mientras el sol se abría paso entre las nubes.

Los rayos parecían grises a través de las gafas de Kasey. Las lentes estaban tan rayadas que el cristal se había oscurecido.

—¿Cómo qué?

—Como era antes. Sin nadie viviendo en un ataúd o a la sombra del estrato de arriba. Solo cielo y sol. —Kasey quiso decir que demasiado cielo y demasiado sol podía resultar letal, pero Celia siguió hablando—. Eso es lo que Ester le solía decir a mamá. Tenemos que recordar lo que nos hace ser «nosotros».

—Emociones. Espontaneidad. Autoconsciencia. Empatía... —dijo Kasey recitando los rasgos de la Escala de Humanidad de Cole hasta que vio a Celia negando con la cabeza.

—Es algo mucho más inconmensurable. —Siguió flotando boca arriba con los ojos cerrados por la luz del sol—. ¿Sabes lo que era la crema de protección solar? Antes la gente se embadurnaba en ellas para protegerse y, claro, no era bueno que se te olvidase echártela... pero nadie permitía que eso les privase de salir al exterior. Ojalá viviéramos en esa época. Odio saber que nuestra casa está tratando de matarnos.

Nuestra casa nos protege. Pero Kasey sabía que Celia se refería al mundo que había más allá de las ecociudades, aunque le costara entender el motivo. Celia era una estrella en aquella sociedad estratificada. No tenía por qué mirar a un exterior envenenado. Era Kasey la que no pertenecía ni a aquello ni a ningún otro sitio.

—Así son las cosas —le dijo a Celia.

—No tiene por qué ser así. Tú podrías convertirlas en mejores.

—Yo no sabría hacer eso.

—Confía en ti misma, Kay. Algún día tendrás que salvar al mundo.

—El mundo no necesita salvación.

O al menos no por parte de ella, una persona que apenas podía entender a la gente que vivía en él.

—Créeme. Lo necesitará.

Terminaron echándole un vistazo a la isla. De hecho, se acercaron a ella dos veces. Pero no se metieron en el agua. Gracias a que Kasey estaba allí para impedirlo, eso sí. El mar era un territorio sin regular, un elemento variable que fluctuaba. El toxímetro había dicho que una porción del mismo era segura aquel día, pero a saber si seguiría siendo así.

De hecho no lo era. Cada vez que, en secreto, Celia había salido a nadar, se había intoxicado un poco. Eso es lo que decía el informe de su biomonitor.

Los análisis de sangre decían que tenía niveles elevados de microcinógenos, algo que solía encontrarse en las tuberías de residuos de las profundidades.

Diagnóstico: insuficiencia orgánica avanzada y tumores malignos en los nervios craneales.

Pronóstico: un mes de vida si no se intervenía.

Tenía una citación hospitalaria obligatoria que se había emitido cuando las dolencias superaron las capacidades del biomonitor. Celia había acudido en persona a una consulta dos semanas antes de desparecer en el mar. El médico de cabecera de los Mizuhara había dado el visto bueno.

Kasey no tenía ni idea de aquello, igual que los demás.

Se quedó helada. Se le estabilizó la presión sanguínea. Su mente se impuso a su corazón. Nunca la dejaría derrumbarse. Había que mantener la homeostasis. Soltar algo que resultaba irreversible era la opción más racional. El pronóstico era de un mes de vida en el caso de que no se interviniese.

Celia llevaba tres meses en el mar.

Sin caerse, Kasey descendió del techo. Actinium también. Fue a la barra de combustible y agarró una taza. El té ya estaba helado. Kasey lo miró. El silencio entre ambos era ahora diferente: devastador, insondable como un páramo lleno de calaveras.

El crujido sonó como un romper de huesos.

Kasey parpadeó sin poder creer a sus ojos privados de sueño. Actinium no pestañeó: simplemente miró cómo su sangre goteaba sobre la encimera. El flujo se aceleraba conforme apretaba la taza, o lo que quedaba de ella, y los fragmentos se le clavaban profundamente en el puño.

¿Es que se te ha ido la cabeza?, habría gritado Celia. A Kasey le había parecido oír la voz de su hermana. Ella habría agarrado a Actinium por la muñeca y le había arrancado la taza rota de la mano. Pero Celia no estaba allí. Celia estaba muerta. Y Kasey pensó que tal vez era por eso por lo que él había aplastado la taza. Lo analizó como si se estuviese enfrentando a un caso en la mesa de conferencias del P2C. Entones el olor le golpeó las fosas nasales.

Sangre. Más de la que nunca había visto.

Empezó a acercarse a Actinium como si este fuera un animal salvaje. No era capaz de comprender lo que a él se le estaba pasando por la cabeza. Podía imaginar lo que estaría viendo por su visión mental (un montón de mensajes de alerta de su biomonitor), pero no en su cabeza. Una persona normal le habría preguntado si estaba bien, pero en lugar de ello, lo que Kasey quería saber era el cómo. ¿Cómo se sentía que la loza rajase la carne? ¿Cómo podía el dolor engendrar más dolor? ¿Cómo podía estar tan tranquilo mientras esto pasaba?

¿Y cómo había sido ella capaz?

Si medían sus reacciones, ¿cuál de los dos estaría más alejado de la media?

Mientras trataba de calcularlo, Actinium soltó la taza. Los restos cayeron sobre la encimera. El charco carmesí se parecía terriblemente a los restos de un polo rojo derretido. Con su mano sana, abrió la puerta de la unidad.

—Ven. —Su voz no dejaba traslucir nada—. Debería de estar por aquí.

Kasey, que ya no tenía ni idea de lo que estaba pasando, lo siguió.

Bajaron las escaleras. GRAPHYC estaba concurrido esa mañana. Clientes sedados ocupaban las salas de operaciones. Ninguno de ellos percibió al chico que sangraba ni a la chica que lo seguía. Salieron de la tienda y subieron al nivel de la calle. Vieron el callejón igual que vieron la robonave que había en mitad del mismo y que iba pintado de blanco y de verde.

Los colores del hospel.

Aquello aturdió a Kasey como lo habría hecho un rayo. ¿Por qué Actinium había hecho aquello? Ya lo sabía. En el hospel, al contrario que en GRAPHYC, admitían a la gente según cómo de necesitados estuvieran. Aunque no fuera gracias a Kasey, ahora ellos tenían una urgencia (refrendada por un biomonitor): lo que significaba que también tenían una oportunidad para enfrentarse al doctor que dio de alta a Celia.

Una extraña presión le subió por la garganta. Trató de tragar saliva y se montó en la robonave que debería haber invocado con su propia sangre. Actinium subió con ella, pero el aparató emitió un **INVÁLIDO: USUARIO SIN RANGO**. En el espacio público, con las identificaciones de ambos mostrándose sobre su cabeza, era imposible ignorar que **ACTINIUM: RANGO 0** era una cuenta pirateada. Kasey estaba sentada codo con codo con un completo extraño.

Pero eso es lo que hacía Celia: unir a la gente a pesar de sus diferencias. Y mira que eran distintos, pensó Kasey, demasiado inquieta por lo que estaba haciendo Actinium, sin estar segura de si lo tenía planeado de antes o no: el chico estaba reprogramando la robonave para registrar la identificación de Kasey, aunque la emergencia no fuese suya.

—MIZUKARA, KASEY —enunció la robonave mientras despegaban—. DIRECCIÓN CONFIRMADA. TE LLEVAREMOS AL HOSPEL DEL ESTRATO-10.

Los complejos de unidades se hacían más pequeños por debajo de ellos y adquirían la apariencia de un laberinto de setos a medida que ellos ascendían hacia el cielo que había bajo el estrato que tenían encima. Se abrió una apertura en ese y en los siguientes estratos. La robonave cruzó la ecociudad como una bala. A Celia le habría encantado aquella sensación, aunque todo cambió después del accidente que se llevó por delante la vida de su madre y de los Cole. Kasey estaba menos traumatizada, pero también es cierto que ella era menos propensa a los accidentes: nunca le había visto la emoción al riesgo, y ahora seguía sin vérsela. La presión que tenía en la garganta se le extendió hacia el pecho. Salió de la robonave en cuanto esta aterrizó. Emprendió el camino hacia el hospel casi olvidándose de Actinium.

—Ve tú —le dijo el chico cuando ella se volvió hacia él mostrando que casi se lo había olvidado allí.

—Pero tu mano...

—Necesito pasar por Urgencias —contestó señalando la puerta de esa unidad con la cabeza—. Podemos volver a encontrarnos ahí afuera.

A Kasey le pareció bien. El soporte moral no cosía las heridas. Él sobreviviría sin ella. Pero ¿no había sido demasiado reptiliano por su parte lo de aceptar este plan sin siquiera planteárselo? Al menos debería de haber hecho como si le importara, le tenía que haber pedido que...

—Estaré bien. —Actinium se aclaró la garganta y le apartó la mirada a Kasey cuando esta lo observó—. No le des más vueltas.

No le daría más vueltas. Asintió a las palabras de Actinium y siguió su camino. Las puertas automáticas de poliglás se abrieron a su paso. El vestíbulo del hospel, con sus suelos de parqué y sus helechos colgantes, se daba un aire a la unidad de los Cole. Y es que ellos fueron los fundadores de aquella institución, y no se le podía olvidar a nadie que viese el gran cartel que conmemoraba el próximo aniversario de su muerte, o los robots de bienvenida que bordeaban el perímetro del vestíbulo. Siguiendo la ley Ester, los robots estaban diseñados con una apariencia tosca. Sus rostros no tenían rasgos, por lo que no se podían confundir con ningunas de las enfermeras humanas que atraían a los pacientes con sus sonrisas. A Kasey no, claro. Ella se acercó primero a los robots, pero entonces descubrió que la recepción sin cita previa requería una comunicación personalizada que excedía los niveles de autorización de los robots. Así que volvió al mostrador de recepción, donde estaban sentadas tres enfermeras humanas. El espacio de encima de sus cabezas no mostraba ningún rango. El de Kasey, según comprobó, también había desaparecido. Le inquietó que su Intrarrostro hubiese calificado el vestíbulo como espacio público, pero entonces vio una placa metálica encima del mostrador:

LA CONFIDENCIALIDAD DE LOS PACIENTES ES UN DERECHO HUMANO TU PRIVACIDAD NOS IMPORTA

La confidencialidad de los pacientes había sido, a la postre, lo que había matado a Celia. Kasey sintió la ira encenderse en su garganta. Su voz debió de sonar como un rugido cuando pidió ver al doctor Goldstein. A la enfermera se le borró la sonrisa.

—¿Motivo de la visita?

—Mi hermana.

La enfermera esperó a que siguiera y dio un suspiro cuando se dio cuenta de que no le iba a explicar nada más.

—Confirma tu identidad mirando al puntito rojo, por favor —le dijo señalándole un aparato del mostrador de recepción.

Kasey hizo lo que le dijeron y transmitió su rango, nombre y dirección a través del identificador de retina. El sistema le dio el visto bueno. En su Intrarrostro se descargó la cita más próxima del doctor Goldstein, así como el número de su consulta. Estaba lista.

—Espera —le dijo la enfermera, y se puso a mirar la información de Kasey.

Aquello parecía echar por tierra las medidas de seguridad del sistema de retina, pero Kasey se guardó ese pensamiento. Quizás ese era uno de esos detalles de atención que a la gente tanto le gustaba, así que no dijo nada. Tampoco hizo nada cuando la enfermera se paró en seco a mitad de la comprobación.

La enfermera avisó con un toquecito a la compañera que tenía a la izquierda.

Todo sucedió en apenas unos segundos. La microconversación («Es ella», «¿Quién?», «Kasey Mizuhara») se llevó a cabo en un susurro apenas audible para el oído humano, pero no eran los oídos humanos lo que preocupaban a Kasey.

El primer reportero se holografió con la rapidez de un rayo alertado por la alerta de geolocalización de la pronunciación del nombre completo de Kasey. Otra docena de ellos lo siguieron. Pronto, el vestíbulo público estaba ocupado por una multitud de la que el cuerpo físico de Kasey no se podía escapar. El ascensor, que su Intrarrostro definía como dominio privado, era su única vía de escape. Llegó allí atravesando a la horda semitransparente.

—¡Kasey! ¡Kasey!

Afortunadamente, no podían tocarla. Pero, entonces, una pregunta hizo que Kasey se sintiese como si la hubieran agarrado del cuello.

—¿Cómo te encuentras ahora que han encontrado el barco?

No paró de moverse. No cambió su velocidad ni su expresión. Sabía que a la prensa se le daba muy bien sacar las cosas de quicio.

—«KASEY MIZUHARA HA SIDO LA ÚLTIMA EN ENTERARSE DEL DESTINO DE SU HERMANA» —enunció uno mientras los demás parpadeaban para sacar fotos con su Intrarrostro.

Seguían sacándole fotos de lejos cuando llegó al ascensor. Le dio un golpe al botón de subir. El ascensor llegó. En la privacidad del cubículo, abrió su propio Intrarrostro. Cincuenta y cinco mensajes, casi todos de Meridian. Ninguno de David, aunque eso no significara nada.

Kasey abrió su aplicación de noticias diarias. El titular resplandecía en distintos canales.

BARCO HALLADO EN EL TERRITORIO-660, AÚN NO SE HA ENCONTRADO EL CUERPO

Esperó a sentir algo, y sin embargo no sintió nada y se dio cuenta de una cosa: el barco no importaba lo más mínimo.

El barco era un objeto inanimado.

Ni siquiera el cuerpo importaba, se hubiese encontrado o no. A estas alturas, ya sería también algo inanimado. Y todo por culpa del médico de la consulta 412.

—Lo siento —dijo el doctor Goldstein después de que Kasey irrumpiera en su consulta media hora antes de su cita, ya que no vio que el médico estuviese atendiendo a nadie más—. Qué pena me da lo que le pasó a tu hermana.

—¿Por qué no la trataste? —le preguntó Kasey.

—Ah… —El doctor Goldstein cambio de tono de forma ostensible, lo que confundió a Kasey, que pensaba que ambos tendrían una actitud similar—. Me temo que Celia no autorizó que se le contase a sus familiares.

Kasey temía que no le importase un bledo.

—Los Cole curaban todo tipo de cáncer —soltó y se quedó mirando al médico retándole a que le preguntase cómo lo sabía.

—Los nuevos no —le contestó, por fin. Entonces, como Kasey parecía a punto de asaltar los historiales médicos, añadió algo más—. Permíteme enseñarte algo.

Bajaron en ascensor hasta el tercer piso. La planta estaba sumida en la más completa oscuridad hasta que las luces con detector de movimiento se encendieron e iluminaron una habitación llena de cápsulas de inmovilidad.

—Todas son de tipo médico —dijo el doctor cuando Kasey se aventuró a entrar.

Ella lo sabía antes de que él lo dijese. Ya había usado cápsulas así en la final de la competición del equipo de ciencias. Por ello, también sabía lo que el doctor diría a continuación.

»Lo que Celia tenía… es extraño. Pero ¿con qué enfermedad no hemos podido? En cincuenta años puede que seamos capaces de trasplantar cerebros. En un siglo quizás podamos revertir el proceso de envejecimiento. Solo necesitamos tiempo. Y esto —dijo el doctor palmeando una de las cápsulas— es justo lo que nos da: tiempo.

Kasey tuvo un presentimiento que se le hizo presente en su vientre.

—¿Cuántos años le dijiste?

—Tienes que entender que no hay manera exact…

—¿Cuántos?

—Unos ochenta, si es que la tasa de innovación continúa a este ritmo.

Ochenta. El número la atravesó como una descarga eléctrica y la dejó inmovilizada.

El doctor Goldstein trató de rellenar el silencio.

»Vino en un estado terminal. —Dio por hecho que Kasey estaba sumida en un estado de negación sobre la severidad de la enfermedad—. Se le dio bien ocultar el proceso de declive, lo reconozco —comentó al dar por hecho que Kasey se sentía culpable por no haberse dado cuenta de nada.

Falso. Lo único que Kasey sentía era un enorme nudo en el estómago.

—¿Consintió?

—¿Qué? Claro, por supuesto.

Pulsó el aire con un dedo y apareció un holograma.

El formulario de consentimiento.

El sellado de la cápsula de inmovilidad programado tan solo unos días antes de que Celia se hiciera a la mar.

La línea inferior firmada por ella.

—Como te he dicho, qué pena. —Kasey levantó la mirada de la firma de Celia y se encontró con la mirada compasiva del doctor Goldstein—. Lo teníamos todo listo para ella antes del accidente —dijo, y Kasey quiso darle una tunda, decirle que no había sido un accidente.

Ni el barco, ni la excursión al mar. Celia había mentido. No había ofrecido su vida a una cápsula sin ninguna fecha final garantizada. El doctor Goldstein podía insistir todo lo que quisiera en que no había ninguna vida que ofrecer, que en la época en la que vivían no le quedaba otra que la muerte, y Kasey estaría de acuerdo con él. Ella se habría encapsulado también solo para convencer a Celia de que lo hiciera, y estaría allí para su hermana cuando volvieran a salir, ya fuese ochenta o mil años después.

Pero el mundo de Celia era mucho más que la propia Kasey. Ella vivía en color. Vivía para el amor y la amistad. Jamás se habría conformado con menos.

Así que eligió lo otro.

—Decidió morir —le dijo más tarde a Actinium.

Estaban sentados en el tejado de un complejo de unidades en el estrato-25 y tenían a su lado la robonave. Estaba programado para llevarlos a casa desde el hospital, pero Actinium lo había hackeado para que los llevase donde ellos quisieran. Eso, para Kasey, significó que no irían ni a la unidad de los Mizuhara ni a la de Actinium, ya que ambos lugares estaban demasiado llenos de recuerdos de Celia. La jornada escolar había terminado, pero allí tampoco podía volver. También estaba la isla, ¿pero qué sentido tenía ver el barco? No tenía ni idea. Ya no le veía el sentido a nada.

»Se quitó el Intrarrostro para que no se la pudiera localizar —siguió—. Decidió morir en el mar.

Eligió eso en lugar de vivir, por muy pocas posibilidades que hubiera de que se encontrara una cura.

—No eligió nada —dijo Actinium y Kasey negó con la cabeza.

Al principio, cuando salieron del hospital, sentía un vacío enorme en el pecho. Pero ahora le había vuelto el dolor y le molestaba casi tanto como que Actinium no comprendiera bien los hechos.

—Eligio nadar en mar abierto.

—El mar no está envenenado —dijo Actinium con un hilo de voz que hizo que Kasey lo mirase.

Ni con la mano sangrando por culpa de la taza rota había sonado tan dolido. Ahora la tenía vendada. Ella había supuesto que en el hospel le borrarían la herida, pero ¿qué sabía ella de corazones rotos, piel y huesos?

—¿Te ha dolido? —le preguntó.

—No —dijo Actinium. Kasey asintió, dando por cierto lo que decía, y parpadeó cuando el chico añadió—, lo siento.

—¿Por qué?

—Por asustarte.

—No lo hiciste —afirmó Kasey.

Actinium no le contestó. Ni siquiera asintió. Kasey apartó la mirada.

Sus manos intactas descansaban sobre su regazo.

Abajo, la gente circulaba por el estrato-25, uno de los pocos sitios en los que comprar productos materiales (como la camisa que llevaba ahora Actinium, ya que la otra estaba demasiado manchada de sangre como para llevarla en público). Los puestecillos rodeaban una plaza en cuyo centro brillaba un holograma de Linscott Horn.

—*Ese es el tema, Pete* —le decía al experto que estaba sentado en el sillón que tenía enfrente—. *Cuando se vive en un mismo planeta, no eres más limpio que el más sucio de tus vecinos. Y, desde la época de los simios, la parte más sucia de la humanidad siempre han sido los Territorios Uno, Dos y Cuatro. Cuando el resto del mundo se fisionó, ellos se aferraron al carbón. Cuando se les acabó, cavaron más profundo y desestabilizaron toda la corteza terrestre, lo que causó los megaterremotos que nos seguirán asolando hasta el fin de los días. Ahora, mientras otros territorios van dejando la fisión, adivina, Pete, lo que están haciendo ellos. Adivínalo. Han empezado a fis...*

—¿Podemos irnos?

Para alivio de Kasey, Actinium se levantó sin preguntar nada. No estaba segura de por qué había preguntado eso hasta que se cerró la puerta de la robonave, silenciando a Linscott Horn, y se dio cuenta de que no quería tener nada que ver con sus palabras, ni con él, ni con Meridian, Sid y el resto de miembros del equipo de ciencias. Ellos también estarían por allí, en la plaza, o agazapados en algún tejado como ellos, preocupadísimos por ejercer su libertad de expresión mientras que Celia ni siquiera podía respirar… y, de hecho, Kasey apenas tampoco. La robonave se elevó, ayudándola a dejar el mismo plano en el que estarían sus compañeros, pero sus acciones sí que le seguirían afectando. Su rango desapareció de encima de su cabeza, lo que parecía confirmar que el hackeo había sido un éxito. Bien por ellos. Bien por todo el mundo, pensó Kasey mientras Linscott Horn también desaparecía, de forma ostensible, como elemento esencial de aquel ataque de hackers.

Entonces, el emblema del P2C (dos Tierras unidas con un símbolo de infinito) sustituyó a aquel holograma.

De forma simultánea, un mensaje apareció en el Intrarrostro de Kasey.

AVISO DE MEGATERREMOTO
EL SIGUIENTE ES UN MENSAJE OBLIGATORIO
PARA TODA LA UNIÓN MUNDIAL
EL P2C LE PIDE A LOS ECOCIUDADANOS
QUE MANTENGAN LA CALMA

El recordatorio era innecesario. Mientras se emitía el mensaje para toda la Unión Mundial, en los territorios los edificios se desmoronaban como castillos de naipes, los puentes reventaban sobre las autopistas, los edificios de apartamentos desaparecían bajo los corrimientos de tierra… y todo en tiempo real, en la vida real. Pero, en las ecociudades, la gente seguía saliendo de compras a hacerse con nueva ropa interior, cubitos de proteínas y los pocos productos esenciales que necesitaban cuando no estaban en forma de holograma. Nada llegaba hasta el cielo. Ni siquiera las ondas sísmicas del megaterremoto, ni los tsunamis que provocaron. El aire es lo único que las ecociudades compartían con el resto del mundo... e, incluso este, estaba filtrado. Las ecociudades se construyeron para proteger al planeta de la gente, y también a la gente del planeta.

Pero la diferencia entre asilo y prisión era muy leve. Podía quebrarse por la muerte de una hermana o por una mentira en forma de traición.

O por un simple error técnico.

Kasey vio lo que sucedía desde las alturas. Empezó con una sola persona. Se metió en el conducto. Pero el ascensor no se movió por la misma razón por la que la robonave no obedecía a Actinium. Los rangos eran imprescindibles para activar el grueso de los servicios de las ecociudades, así de simple. Pero hoy, coincidiendo con las noticias, la gente dio por hecho lo peor. Lo que vino a continuación fue un espectáculo tan ilógico e irracional que Kasey no fue capaz de observarlo. No quiso ver a la gente saliendo en estampida hacia los conductos, así que se puso a mirar la retransmisión de la Unión Mundial. Vio a reporteros anunciando que los radioaxones ya se habían liberado de las plantas de fisión y se estaban extendiendo. Observó los gráficos, en los que círculos concéntricos representaban las zonas irradiadas, las franjas azules que mostraban la trayectoria de los radioaxones transportados por aire y los números que reflejaban los que ya habían muerto o pronto lo harían.

Kasey podría haber sido uno de ellos. Lo habría sido si hubiese sido ella y no Celia la que se hubiese quitado la ropa protectora en el agua.

Otra alerta del P2C emergió en su Intrarrostro. Esta pedía a los funcionarios del P2C que acudieran al estrato-25 y ayudasen a restaurar los rangos. Kasey podría haber ayudado a hacerlo, pero estaba desconectada e ilocalizable. Ni los gritos de la gente de abajo, que se imponían incluso al zumbido de las hélices de la robonave, la conmovían. Hasta hacía unos segundos, todos estaban muy seguros de su lugar en el mundo. Antes de que «los otros» se convirtieran en «nosotros» a nadie les importaba que se estuviesen muriendo.

No se merecen estar a salvo. No me merezco estar a salvo.

—Han encontrado el barco —se escuchó diciendo.

—¿Dónde? —preguntó Actinium, justo como ella sabía que haría.

A este chico, que había llegado a sangrar por Celia, le importaba tan poco su propio bienestar como a la propia Kasey.

—En el Territorio-6-60 —le dijo, y le dio las coordenadas de la isla.

ĦĦ ĦĦ I

—Y esto es la cresta —dije dando por concluido el tour por la isla.

Nos quedamos bajo su sombra alargada. Me había impuesto la regla de nunca escalar la cresta después del atardecer, por lo que buscar nuevas piezas de barco sería algo que tendría que esperar. ¿Mi misión de hoy? Apaciguar al chico que tengo al lado.

Ya está vestido. Lleva un jersey de su elección y unos pantalones cargo que revelan, quizás, demasiado tobillo. El pelo le fluye hacia detrás cuando levanta la cabeza.

—¿En serio que has escalado esto?

—A veces, un día sí y otro no.

Lo pregunta como si me hubiera vuelto loca, y lo entiendo. La pared de piedra parece inexpugnable en la oscuridad. Con mirarla, se me estremecen los hombros con el recuerdo de espasmos en los tendones y de golpes en los huesos. Una vez me caí a mitad de camino y vi mi vida pasar delante de mis ojos. No exagero. Antes de desmayarme oí que me crujía el cráneo y recuerdo que pensé «Se acabó, estoy muerta». Aún no sé muy bien cómo me levanté más tarde, con una migraña criminal pero sin que mi cerebro estuviera esparcido por el suelo. Aunque, ante la idea de hacerlo de nuevo, el cerebro se me muere un poco.

Pero la alternativa, quedarme en esta isla y vivir para siempre separada de Kay, es un destino mucho peor que la muerte.

Me alejo de la cresta y de su impresionante altura y empiezo a dirigirme de vuelta hacia la playa.

—Estoy buscando a mi hermana —digo cuando siento la brisa salobre y fría que hace que se retuerzan los escasos arbustos que se aferran al paisaje rocoso.

Unas ondas se agitan en los charcos que salpican el suelo.

—Pensé que dijiste que esta era una isla desierta —me contesta el chico desde atrás.

—Y lo es.

—¿Y dónde está tu hermana?

Se está quedando atrás. Menudo caracol. Pienso en esperarlo, pero no quiero que me ralentice.

—Ahí afuera. —Asiento mientras sigo andando. Bajo la barbilla para observar la tierra que tenemos delante. Miro la lutita que se acabará convirtiendo en gravilla y, más tarde, en arena. Si me concentro, la isla es lo bastante pequeña como para oír las olas que rompen en la costa—. Más allá del mar.

—¿Y cómo sabes eso? —pregunta el chico.

Parece que no es ni divertido ni sarcástico, y ahora que se ha recuperado del susto empieza a parecerme bastante molesto.

—¿Dónde más podría estar si no está aquí? —digo salpicando al pisar un charco de agua de lluvia.

—Podría estar muerta.

Me paro en seco. Hasta la brisa se detiene. La isla se ha quedado en un silencio mortal. Ni siquiera puedo oír ya el mar.

—No está muerta.

—¿Cómo lo sabes? —pregunta el chico, alcanzándome por fin. Su voz resulta incluso más atractiva cuando está sin aliento. Sus ojos, que yo percibo de un gris límpido, brillan de emoción. Creo que está preocupado.

Estoy tan indignada como afectada. Pregunta porque le importa. Sus preguntas son legítimas e importantes.

Pero no me puedo permitir afrontarlas.

¿Cómo lo sabes? No tengo ni las pruebas ni los hechos que Kay exigiría. Solo la certeza en el fondo de mi corazón. Una esperanza que es más fuerte unos días que otros. Algo que está vivo y que tengo que proteger a toda costa.

Aparto mi mirada del chico, miro al frente y sigo andando.

—Simplemente, lo sé.

—Y esta cresta… —jadea tratando de mantenerme el ritmo. *Ve más despacio.* Pero lo que hago es acelerar. El anochecer empieza a cubrir la isla y, como la lluvia, oscurece las rocas que salen a nuestro paso—. ¿Qué hay al otro lado? —pregunta cuando llegamos a un saliente de lutita que, al contrario que la cresta, es lo bastante pequeño como para rodearlo.

—Piezas de barco —le digo mientras avanzo.

—¿Los construyes tú? —me pregunta entre jadeos.

—No, hombre, los alquilo de un puestecito que hay en la playa…

—¿Alguna vez has llegado navegando a otro sitio? —me dice ignorando mi sarcasmo… o puede que no captándolo. *¿Cuál de las dos cosas será?* Se lo quiero preguntar. *Por Julio, he perdido práctica*—. ¿Y qué pasaría si no hubiera nada ahí afuera? —insiste ante mi falta de respuesta.

Su pregunta me atraviesa como una ventisca.

—¿A qué viene decir eso? —Respiro agitada—. ¿Es que te has acordado de algo?

Las rocas son más pequeñas conforme avanzamos, pero ahora parecen cernirse sobre nosotros proyectando sombras, y el suelo (que casi siempre es plano) parece estar picado como la superficie de un planeta alienígena.

—No —admite el chico, que suena bastante sincero.

—Mira, amor —le digo cuando por fin llegamos a la zona de gravilla y ya puedo ver la parte trasera de la casa de M. M., silueteada contra la superficie del mar por los últimos rayos de sol—, no sé ni quién eres ni de dónde vienes... pero yo estos añitos he estado muy bien sola. Voy a conseguir salir de esta isla, y no necesito que me ayudes. Pero no me cortes el rollo, eso es todo lo que te pido.

—Tu rollo...

—Ajá.

—... Podría matarte.

—No sería lo primero que intentase matarme —digo sin aminorar el paso.

No nos dirigimos la palabra durante el resto de la caminata.

Para cenar tenemos dientes de león y hojas de árbol de ocho puntas. No es que sea la mejor comida para introducirse en la gastronomía de la isla, por lo que el chico las remueve en el plato. Parece mareado.

—¿Has sobrevivido a base de esto?

—No.

—¿Y qué es lo que comes normalmente?

—Ñame.

—¿Y qué ha pasado?

—Lo perdí en el mar.

—¿Cómo?

Suelto el tenedor de M. M. ¿Charlar siempre me había resultado tan cansado?

—Me llevé todo el ñame que había cultivado cuando salí al mar a buscar a mi hermana. Pero nos topamos con una tormenta.

—¿Tú y quién más?

—Hubert.

—Hubert —repite el chico.

—Ya no está por aquí.

Silencio.

Sujeto de nuevo el tenedor, pero no como. El estómago me resuena mientras espero. Parece una indigestión. Espero a que el chico siga soltando preguntas llenas de escepticismo o incredulidad.

—¿Queda algo de ñame?

Por fin. Una pregunta cuya respuesta está, literalmente, en el patio de atrás de M. M.

Aparto mi silla de la mesa.

—Averigüémoslo.

Salimos al porche y la noche está como a mí me gusta. Sin viento, tranquila. La luna brilla tanto como el sol y el cielo tiene muchos más matices de gris que durante el día. También me gustan los días, pero de noche, cuando la playa parece plateada y el mar de obsidiana, siento como si me estuviera perdiendo menos al no ser capaz de ver los colores.

Pero las noches en la isla también son frescas. Me acaricio los brazos mientras bajamos al porche y bordeamos la parte trasera de la casa, donde el ñame crece en un pequeño pedazo de tierra. Me pongo en cuclillas ante una hilera. A juzgar por el tamaño de sus hojas, el tubérculo no está listo para sacarlo de ahí.

El chico también se acuclilla. Su cuerpo irradia calor. Lo siento a mi derecha aunque estamos a un brazo de distancia.

—Esta tierra parece que ya está agotada —dice, y yo le lanzo una mirada. La luz de la luna le resalta el contorno de su cara y muestra algunos ángulos en los que no había reparado antes—. Deberías fertilizarla.

Trato de aclararme la mente. *Céntrate en las plantas.*

—¿Con qué?

No es que tenga, precisamente, sacos de compuestos nitrogenados arrumbados por ahí.

—¿Tú qué crees? —me contesta.

Oh.

—Puaj.

Me da un escalofrío. Por Julio, no.

—¿Cómo que «puaj»?

—Sí, puaj. Qué asco. —Tose de forma sospechosa—. ¿Qué?

—Nada.

—¿¡Qué!?

—Es que parecías una gran entusiasta del tema supervivencia —me dice frotándose distraídamente las muñecas—. Pensé que no te resultaría ningún problema lo de hacer tu propio fertilizante.

—No. Para nada.

—¿Ni una mierda?

—Ni una mierda.

No lo mires. No hagas contacto visual. Porque cuando lo hagas, se acabó.

U-me sale a ver qué es lo que pasa. Y lo que pasa es que he vuelto al punto de partirme de risa con los chistes escatológicos. Pero no lo puedo controlar. Soy incapaz de parar de reírme.

—¿Te acuerdas de algo? —suelto entre jadeos que hacen que tenga el pecho agitado y que sienta que mi cuerpo está hasta arriba de adrenalina. Solo me recuerdo así mientras escalo la cresta—. ¿Te viene algo de tu pasado?

El chico se queda callado. De forma inmediata, echo de menos el sonido de su risa.

—¿Debería ser así?

—A veces los recuerdos me vienen cuando redescubro cosas que sabía de antes. —Señalo el ñame con la cabeza—. Parece que tú sabes mucho de jardinería.

—No me recuerdo haciendo jardinería.

—¿Entonces de dónde ha salido todo eso del abono?

A mí todo me parece del mismo gris. Trato de calmar mis celos cuando el chico actúa como si no fuera nada importante.

—Me ha venido y ya está —me contesta encogiéndose de hombros.

Algo en su gesto me parece extraño. Es como si cargase en sus hombros con más peso del que debería. Un instante después, se levanta y se dirige a la casa.

¡Espera! Casi arranco a perseguirlo, pero me contengo. Son los chicos los que vienen corriendo hacia mí, no yo hacia ellos. Pero, sin él, aquí hace frío. Me acaricio los brazos. El calorcito que percibía en mi lado derecho ya se está esfumando. Me vuelvo también hacia la casa.

Hoy tengo que cruzar la cresta. No hay excusa posible.

Me levanto antes que el sol y me dirijo a la cocina para desayunar. De alguna forma, las hojas saben aún peor después de ver al chico asqueado por tener que comérselas. Masco una tanto como puedo y escupo las fibras restantes por la ventana del fregadero.

El chico está dormido en la cama. Hice bien en insistir en que se la quedara él. Parece que está muerto con su pelo expuesto sobre la almohada y los ojos inmóviles bajo los párpados. Lo único que en él se mueve es el pecho, que sube y baja. Ese ritmo me hipnotiza y lo observo dormir como si fuera una pervertida. Entonces, cierro la puerta de la habitación. Atravieso la casa de puntillas y agarro un cuchillo de cocina de camino al porche, donde U-me me espera. Ella conoce la rutina. Me hago con la riñonera de M. M. y estoy lista.

Pero hoy me freno en seco justo al salir.

¿Me fío del chico lo bastante como para dejarlo sin supervisión?

No ha vuelto a intentar matarme —me conformo con poco, lo sé—, pero mi garganta aún recuerda aquel intento. Y aunque compartimos un momento íntimo anoche en el sembrado de ñame, hasta yo me siento una intrusa en esta isla. No necesito un huésped que no ha sido invitado merodeando por ahí.

—Quédate aquí —le digo a U-me—. Asegúrate de que no sale de la casa.

—Totalmente en desacuerdo.

—¿Y qué sugieres que haga? ¿Que lo ate de nuevo? —U-me rechina un poco. Rehago la pregunta de forma enunciativa—. Debería atarlo de nuevo.

—Totalmente de acuerdo.

—No puedo hacerlo —murmuro, un poco para mí misma también. Aún me acuerdo demasiado bien del pánico en su cara y del blanco de los ojos desencajados por el miedo. No es un animal, es una persona. Como yo—. No puedo hacerlo —repito, esta vez más bien para U-me.

—Neutral.

—Ya he subido la cresta sin ti en otras ocasiones.

—De acuerdo.

—Estaré bien.

—En desacuerdo.

—Paranoica.

—Paranoica: persona excesivamente ansiosa, suspicaz o desconfiada, adjetivo.

Esa no soy yo.

—Sé buena y quédate aquí —le digo a U-me.

Entonces meto el cuchillo de cocina en la riñonera y doy un salto desde los escalones del porche.

No miento cuando digo que ya he escalado antes la cresta sin U-me. Lo que pasa es que también fueron las veces en las que estuve a punto de morir. Pero ya tengo dos años de experiencia a la espalda, por lo que consigo llegar arriba casi intacta y solo me dejo en el camino la piel de las palmas de mis manos. Ato la cuerda a la cima. El descenso por la otra cara de la cresta es más fácil. Llego al suelo, me deshago del arnés improvisado y dejo allí la cuerda para cuando tenga que volver.

Atravieso la pradera con rapidez, dejo atrás los santuarios y llego al principio del bosque. Los pinos están demasiado frondosos, así que encuentro un bonito árbol de hojas ocho puntas y empiezo a cortar el tronco con el cuchillo de cocina.

Dos horas y una docena de ampollas después, el árbol cae. Uno menos. Le corto las ramas y empiezo con el segundo. El cielo se oscurece mientras trabajo. El aire se humedece.

Me seco el sudor de la frente, echo un vistazo a los árboles que tengo delante. Son densos, pero es casi como si no estuvieran allí. El Astillero que hay un poco más allá surge en mi campo de visión y parece llamarme por mi nombre.

Cee.

Cee.

Cee.

Muy bien. Sigo en la isla. Y sigo perdiendo la cabeza.

Como algunas hojas y me pongo con el último árbol. Junto los tres troncos con una de las cuerdas de mi mochila, me quito la blusa llena de agujeros de M. M. y lleno la prenda de hojas medio podridas y agujas de pino. Eso debería bastar como fertilizante. Seguro que el chico no se lo espera. Se me escapa una sonrisa ante la idea de sorprenderlo.

El camino de vuelta por la pradera me lleva más tiempo del de costumbre, probablemente porque voy arrastrando tres troncos y un saco de mantillo. Para cuando lo subo todo arriba de la cresta y lo bajo por el otro lado, las nubes se han vuelto más espesas. Empieza a chispear mientras lo arrastro todo por el camino rocoso que me lleva de vuelta a casa. Descargo los troncos en el porche, coloco el saco de mantillo junto a la puerta y entro.

Casi no reconozco la cocina. El suelo está limpísimo y en él no hay ni rastro de arena. Las encimeras relucen. La vieja jarra que hay junto al fregadero está llena de dientes de león.

—¡Guau!

—¡Guau! —dice U-me rondando desde la sala de estar. Debe de estar reiniciándose o actualizándose—. Expresión de asombro o admiración, interjección.

—Oh, U-me. ¡No tenías por qué hacerlo! —Me paro en seco entre la cocina y la sala de estar. Las puertas batientes que separan ambas estancias me golpean en la parte trasera de mis pantorrillas—. Ah, eres tú.

El chico está descalzo y sentado sobre sus talones, sujeta una toalla con un monograma y tiene a su lado un cubo de agua. Se le ensombrecen las mejillas al verme. Me echa un vistazo a los zuecos.

—Vienes hasta arriba de barro.

¿Perdón? Doy por hecho que se está sonrojando, pero no logro comprender el motivo.

—¿Cómo has dormido? —le pregunto mientras vuelvo al porche a quitarme los zuecos.

No es más que su segundo día en la isla. Lo está llevando mejor que bien… y mejor que yo. Tiene hasta energías para limpiar.

»¿Cómo has dormido? —le pregunto al volver a la sala de estar.

—Bien —me dice escuetamente.

—He traído un poco de mantillo para el jardín.

Gruñe para dejar claro que me ha escuchado. Parece que hoy no está muy sociable.

Me acerco a él y me doy cuenta de que tiene los ojos hinchados y la nariz más oscura que el resto de la cara, de un tono más parecido al de sus mofletes. ¿Es que había estado llorando? Se me encoje el corazón y contengo el impulso de preguntarle si es que ha recordado algo. Esa misma pregunta arruinó el clima de anoche y creó un rifirrafe innecesario. No tener recuerdos es para él un asunto delicado, igual que lo es para mí el hecho de no ver los colores.

—No tienes por qué hacer esto —le acabo diciendo, cuando veo que está frotando una mancha en la madera que parece llevar ahí desde el principio de los tiempos.

—Está sucio.

—Está bien.

Sigue frotando.

Suspiro, alcanzo una toalla del baño y me uno a él en el suelo. Nuestros codos se chocan y él, al principio, lo aparta, pero después lo mantiene.

—Tus manos… —me dice cuando encojo la cara al meter la toalla en un cubo de lo que resulta ser agua salada.

—No es nada.

Me toca la muñeca.

Al principio le dejo inspeccionar lo arañadas que tengo las manos. Entonces, la tibieza de su tacto me traspasa la piel y me hace ser más consciente de mi cuerpo… y del hecho de que solo me cubre una agujereada camisola que ahora está casi transparente por culpa de la lluvia, por lo que revela partes de mí que no significarían nada para

U-me pero que podrían ser de interés para un chico. El chico podría verme de más (de hecho, a juzgar por sus mejillas, ha visto de más) y ahora yo también me he sonrojado, lo que resulta ridículo. No tengo ningún problema en mostrar mi cuerpo, o al menos eso recuerdo. ¿Qué tiene de diferente esta situación?

Para empezar, la Cee del pasado solía estar más arreglada. Me digo que mi sonrojo no tiene nada que ver con el chico, que simplemente enuncia un solemne diagnóstico.

—Podrías pillar una infección —me dice cuando aparto la mano.

—Me curaré.

Agarro la toalla y vuelvo con la mancha, y solo paro para exclamar «¿¡En serio!?» cuando él no se me une. No le satisface mi respuesta. Lo sé por su expresión, que es la misma que tenía ayer cuando expliqué mi plan para encontrar a Kay. Pero tengo pruebas de haberme curado antes, y de heridas mucho peores que estas. Pero prefiero no ponerme gráfica. El chico parece disfrutar de la limpieza, así que se vuelve a poner a frotar. Trabajamos en silencio y la lluvia el golpea el tejado para cuando terminamos. El sale al jardín y yo me dirijo afuera para aprovechar la luz que queda de este día nublado para cortar los troncos en forma de leños que poder usar en Hubert 2.0. Tendré que bautizarlo. O bautizarle.

O bautizarla. *Leona*. El nombre me surge en la cabeza. Suena muy osado. Y mucha osadía voy a tener que necesitar para salir de esta isla en una balsa. Porque, siendo sinceros, eso es lo que va a ser Leona. Una balsa. No tengo las habilidades suficientes como para crear un barco de verdad, ni tampoco tres años más que gastar.

La claridad se desvanece demasiado pronto y esto me obliga a volver adentro. En la bañera me deshago de la suciedad del día. Mientras me seco, un aroma que me hace la boca agua inunda el baño. Sigo el olor hacia la cocina donde, sobre la mesa, hay un cuenco. El vapor que sale de él huele como a puré de patata...

... Con bastante mantequilla y un toque de cebollino. Los sabores se me derriten en la lengua como si fueran reales. Sé que no lo son. Pero lo que sí que es verdadera es la sonrisa que Kay me lanza desde el otro lado de la mesa...

... El filo de la mesa se me hinca en el vientre cuando me inclino para ver el contenido del cuenco.

Es ñame, no patata.

Se abre la puerta que hay detrás de mí. Me giro cuando el chico entra.

—¿Los has recolectado?

—Solo dos —dice, lavándose las manos en el fregadero.

—¿«Solo»?

Por Julio, si no hay más que una docena de plantas en total.

El chico cierra el grifo. Plin-plin-plin. Cae una última gota.

—No voy a dejar que nos muramos de hambre.

Incluso antes de que me mire puedo imaginar su expresión. Lo deduzco por su voz, por su tono de excusa. Parece haber sentido que se me han puesto los vellos de punta.

No está equivocado.

—Aquí no hay ningún «nos».

Como solo lo que necesito y guardo el resto. Si horneaba aquellas galletas insípidas era porque se podían conservar, pero... ¿puré de ñame? Ese es un lujo que no me puedo permitir.

—Necesito racionar la comida para el viaje —digo, y capto cierta expresión en la cara del chico.

Es un destello tan fugaz que ayer me lo habría perdido, pero hoy ya soy capaz de leerle entre líneas. ¿Ese leve gesto de apretar los labios? Absoluto escepticismo.

¿Y qué pasaría si no hubiera nada ahí afuera?

La ternura de su mirada no era más que pena que yo confundí con preocupación.

Podría estar muerta.

Se cree que soy una persona fantasiosa y eso me enfada. Y me da miedo. ¿Qué pasa si tiene razón? Estamos juntos en la misma cocina diminuta y lo tengo a un metro de distancia. Siento su duda y tengo que afrontarla. Las palabras me salen de la boca antes de pensarlas.

—Es que yo sí que tengo a alguien esperándome.

Y entonces dejo de verle la cara o lo que mis palabras le producen, y todo lo que veo es la cara de Kay, borrosa a través de mis ojos encharcados en lágrimas. Ella está tranquila, guardando la compostura. Yo estoy destrozada y no debería estarlo. Mamá apenas tuvo presencia en nuestras vidas. Me pregunto qué pasa conmigo, pero no es eso lo que digo.

«¿Qué pasa contigo?», le pregunto a Kay. Y el recuerdo se desvanece. El chico se ha ido y estoy a solas de vuelta en la cocina de M. M. Me estoy sujetando a la mesa. Las lágrimas salpican la superficie de madera. Las limpio. Me limpio la cara. Me sorbo los mocos. En mi recuerdo, éramos jóvenes… ¿pero fue así de lamentable lo último que le dije a Kay? ¿Llegué a decirle que la quiero? Y, si no es así, ¿seré capaz de decírselo alguna vez?

Lo haré. Tengo que hacerlo. Sujeto el cuenco de puré de ñame. Ya no tengo apetito, pero la comida es buena y no puedo desaprovecharla, así que la saboreo. Está rica. Saladita. Es un festín con el que calmar mi culpa.

Me como lo que puedo y le dejo al chico más de la mitad. Para cuando vuelva.

Si vuelve.

Sigo mirando por la ventana de la cocina hasta que se hace de noche. Entonces me acurruco en el sofá sintiéndome rechazada y patética.

—Le he hecho daño —me lamento cuando U-me entra rodando y se aparca ante mis rodillas.

—De acuerdo.

—Nunca va a volver.

Sé que sueno melodramática, pero no puedo evitarlo.

—En desacuerdo.

—Suenas muy segura de ti misma —murmuro mientras apoyo la cabeza en el brazo del sofá que da al alfeizar de la ventana, y me quedo mirando el techo fijamente.

Supongo que estamos en una isla desierta con una limitada oferta inmobiliaria. Tendrá que acabar volviendo. Aunque no sé si eso garantizará que nos hablemos. *Echo de menos su voz*, pienso, gimiendo, mientras me cubro los ojos con un brazo. Ojalá pudiera compartir mis emociones con U-me y ella pudiera decirme que estoy siendo irracional. Kay lo haría. ¿Desde cuándo conozco al chico? ¿De hace dos días? Tres años sin contacto humano y a los dos días ya soy adicta. Mi yo del pasado se reiría de mi yo de hoy en día. No puedo dormir y tengo el corazón frenético cuando, por fin, en algún momento de mitad de la noche, escucho un sonido que viene del porche. Después, el chirrido de la puerta principal y los crujidos del suelo que separa la cocina de la sala de estar. Pasos muy suaves.

Es él. Intuyo su silueta a través de las pestañas mientras finjo seguir dormida. Solo me remuevo cuando siento que se detiene junto al sofá.

—¿Cee?

Su voz es un murmullo de luna llena y yo soy el mar al que atrae. No lucho contra mis reacciones ni finjo nada.

Solo la dejo salir y doy la bienvenida a un anhelo físico que llega tras una sequía prolongada.

—¿Hummm?

—No quería despertarte —me dice el chico aún en un susurro.

Abro los ojos del todo. Está de pie junto a la esquina opuesta del sofá, en un destello de luna llena que entra desde la ventana que tiene detrás. Tiene la cara muy pálida. Parece cansado, pero no molesto.

Yo también estoy cansada y demasiado aliviada como para seguir fingiendo.

—No estaba dormida —admito mientras me siento—. Te estaba esperando.

Se hace un silencio un tanto incómodo. ¿Demasiado honesta? Quizás. Bueno, será mejor que diga lo que llevo toda la noche esperando poder decir.

—Lo...

—... Siento —me dice él, como robándome la disculpa de la boca—. Por hacerte esperar. Y por lo de antes. Puede que no entienda tu forma de vida, pero puedo respetarla. Y por el ñame.

Entonces empezó a explicarme cómo los tubérculos se multiplican a medida que crecen, hasta que yo lo corté.

—Confío en ti.

Las palabras parecen las adecuadas, aunque me sorprendan a mí misma. Es más, parecen sorprender aún más al chico. Deja la boca abierta un instante. Y la cierra. Parece un poco ido.

—No sabes nada de mí.

Su silencio dice lo demás. *Yo tampoco sé nada de mí.*

Si tan solo pudiera retirar mis palabras de antes o darle a él algunos de mis recuerdos... Pero lo único que puedo ofrecerle es:

—Sé que se te da bien cocinar, limpiar, la jardinería… y, seguramente, un montón de cosas más. Y yo también lo siento. —Siento un nudo en la garganta, miro a la ventana y me veo reflejada en el cristal—. A veces, cuando tengo miedo, digo cosas que no pienso.

—¿Te doy miedo?

—No.

Sus preguntas alimentan las dudas que ya había en mí.

—¿Incluso habiendo intentado matarte? —pregunta el chico—. Supuestamente —añade, a regañadientes.

Eso me hace sonreír.

—¿Qué quieres que haga? —Me alejo de la ventana—. Me gusta vivir al límite.

Me tumbo tan estirada como antes, pero, ante su mirada, ahora me siento más vulnerable: menos como un bulto del sofá y más como un cuerpo de carne y hueso.

»Me alegra que estés aquí —murmuro.

No le desearía esta vida en la isla ni a peor enemigo, pero creo que él sabe a qué me refiero.

Me pregunto si él también se alegra de que yo esté aquí.

Si lo está, no lo comenta. Pero sí que me dice:

—Deberías quedarte con la cama.

—Me gusta más estar aquí.

Silencio.

Quédate conmigo, pienso mientras el chico toma aliento.

—Buenas noches, Cee —me dice.

—Buenas noches.

Le miro irse. Siento que se me abre algo en el pecho. Me duele como una herida, aunque ya estuviera acostumbrada a estar sola.

Pero no estoy sola. La soledad es una isla. Es un mar imposible de cruzar, es estar demasiado lejos de otro alma. La soledad no es estar demasiado cerca, en la misma casa pero separados por paredes porque elegimos estarlo.

Cuando me duermo, el dolor de la soledad me sigue. Y sueño con más paredes, pero esta vez me separan de Kay. Puedo verla, pero no sentirla. Así que rompo la pared con mis manos desnudas y al otro lado no encuentro más que blancura, una brillantez cegadora y el sonido de las gaviotas.

12

a robonave aterriza en las arenas grises de la orilla. Ahí estaba. La isla. Ahí seguía la casa sobre las rocas, que no parecía en nada diferente de cuando las hermanas hicieron aquella excursión hacía cuatro meses. Parecía que había transcurrido una vida y que Kasey era otra persona.

O eso pensaba ella. Su visión de cómo irían las cosas (empezando por la valentía que supondría que tendría a la hora de exponerse) se desvaneció como una fantasía cuando la robonave abrió la puerta del lado de Actinium y su cerebro se puso en modo lógico. Lo agarró del brazo.

—Los radioaxones...

—Es seguro. —Es seguro. *Estás a salvo conmigo*, le había dicho Celia con una expresión muy parecida a la que iba a poner ahora Actinium—. Jamás te pondría en peligro.

El chico miró cómo Kasey mantenía la mano sobre su brazo

Ella sabía lo que él estaría pensando: que ella no se había preocupado por él cuando se cortó, que no parecía haberle afectado en nada. Pero aquel daño era visible. Reparable. La intoxicación por radioaxones no lo era, y eso la hacía mucho más peligrosa.

Se obligó a soltarlo. Miró, sin poder hacer nada, cómo Actinium salía al aire libre con nada más que una camisa negra desabotonada y los vaqueros que habían comprado en el estrato-25. Se volvió hacia ella y le ofreció una mano. No se la tomó. Ella se dijo que era porque él la tenía vendada, pero en realidad era porque le daba miedo que él sintiera que le temblaban las manos de miedo por su propia vida, a pesar de haber perdido recientemente una que era mucho más especial que la suya.

Bajó ella sola y, tan desorientada como siempre, entró a un nuevo mundo. Eso es lo que sentía que era para ella el Territorio-660. Técnicamente no pertenecía a ninguno de los territorios externos, pero era lo más lejos que Kasey había ido nunca y no tenía nada que ver con la eco-ciudad. El suelo estaba vivo, la arena crujía bajo sus pies. El cielo era de un gris mohoso y muchísimo más profundo que los noventa metros de los que disponían cada estrato. Y el viento existía y se desplazaba en ráfagas tan erráticas como estornudos. ¿Estaba expandiendo radioaxones? Trató de reprimir esa idea y el pánico que le generaba. Kasey observó la casa de la playa y la figura del porche que les saludaba. Actinium le devolvió el saludo y no le dejó a Kasey otra opción que levantar el brazo tratando de saludar pero sin poder hacerlo, porque aquello no estaba bien. Debería estar aquí con Celia saludando a la mujer con el jersey de carlinos.

Conocieron a Leona cuando atracaron a Hubert en el muelle. Ella les enseñó la isla, de la cala al dique (un resto de los tiempos anteriores al deshielo ártico), a pesar de que no tenía ninguna obligación de hacer de guía ni de tratar a unas chicas como si fueran suyas. Pero lo hizo. Y, mientras se acercaba a buen paso hacia ellos, Kasey sintió como si el suelo se reblandeciese bajo sus pies y la mente se le embotase. Si no hubiera sido por Leona, puede que

Celia no hubiese vuelto a la isla. Puede que no hubiese encontrado su final, envenenándose una y otra vez. Pero no es que Leona supiera nada de ello, cosa que solo enfadó más a Kasey en el momento en el que, aún protegida por la ignorancia, vio la pena en la cara de la mujer. Empezó a retroceder, pero entonces los brazos de Leona la rodearon.

—Oh, Kasey… —le dijo al oído y la visión de la joven se oscureció por culpa de los recuerdos que le vinieron.

Era de noche. Alguien tocó su puerta. «¿*Sigues despierta?*». Recordó el latido del corazón de su hermana contra la frente. «*Este es tu sitio*».

—El barco —logró murmurar Kasey.

Asintió contra su hombro. Leona la soltó y Kasey notó que en aquella escena fallaba algo, además del hecho de que Celia no estuviera.

»¿Dónde está tu máscara?

No solo eso, sino también la ropa protectora y las gafas. Leona no llevaba ningún tipo de protección.

—¿No te lo ha dicho Act? Esta isla es segura —dijo Leona.

Act. Kasey no obvió la familiaridad de esta abreviatura, ni tampoco el hecho de que Leona los tomase a ambos del brazo. Mientras bajaban por la costa, Kasey pensó en todas las veces en las que Leona y Celia charlaron en el sofá mientras Kasey trasteaba con un educabot, que Leona le había dicho que fue un regalo de su hermana. ¿Es que entonces Kasey se había perdido alguna noticia relativa a la relación entre Celia y Actinium? ¿O es que Celia se la había ocultado deliberadamente, consciente del vergonzoso hecho de que le costaba recordar a los chicos de su hermana?

¿Cuál de las dos opciones es la correcta?, quiso preguntarle a Leona. Y también *¿Cómo es que esta isla es segura?* Pero

todas sus preguntas se esfumaron cuando llegaron a la cala y Kasey lo vio.

Justo en las rocas, antes de que estas se curvaran hacia la cala. Fuera del alcance de la marea.

El barco no le había impresionado tanto antes. Pero, ahora, su visión atenazó a Kasey. Se detuvo en seco: su mundo interior se había paralizado mientras que el mundo exterior seguía rugiendo de viento y mar. Sintió que le apretaban el brazo.

—Tómate el tiempo que necesites, estaré en la casa.

Cuando Leona se marchó, Kasey se encontró a solas con Actinium.

—Puedo esperar en la casa también.

Kasey negó con la cabeza. En otras ocasiones lo habría dicho porque Celia lo habría querido aquí... pero la verdad es que era algo que también ella quería. Necesitaba ahí a Actinium para que le recordase que el amor era doloroso, como doloroso era acercarse al barco cuando lo único que quería era huir de él. Con cada paso sobre las piedras resbaladizas por la sal, más se daba cuenta de que no era mucho mejor que la gente de su fiesta. Casi hasta el último momento esperó a que Celia se asomase por el casco y gritase «¡Sorpresa!». Cuando prácticamente estaba sobre el barco tuvo que asumir que estaba inequívocamente vacío.

Se agachó a su lado. Se negaba a llamar a aquello por el nombre que tenía escrito en un lateral. Para ella, esto no era más que una cosa: el coche fúnebre que llevó a Celia hasta una tumba de agua. Si fuera un ser sintiente, querría hacerle daño... pero no lo era y ya estaba más que dañado. Tenía la proa abollada y la borda casi desaparecida, lo que daba fe de las calamidades que había sufrido en el mar. ¿Las habría sufrido Celia también? ¿Pasaría hambre? ¿Sed? ¿O fue una cosa rápida? Kasey esperaba que sucediese así. Esperaba que Celia encontrase la muerte que quería, por muy extraño que le resultase el concepto. Mientras las olas rompías contra las rocas de su alrededor, sintió detrás la presencia de Actinium. Él permaneció en pie y Kasey valoró ese gesto. Si se hubiera arrodillado también, habría agrandado su pena y esta la habría ahogado.

Se levantó, y se secó las pequeñas salpicaduras que el mar le había dejado en una cara que no había sido mojada por sus lágrimas.

Como había prometido, Leona esperaba en la casa.

—Lo transportaremos a la ecociudad —dijo cuando Actinium y Kasey atravesaron el umbral y se dirigieron a la barra de combustible, donde había dos teteras al fuego.

—Dejemos el barco aquí —dijo Kasey.

La isla estaba clasificada como un dominio privado, lo que prohibía a los no residentes holografiarse allí. Eso y la falta de Intrarrostro de Leona lo protegerían de la prensa.

—Pues mandádselo a Francis. Él lo arreglará y lo dejará como nuevo —dijo Leona.

Por lo que a Kasey respectaba, bien podría destruirlo... pero asintió por respeto a Leona. Y entonces se envaró.

Escuchó voces. Dentro de la casa.

Se asomó al salón y le sorprendió ver allí a los Wang, los Reddy, los Zielińskis y los O'Shea (con sus gemelos). Esa era literalmente toda la población de la isla, sin contar a los veraneantes esporádicos y al viejo Francis John Jr., el manitas que vivía en el bosque. En el sofá no cabía ni un alfiler y algunos de ellos estaban sentados en el suelo, que estaba cubierto con las toallas monografiadas de la abuela Masie Moore. Todos se apiñaban alrededor del pequeño proyector holográfico de Leona y ninguno de ellos, para creciente angustia de Kasey, llevaba máscara.

El aire de su alrededor pareció agitarse. Buscó la mirada de Actinium, que estaba apoyado a su lado. Echó un vistazo a la sala de estar y suspiró. No era un sonido habitual en ella. Menos habitual incluso que el hecho de que él susurrase algo que sonó a «… afuera».

Antes de que Kasey pudiera preguntar si le pasaba algo, los asaltó un grito.

—¡Act! —Roma, uno de los gemelos de nueve años, irrumpió en la cocina y fue corriendo hacia Actinium, no sin antes hacer una paradita para echarle un vistazo a Kasey—. ¿Quién es esa?

Ya se habían conocido antes, pero Kasey no podía culpar a Roma por no acordarse. Era Celia la que se pasaba horas haciendo castillos de arena con los gemelos, mientras que Kasey, no demasiado interesada en los niños, se mantenía al margen. Tampoco es que se le diesen demasiado bien las presentaciones, así que dejó los honores a Actinium.

—Una amiga —dijo.

No es que fuera del todo cierto, pero Kasey supuso que «una amiga» era algo fácil de entender para un niño. Claro y directo.

—¿Una amiga… especial?

—No —dijo Kasey mientras que la señora O'Shea entraba flotando desde la sala de estar.

—Actinium, ¿eres tú?

Lo siguiente que supo Kasey es que los isleños inundaron la barra de combustible. Ella se apartó mientras que el resto se fue directo hacia Actinium para darle la mano y abrazarlo. Actinium les respondió de una forma mucho más rígida de lo que Kasey habría pensado.

—Se lo has dicho tú —le dijo a Leona en un tono afectado.

Kasey le transmitió sus condolencias mientras el grupo lo arrastraba a la sala de estar.

—¡Todos se estaban intentando poner a salvo! ¡Tuve que explicárselo! —le explicó Leona alzando la voz entre las cabezas de los demás.

—¿Explicarles qué? —le preguntó Kasey a Leona cuando se quedaron solas en la cocina—. ¿Por qué no tendrían que evacuar la zona?

Leona quitó la tetera del fuego.

—Porque el aire está filtrado. Act construyó un escudo alrededor de la isla.

Kasey pestañeó.

Sabía perfectamente a lo que Leona se refería cuando hablaba de un escudo, ya que habitaba una ecociudad protegida por uno de ellos. Era un sistema de filtración y un campo de fuerza tan invisible como impenetrable. Filtraba las toxinas y protegía las infraestructuras de la ciudad de los efectos de la erosión de los elementos. Antes de que le prohibieran ejercer la ciencia, Kasey se había pasado todo un verano descifrando la mecánica y las ecuaciones de los escudos. Podría haber creado un modelo en miniatura si lo hubiera querido... pero ¿uno que protegiese a toda una isla?

—Eso es...

Kasey se interrumpió cuando consiguió unir las piezas: que Leona no llevase máscara, lo cálida de la recepción de la gente... Y Actinium. Le vino a la mente que había hackeado la robonave como si nada, con la misma serenidad que Kasey había presenciado durante su primer encuentro. Pero las primeras impresiones se le habían pasado, como si fueran genes recesivos, por el episodio de la taza. Incluso ahora, Kasey era capaz de seguir oliendo la sangre, pero tal vez había sido demasiado rápida al juzgarlo.

»… Un gran proyecto —terminó la frase sintiendo que las palabras no eran las adecuadas.

—Es culpa mía —dijo Leona, sonriendo con timidez mientras servía el té. Kasey le echó una mano—. Gracias, querida. Es lo que os dije: no me imagino abandonando la casa de Maisie. —Cierto, Kasey recordaba a Leona respondiendo eso después de decirle que esa estructura no era segura—. Pero con todo eso que dicen de que las tormentas van a ir a peor, Act no podría soportar que yo me quedara en el lado equivocado del dique.

—Así que construyó un escudo para ti.

—Para todo el mundo —dijo Leona y Kasey afirmó.

No era la primera cosa exagerada que un chico había hecho solo para conquistar a su hermana. El hijo de un magnate de innovación tecnológica había escrito en cada subcielo de la ecociudad un montón de poemas de amor dedicados a ella. En opinión (no solicitada) de Kasey, el gran gesto de Actinium era aún más grandilocuente. Impresionante, en realidad. A Kasey incluso se le habría escapado el adjetivo «asombroso».

—Sin embargo, hasta este mes no ha comprobado el escudo de mi parte del dique. Así que los invité para quedarme tranquila.

Señaló con las manos la sala de estar y Kasey le echó un segundo vistazo, clavando la mirada en Actinium. Estaba de espaldas a ella hablando con el señor Reddy.

Tenía empapada la parte de atrás de la camisa.

¿Cómo, cuándo, dónde…? Kasey tardó un segundo en darse cuenta. En las rocas. Había estado de pie, detrás de ella. El mar lo debió de salpicar. Es raro que no se apartase.

Entonces su atención se dirigió al centro de donde estaba todo el mundo, a los hologramas de tsunamis y corrimientos de tierra que se cernían sobre diez de los doce territorios exteriores. Los demás: abandonados a su suerte teniendo que luchar contra los microcinógenos y la lluvia de radioaxones, elementos mucho más perniciosos que el megaterremoto inicial.

Pero la gente no se había preparado para ello, como si prepararse lo hubiese hecho inevitable. Una falacia lógica. Igual que lo era la excepción humana: el 99,9 % de las especies se extinguieron. El final de su camino no era un «si», sino un «cuándo». El mundo se acabaría.

Se estaba acabando ante sus ojos.

«Como debía de ser», no podía evitar pensar Kasey. Se sobresaltó cuando uno de los gemelos empezó a llorar. El sonido era más elevado de lo esperado. Se había movido por la sala de estar para ver mejor la retransmisión y, cuando la señora O'Shea cambió de canal, Kasey se sorprendió mirando a su propio padre.

—El Comité de Protección Planetaria se reunirá a las 17:00, hora mundial —decía la locutora mientras que David Mizuhara se subía al estrado del P2C—. Junto a los oficiales de la Unión Mundial y los delegados de los doce territorios, determinarán los próximos movimientos de la humanidad durante su momento más crítico.

El audio se cortó para pasar a las respuestas que estaba dando su padre. Su voz monótona llenó la sala de estar de Leona.

—Aquí, en las ecociudades, quisimos retrasar esta crisis a través de un cambio de vida. Pero, a pesar de los grandes esfuerzos del P2C y de todas las personas bajo su jurisdicción, la crisis ya está aquí. No obstante, seguimos comprometidos con la salud de este planeta. Por ello, llevamos dieciocho meses buscando soluciones. Y puedo asegurar... —Hizo una pausa que podía interpretarse como que se había perdido al leer desde su Intrarrostro, pero (por la forma en la que subió las gafas) Kasey sabía que era porque había detectado un error—. Y puedo asegurar que estamos valorando muy buenas opciones para poder seguir adelante.

Ahí estaba. Ese era el error. Una mentira descarada, a menos que Barry hubiese encontrado una propuesta revolucionaria en las últimas (Kasey comprobó la hora en su Intrarrostro) ochenta y cuatro horas.

David Mizuhara se puso a hablar de Control Medioambiental y de Alteraciones Tecnológicas. Pero aunque todos los territorios exteriores siguieran los protocolos de limpieza ECAT, los elementos equilibrantes que se lanzan a la atmósfera no habrían sido capaces de neutralizar los compuestos mortales antes de que los enlaces químicos se rompieran y se reestructurasen en otros aún más mortíferos, ya que el proceso estaría acelerado por el incremento de las temperaturas globales. Era justo como había dicho Linscott Horn, pensó Kasey con terror. Las fichas de dominó se habían colocado hacía siglos: había bastado un terremoto para derribarlas.

La gente se lo había buscado.

—Se puede acceder a actualizaciones en directo a través de los fotos de la Unión Mundial —dijo la locutora recuperando la palabra—. El mundo estará observando y nosotros iremos contando lo que sucede a medida que ocurra.

—¿Lo veis? —dijo la señora O'Shea a los gemelos—. Los expertos van a solucionarlo todo.

Dijo mucho más. La locutora dijo mucho más. Las voces de ambas se desvanecieron mientras Kasey se apoyaba contra la pared que daba acceso a una puerta. Entró por ella y se encerró en el baño, el espacio favorito de Celia de toda esa casa. Las duchas de la ecociudad funcionaban con rayos ultravioleta, aire presurizado y siemprefibra, como los jerséis autolimpiables que Celia le había regalado a

Leona. Usar el agua para otra cosa que no sea hidratarse se considera un desperdicio. Pero aquí hay una bañera y un lavabo que no funciona con combustible. Kasey abrió el grifo para hacer callar a las noticias. Mientras el agua corría, su rango parpadeó en su visión mental:

Rango: 219431621
Rango: 219431622
Rango: 219431623

Su ritmo cardiaco aumentaba con su rango: **105 pulsaciones, 110, 115**... Se miró en el espejo de encima del lavabo. Se imaginó rompiéndolo con sus manos desnudas igual que había hecho Actinium.

Pero al final no pudo.

El mundo estará observando.

Todos sabrán que no hiciste nada para ayudar.

Nadie vio a Kasey salir de la casa ni correr hacia el muelle. Se frenó cuando los dedos de los pies rozaron el borde del mismo.

Pero tampoco pudo saltar.

El dolor le volvió al pecho y se le extendió hacia los pulmones. Tomó un aliento profundo.

Y dejó que el dolor saliese.

HHH HHH III

El grito atraviesa el amanecer cuando estoy llegando a la casa. Hace que salga corriendo. Cruzo el porche y entro a la cocina. Lo reviso todo para ver quién está herido, pero no es más que el sonido de la tetera, que empieza a hervir en el fogón.

Se me olvidaba que la gente puede hacer más cosas además de morir.

Como preparar el desayuno en mi ausencia.

—Buenos días —dice el chico, caminando por la cocina con una toalla atada a las caderas a modo de delantal—. ¿Dónde has…?

Se calla al ver mi lamentable estado.

A saber: estoy empapada hasta la cintura y mojando todo el suelo. Tengo los piel llenos de tierra y unas pocas de algas alrededor del tobillo. No tengo ni idea de qué puedo decir para esquivar las preguntas del chico, así que ni siquiera lo intento. Murmuro un «yoga playero…» como explicación y me estiro hacia el estante más alto de la cocina para dejar la llave.

Listo. Ahora podré caerme y romperme un brazo en mitad de la noche, pero al menos no me despertaré como lo he hecho esta mañana, metida en el mar hasta la cintura rodeada de olas.

Me bajo del mueble y paso al lado del chico. Ya le contaré más tarde. Pero cuando estoy frente al armario de M. M. buscando ropa seca, sus palabras del otro día me resuenan en la cabeza.

«Tu rollo podría matarte».

Me agarro a la puerta del armario. Normalmente soy capaz de ver la parte graciosa de ir sonámbula hasta la orilla. Pero hoy mi mente se niega a replantearse las cosas que no puedo controlar. Por culpa del chico, mi cabeza se empecina en que de verdad podría morir la próxima vez que me pase. Ya es lo suficientemente malo asumir que habrá una próxima vez.

—Oye.

Respiro profundamente. Me calmo los nervios y suelto la puerta del armario.

—¿Sí?

El chico está en el pasillo del dormitorio. Se ha quitado el delantal y muestra su atuendo del día. Lleva un jersey de pompones de M. M. y tiene el pelo recién lavado cayéndole sobre los hombros. Muy buenas elecciones. Serían aún mejores si no estuviera abriendo la boca para soltarme una ristra de preguntas en tres, dos, uno...

—Me gustaría unirme.

—¿Unirte? —Pestañeo.

—Al yoga playero —dice el chico. Ay, qué mono. Me ha creído. ¿Por qué no tendría que hacerlo? La verdad (que he ido andando sonámbula hasta la orilla) es tan loca que será mejor que la descubra por sus propios medios.

Pues que se lo crea. Este no es mi problema y lo que no sepa no podrá hacerle daño.

—Es una clase avanzada —le digo, desabotonándome mis pantalones cargo empapados, y estoy a punto de dejarlos caer cuando me acuerdo de algo llamado pudor.

Miro al chico y se ha dado la vuelta—. No sé si podrás soportarlo.

Me pongo unos pantalones secos, me ajusto la cintura y le digo que estoy lista.

—Aprendo rápido.

Me giro hacia su voz… y vuelvo a tener que agarrarme al armario.

El está de pie frente a mí y tiene levemente entrecerrados sus ojos de larguísimas pestañas. Creo que nunca hemos estado así de cerca (al menos estando conscientes, claro). Y salvo la vez que casi me quita la vida.

—Un día de estos —le digo, nerviosa por haberme atrapado con la guardia baja—. Tengo que irme.

Espero a que se quite y me deje pasar.

Pero, en lugar de eso, se inclina hacia mí. Agacha la cabeza un poco y su pelo se posa sobre mi hombro.

—No te vayas.

Su voz me suena a orden, a súplica, a invitación… y mi estómago responde con un rugido de hambre. La sangre me galopa por las venas y sé lo que quiero hacer: empujarlo contra el armario y devorarlo entero, como haría con cualquier otro chico que me hablase así.

Pero él no es cualquier chico. Ni siquiera es el chico que he ido conociendo. Ni el chico que ni oía ni veía que trató de estrangularme en la playa… pero una voz en la cabeza me dice «Cuidado, Cee» mientras le acaricio la mejilla y muevo un poco la cabeza hasta rozarle la oreja con los labios y susurrarle:

—Apártate si es que no quieres otro rodillazo en las pelotas.

Durante un instante no pasa nada.

Entonces da un paso hacia detrás. Se acaricia la cara como si lo hubiera abofeteado. Sacude la cabeza, abre la boca, la cierra, me mira (como si hubiese sido yo la que

157

hubiese mostrado un comportamiento extraño) y frunce el ceño antes de decirme.

—¿Cómo que «otro»? ¿Es que no sería el primero?

Su voz ha vuelto a la normalidad. Mi ritmo cardiaco seguro que no. Tengo el cerebro confuso y frenético, por lo que me cuesta trabajo pensar una respuesta.

—Está claro que no lo hice lo bastante fuerte como para dejar huella —le contesto mirándole el paquete de forma deliberada.

Entonces, me marcho.

—Quédate —le ordeno a U-me mientras salgo pitando del porche agarrando mi riñonera sobre la marcha.

Confío en ti, le he dicho al chico.

No sabes nada de mí, me contestó él.

El marcador de esta mañana es:

Chico: 1

Cee: 0

No te vayas.

No puedo evitar seguir oyendo su voz por mucho que lo intente. Y hay que creerme cuando digo que, de verdad, lo intento. Me pongo a cortar árboles tan decidida que las horas se solapan. El sol se está poniendo cuando, por fin, arrastro los cinco troncos hacia la cresta. Me maldigo cuando me doy cuenta de que mi máximo de dos troncos por ascenso significa que tengo que subir tres veces.

Será mejor empezar ya.

El sol ya está bastante bajo para cuando completo mi primer ascenso. Descargo con rapidez los dos troncos en la parte superior de la cresta. Mientras me preparo para ir a por los siguientes dos, oigo un sonido que proviene de la parte de la cresta que da a la costa. Me quedo helada. El mismo sonido se repite.

Una voz.

—¡Cee!

Me asomo por el borde.

¡Por Julio!

El chico está *escalando. Sin. Cuerda.*

Le lanzo la mía y, justo a tiempo, la agarra en el instante en el que pierde pie. El estómago se me cierra cuando la agarra y el corazón se me para cuando la cuerda detiene su caída.

—¡Te vas a matar! —le grito. Algo brilla en la base de la cresta. Es U-me, tan tranquila. La ha cagado en su labor de supervisión y ya ni se molesta en ser útil—. ¡U-me, joder, ayúdale!

Tranquilamente, rueda hacia el chico mientras este refuerza sus puntos de apoyo.

—Totalmente en desacuerdo. En desacuerdo. Neutral. De acuerdo.

Pasan eones antes de que el chico llegue a la cima. Le sujeto la mano y tiro de él.

—Explícate ahora mismo —le digo mientras cae sobre mí.

—Déjame… ayudar.

—Ni de broma.

Que se olvide de mi extraño comportamiento de esta mañana. No voy a dejar que mi primer invitado se muera ante mis ojos.

—El sol se está poniendo —dice el chico, que ya ha recuperado el aliento.

—¿Y?

—Que deberíamos ponernos en marcha.

Agarra un tronco y lo acerca al borde como si el descenso fuese tan fácil como, simplemente, disponerse a bajar.

Lo agarro por la parte trasera del jersey.

—Vale. Lo primero: tú no bajas troncos. Ya es bastante complicado subirlos a la cima. Deja que la cuerda haga el trabajo.

—¿Algún otro consejo?

No. Nada de consejos. Tú no deberías de estar aquí. Pero el sol no se va a poner más despacio porque nosotros estemos discutiendo y, en algún momento, el chico tendrá que acabar bajando por sus propios medios, ya que no me lo puedo atar a la espalda como si fuera un leño.

Suelto un largo suspiro.

—Escúchame bien.

Le enseño a amarrarse la cuerda en forma de arnés y lo animo a probar a bajar un poco.

No miente: sí que aprende rápido. Con él aquí, no tengo que ser yo quien suba los troncos hasta la cima de la cresta. Él puede quedarse en la base para atarlos al extremo de la cuerda y yo solo tengo que quedarme en la cima para subirlos. El sol se hunde en el horizonte mientras bajamos los cinco troncos por el lado de la cresta que da a la costa. Completamos nuestra tarea bajo la luz del atardecer.

—Gracias —le digo después, mientras arrastramos los troncos por la lutita—. Pero que sea la última vez.

—No voy a entorpecerte.

—No me importa.

—No hay otra cosa que hacer.

—Recuérdame que te ensucie la casa —le contesto, y él se ríe. Ese sonido le queda muy bien. Encaja a la perfección con el repertorio que he ido coleccionando de este chico «que creo que conozco». Un chico cuyo misterio empieza y acaba en su falta de memoria y que, casi todo el rato, es lo opuesto a peligroso. Lo opuesto a ser un seductor. Es una lástima, pienso echándole un vistazo mientras se seca el sudor de la frente, porque supongo que hay cierta cantidad de actividades de lo más humanas que echo bastante de menos… y el chico es un ayudante decente, pero no tiene mucho de compañero de indecencias.

Por la noche seguimos cada uno por nuestra cuenta (el dormitorio es suyo y el sofá es mío) pero por la mañana está listo cuando lo estoy yo y, tras un breve rifirrafe, le dejo que venga conmigo ese día.

Y el siguiente.

Construimos una rutina. Yo corto los troncos. Él los arrastra hasta la base de la cresta. Transportarlos al otro lado nos lleva la mitad de tiempo gracias a nuestro sistema de poleas humanas y el tiempo pasa más rápido cuando lo divides con alguien. Antes de darme cuenta, solo me quedan tres troncos para terminar con Leona, y el chico y yo ya hemos tenido varias conversaciones.

—¿Qué piensas de mí? —me pregunta mientras arrastramos troncos por la pradera en nuestro cuarto y (probablemente) penúltimo viaje. Por un segundo no estoy segura de lo que debería contestarle. «No estás mal» o «Eres útil» suena demasiado frío, mientras que «Eres magnífico» sería jugar demasiado fuerte. Afortunadamente, el chico me aclara la situación—. ¿Me tienes puesto algún nombre provisional?

Ah. Eso no, solo «el chico».

—¿Te gustaría tener un nombre provisional? —le pregunto arqueando una ceja.

—Depende.

—Venga, hombre. —Le doy un codazo—. Te elegiré uno bueno.

—Sería un poco raro que eligieses uno al azar.

—No será al azar —le prometo—. ¿Dmitri? —se me ocurre justo entonces.

—A mí me suena bastante al azar.

La hierba ondula a nuestro alrededor conforme nos deslizamos por ella. Las briznas de hierba me hacen cosquillas y me rasco la oreja.

—¿Qué tiene de malo?

—No lo sé.

—Entonces no tiene nada de malo.

—Es demasiado… —El chico se queda callado. Espero a que continúe, pero acabo suspirando cuando él no dice nada más.

—Vale. —Tengo otras opciones—. ¿Qué te parece Tristan?

—Le pasa lo mismo que a Dmitri —dice el chico al final de la zona de hierba, cuando dejamos la pradera detrás y la cresta de levanta ante nosotros—. Ambos son… Arruga la frente al pensar.

—¿Qué? —le insto. Esta vez no pienso dejar que se quede callado.

—Prométeme que no te vas a reír.

—Te lo prometo.

El chico suelta los troncos en la base de la cresta.

—Son nombres de tío bueno.

Doy un aullido.

—¡Me lo prometiste!

—Sé que soy lo peor, lo siento. —*Es que a mí me parece que estás buenísimo.* El chico ya parece demasiado avergonzado—. Son demasiado de tío bueno para ti.

Al chico no parece hacerle gracia.

—¿Qué término usarías para describirme?

—Sensual, quizás. Enigmático.

—¿Te parezco enigmático?

—¿No tienes detrás ninguna historia trágica?

—No. Menuda tragedia, ¿eh?

Cuando dejo de reírme me duele hasta el vientre. Estamos en pie a la sombra de la cresta. No estamos trabajando, solo charlamos. Y no quiero que se termine.

—¿Heath?

—No.

—Deja de rechazar mis nombres.

—Deja de sacarlos todos del mismo sombrero. —El chico frunce el ceño—. ¿Son los primeros que te vienen a la cabeza?

—Sí.

—Tal vez los nombres sean como las caras que vemos en los sueños —dice el chico—. Quizás solo te vienen los de la gente que conocías de antes.

—Esa teoría vas a tener que desarrollarla. Publícala, revisada por pares, en alguna revista cuando salgamos de esta isla. —*A ver si te fichan en alguna empresa de innovación tecnológica.*

¿De dónde me ha venido eso?

—¿Voy yo a…? —me pregunta el chico y me distrae de ese pensamiento.

—¿Vas tú a qué?

—¿… A salir de esta isla? —lo dice sin acritud ni vergüenza. Sus palabras son tan suaves como la lluvia que empieza a caer. Mira a la cresta—. No tienes que responder —dice justo antes de empezar a escalar, mientras yo me quedo en el suelo y sin palabras.

Estupendo. Maravilloso. ¿Cómo se atreve a decir una cosa así y a dejarme agonizando sobre lo que realmente significa? Es imposible que sea tan neutral ante la idea de que lo deje atrás.

¿O no es tan imposible?

Le observo durante la cena. Mientras fregamos los platos. No me da ninguna pista. Al llegar la noche nos separamos y me quedo en el sofá dándole vueltas. Esa pregunta me corroe por dentro.

¿Voy yo a salir de esta isla?

La balsa podría ser lo bastante grande como para los dos si continúo agrandándola. El auténtico problema es la comida. No hemos almacenado lo bastante para dos personas que no saben cuánto tiempo tendrán que estar viajando. Puedo zarpar yo primero y así ahorrarle una muerte marina al chico si es que fracaso. Y si tengo éxito y encuentro a Kay, estoy segura de que ella me ayudará a encontrar al chico. Pero ¿por qué doy por hecho que necesita que lo rescaten? ¿Qué pasa si él también tiene a alguien a quien debe de encontrar, a alguien de quien aún no se ha acordado? E, incluso si no lo tiene, si realmente está solo, ¿hace eso que sus ganas de volver a casa sean menos valiosas? ¿Valdría su vida menos que la mía solo porque no hubiese alguien que lo echase de menos o que lo quisiera?

—¿Estás despierta?

El torbellino de mi cabeza se frena en seco ante su susurro. Asiento.

—Sí —digo por si acaso no me ha podido ver en la oscuridad.

Se acerca al sofá. Encojo las piernas y me siento para hacerle hueco. El asiento vibra bajo mis pies cuando él se sienta. Algo en mí también vibra al asumir que lo tengo tan cerca.

Espero que quiera hablar de lo que me había dicho antes, en la cresta.

No me espero su pregunta.

—¿Sueñas alguna vez con cosas a las que no le encuentras sentido?

—A veces. —Algunas de las escenas de mis sueños parecen demasiado buenas para ser reales. Como el azul del mar, el cielo cristalino y la escalera blanca que hay entre ambos—. Pero, casi siempre, sueño con mi hermana. —O con nadar en el mar, lo que suele acabar conmigo despertándome metida en el agua—. ¿Y tú?

Durante un instante solo se oye mi respiración y la suave lluvia que cae en el exterior.

—Blanco —dice en un susurro—. En mis sueños todo lo que veo es el color blanco.

—¿Cómo que blanco?

—Blanco y nada más. Un blanco peor que la nada. Un blanco que podría cegarte —dice suspirando.

Lo dice casi en un murmullo. El miedo apenas se intuye, pero está presente.

Me duele oírlo.

Me acerco a él mientras dice:

—No sé cómo fuiste capaz de vivir aquí por tu cuenta... Pero... ¿qué haces?

—Te peino los sueños —le contesto con una mano sobre su hombro y la otra entre su pelo.

El chico está envarado, pero no se aparta. No se mueve cuando le quito la mano del hombro y poso allí la cabeza.

—¿Y qué haces ahora? —me pregunta casi sin aire, como si hubiese dejado de respirar.

—Escucho tus miedos. Deja que tu cabeza descanse sobre la mía.

Tras un segundo, lo hace. Aunque con mucho, mucho cuidado... como si se nos fueran a romper los cráneos. Cuando su cabeza se asienta sobre la mía, su respiración también lo hace. Vuelve a respirar. Estoy lo bastante cerca de él como para notarlo. Estamos sentados codo con codo, en completa oscuridad y con un silencio tan denso como el agua.

Acabo rompiendo el silencio con un susurro.

—¿Puedes oír mis miedos?

—No —admite el chico. Cuando estoy preguntándome si cree que esto es demasiado raro, añade algo más—. Oigo el mar.

Sonrío. Puede que siga sonriendo cuando caigo en un sueño en el que Kay y yo vamos por la playa y ella se agacha

165

y agarra un molusco. «Es una espiral de Fibonacci», me dice mostrándomela sobre la palma de la mano. En circunstancias normales, un sueño como este me habría hecho acabar sonámbula en la orilla, pero esa mañana me despierto por la luz que entra por la vieja ventana de M. M. y con algo vibrando contra mi mejilla.

Un latido de corazón.

Mi propio corazón se despierta de golpe en cuanto entiendo las consecuencias de las leyes de la gravedad. Parece que, durante la noche, mi cabeza ha acabado cayendo sobre el pecho del chico y que ambos hemos acabado tirados en el sofá. Un brazo le cuelga casi hasta el suelo mientras que el otro reposa sobre mi cintura. Tiene la cabeza hacia atrás, lo que hace que se muestre la pálida columna de su garganta.

Me toco la mía. Las marcas, por fin, han dejado de dolerme. Esa noche de lluvia y truenos me ha sentado como una siesta de una semana. El chico que tengo al lado (¿debajo de mí?) es mucho más tibio que mi alfombra-manta, por lo que me siento tentada de volver a tumbarme… pero las balsas no se construyen solas, por lo que, con cuidado, le coloco su propio brazo sobre estómago.

Me llevo una de las galletas de ñame que sobraron en la cena de anoche y me la como en el porche. La marea asciende con el sol. El chico no se levanta. *Déjalo descansar.* Hoy no necesito su ayuda porque solo me quedan tres troncos para terminar con Leona.

Tres troncos y estaré lista para zarpar.

No siento nada parecido a la alegría que sentí cuando acabé a Hubert. En lugar de eso, la galleta de ñame se me hace bola en el estómago y hace que me sienta muy pesada. Reviso mi mochila, escalo la cresta e incluso atravieso la pradera grisácea salpicada de santuarios espeluznantes. Corto los árboles con precisión, tratando de que cada golpe sea valioso. Mientras tanto, el bosque sigue llamándome por mi nombre. Atrayéndome.

Cee.

Cee.

Cee.

Joder. Suelto el cuchillo de cocina y me levanto. Aquí no hay más que unos árboles envueltos en neblina y, más allá, un Astillero. ¿Por qué tendría que tener ningún miedo?

Sigo el sonido de mi nombre y me aventuro hacia los árboles. Mis pasos, que al principio se escuchan de forma contundente, van dejando de oírse a medida que las piñas del suelo se van dispersando. Hoy no hay escarabajos. La isla no es que sea, precisamente, una casa de fieras... así que tacho «depredadores» de la lista de cosas de las que preocuparme. Conforme la niebla se espesa colgando entre los árboles a modo de telarañas, recuerdo lo sola que estaba antes de que el chico apareciera... y lo solo que estará él cuando me vaya yo.

Aparto ese pensamiento. Solo nos conocemos desde hace una semana. Kay y yo hemos compartido (y perdido) años juntas. Nada se le puede comparar. Cuando llego al claro del bosque y veo el Astillero rodeado de los montones de chatarra que removí para desenterrar a Hubert, lo recuerdo todo. Cada vez que he cruzado la cresta. Cada brazo y costilla rota. El dolor, la alegría, la desesperanza... de haber estado tan cerca y de perderlo todo por culpa de una tormenta. Pero, a pesar de mis peores miedos, no he vuelto a tardar tres años en encontrar otra forma de escapar de esta isla. O, al menos, eso espero. Irme me dolerá, pero sobreviviré. Nada puede matarme. Kay me espera. La oigo. Su voz... parece venir desde la alberca.

Cee. Una hoja grisácea aterriza allí en medio y hace vibrar la superficie. Me inclino por el borde de esa especie de alberca y veo mi cara perfectamente reflejada en un agua que está tan quieta como el cristal.

El borde se deshace debajo de mí y caigo dentro.

El agua me cubre. Se me queda la mente en blanco. Tengo los ojos abiertos. La alberca es sorprendentemente profunda. Me abro paso en el agua como si estuviera apartando cortinas. Por fin veo el fondo. Está colmado de musgo y salpicado de hongos que parecen esmaltados por la luz que reciben desde arriba. Algunos de los cuales son tan pequeños como guijarros mientras que otros son tan grandes como platos. Las sombras se van superponiendo como su fueran nubes y yo sigo buceando. El agua continúa más y más y, en un momento dado, empiezo a ver.

Empiezo a ver… en color. Igual que en mis recuerdos y en mis sueños. Veo a Kay. Estamos en una habitación del tamaño de una caja de zapatos, tumbadas en la cama y acurrucadas en posición fetal, rodilla contra rodilla. Le paso los dedos por el pelo mientras le hablo y mis palabras aparecen en mis manos, muñecas, brazos… Se oscurecen hasta convertirse en magulladuras. Las paredes de nuestro alrededor desaparecen. Ahora estoy sola y le hablo a un hombre vestido de blanco. «Ochenta años», dice. Pero yo no puedo esperar tanto, así que salgo por la puerta y me dirijo al océano, que está más allá. El agua me acaricia la piel, el sol me la seca cuando aparezco en la orilla. Una mujer viene a recibirme: lleva un jersey celeste con parches de carlinos. Yo le regalé ese jersey. Me da una taza de té y juntas vamos a observar una pared de cemento que se alza hacia el cielo.

Las imágenes cada vez me vienen más rápido.

Hasta que se congelan.

Me atraganto cuando siento que algo me da en el tronco. Empieza a arrastrarme rápidamente hacia arriba.

Acabo entendiendo que es el brazo del chico. Está ceñido a mi cintura cuando llegamos a la superficie. Aunque no parece que esté intentando matarme, entro en pánico.

—Pero ¿qué cojones...?

Me interrumpo. Abro mucho los ojos para absorber todo el turquesa del agua que nos rodea, así como todo el verde esmeralda de los árboles que circundan el Astillero.

Turquesa.

Verde.

Se me nubla la visión. Soy incapaz de procesarlo, de concentrarme. Cuando vuelvo a ver bien, tengo la mirada clavada en el chico. Su cara está a escasos centímetros de la mía. Siento en mis labios su respiración irregular. Los suyos son rosáceos. Tiene el pelo de un marrón oscuro y algunos mechones le caen por la frente. Tiene los ojos del color del cielo.

Color.

Por Julio, puedo ver en color.

Una voz se cuela en mi cúmulo de emociones. Es la voz del chico ordenándome que nade.

Me resulta difícil obedecerle cuando se está aferrando a mí como si fuera un flotador.

—¿Qué haces? —le pregunto, dándole un empujón antes de que pueda contestarme.

Nos separamos entre salpicaduras del agua. El chico se desliza hacia atrás y se tambalea un poco hasta que consigue recuperar el control.

—¿Tú qué crees? —me contesta mientras se abre paso en el agua.

—Que estabas intentando ahogarme.

—Estaba salvándote. —Escupe una hoja—. ¡No te movías! —me grita cuando lo miro sin darle credibilidad—. Has estado ahí abajo durante al menos tres minutos.

Sí, claro. En tres minutos habría salido del agua de color azul. Simplemente me había atragantado con un poco de agua, ¿y adivina de quién había sido culpa?

»En serio, lo he contado —dice nadando hacia mí mientras yo me desplazo hacia el borde—. Esperé todo lo que consideré razonable esperar y solo salté a por ti cuando no me quedaba más remedio. —Bla, bla, bla. Me salgo de la alberca y me dejo caer sobre los dientes de león aún verdes—. Porque, lo creas o no, esta no es mi idea de diversión. —El chico se deja caer a mi lado y me mira fijamente—. Di algo.

—Siento ser yo quien te lo diga, amor, pero no necesito que nadie me salve.

—Lo sé —dice el chico, percibiendo mi tono enfadado—. Lo tendré en mente si alguna vez te veo colgada de un acantilado. —Entonces se sienta en el borde y trata de escurrir el agua del jersey de M. M. Es azul. A juego con sus ojos. En un momento dado, me descubre mirándolo—. ¿Qué?

Sigo enfadada por lo que ha hecho, pero también siento curiosidad.

—¿De qué color tengo el pelo?

—Negro.

—¿Y los ojos?

—… Marrón oscuro. —Me mira con el ceño fruncido—. ¿Estás bien?

No contesto.

Pelo negro.

Ojos oscuros.

Igual que Kay.

Siento un gran alivio. No sé lo que esperaba. Después de todo, somos hermanas. Pero ahora me siento más cerca de ella que nunca, sobre todo gracias a los nuevos recuerdos.

Esos recuerdos. Se me hicieron cortos. Hay más, estoy segura de ello. Vuelvo a observar la alberca, lo que lo ha provocado todo. Y él se entromete de nuevo.

El chico me agarra la mano y me hace levantarme.

—Nos vamos de aquí ahora mismo.

—¿Y eso quién lo dice?

—Lo dice quien no acaba de intentar ahogarse.

Rezongando, lo sigo a través del bosque. Estoy demasiado mojada y demasiado cansada como para enzarzarme con él. Siento como si todo mi ser estuviese zumbando. Primero, los recuerdos; ahora, los colores. Estoy sobrepasada y, probablemente, esa es la razón por la que lo fastidio todo una hora después, cuando ya hemos recogido los troncos, los hemos bajado por la cresta y nos toca bajar a nosotros. Voy yo primera y no he recorrido ni un metro cuando pierdo pie. Se me escurren las manos y me agarro a un saliente de la roca. No consigo sujetarme y se me escurre el otro pie.

Sobre mi cabeza, el chico me grita. Cierro los ojos por instinto y me preparo para el latigazo del arnés en el culo.

Pero este no llega.

La cuerda se suelta. Está desatada.

Sigo cayendo.

14

E lla nunca vería el cuerpo.

Nunca sabría el momento en el que Celia murió.

Otra hermana puede que no fuese capaz de asumirlo.

Pero Kasey sí.

Lo que sí que era cierto es que no podía asumir que era capaz de asumirlo.

Más allá del muelle, el mismo mar que le había hablado a Celia también le habló a Kasey. El viento le susurró al oído: Insensible, defectuosa, insuficiente. Por ser capaz de tragar lo que los demás no, el mundo llevaba diciéndole esas cosas desde el principio, ya fuese con una taquilla destrozada o con aquel clamor público. Se había quedado paralizada ante la sangre de Actinium. Había aceptado el fatal destino de Celia sin hacer preguntas mientras que él había hecho venir una robonave. Incluso ahora, sentía el dolor de su pecho como el de un cuerpo ajeno. Hasta el dolor de garganta, rota por los gritos, era un dolor que se resistía a tragar. Era humano tanto infligirse daño a uno mismo como a los demás, dejar que el dique se hundiera para poder afrontar la tormenta. Las nubes oscuras se acumulaban donde se unían el océano y el cielo. Dos metros más abajo, las olas se arremolinaban a sus pies. Ahí arriba, le llegó el sonido de su voz.

—No saltes.

En el pasado habría encontrado insultante esa advertencia. ¿Por qué iba ella a hacer algo así de imprudente?

Ahora le alegraba parecer más emocional de lo que en realidad era.

—No lo haré.

—Muy bien. —Actinium se puso a su lado. Estaban en pie al final del muelle. Miraban el mar mientras que el aire que había entre ellos se espesaba—. Porque el escudo no llega tan lejos.

—El escudo que tú construiste.

Le dio énfasis a la palabra tú. Actinium no respondió. Cuando Kasey lo miró, vio que él miraba al frente muy decidido, como si supiera que las ideas preconcebidas que ella tenía sobre él fuesen una baraja de cartas que tenía que ir volviendo a mezclar con cada nueva situación.

Había dicho que no indagaría, pero no pudo esquivar a su propia curiosidad. Le solía molestar que la gente no fuese consistente, pero el misterio que envolvía a Actinium parecía excesivo y sus contradicciones eran demasiado precisas. ¿Era alguien lógico, emocional, autoritario, introvertido…? Para alguien que modificaba cuerpos ajenos, su propio yo era bastante simple incluso en sus gestos y en su discurso. Todo aquello hizo que Kasey le preguntara:

—¿De verdad trabajas en GRAPHYC?

La pregunta pareció sorprender a Actinium con la guardia baja.

—Sí —dijo, entonces hizo una pausa—. Jinx diría que a media jornada.

En esta ocasión, Kasey estaba con Jinx. Reconstruir el Intrarrostro de su hermana, por muy valioso que hubiese sido, no parecía ser un uso adecuado de sus horas de trabajo.

—¿Qué es lo que haces?

—Diseño los implantes y los digitatuajes.

—¿Tienes tú alguno?

PICODORO le avisó de que esa pregunta era invasiva y que no tenía nada que ver con su hermana. Actinium negó con la cabeza y ella le preguntó.

—Entonces, ¿cómo sabes que eres bueno?

—Nunca he dicho que lo fuera.

Para cualquiera habría sonado como un comentario modesto, pero a Kasey le pareció oír las palabras que él había callado.

Nunca he dicho que lo fuera. Se me dan mejor otras cosas.

Como programar y la ingeniería. Estaba claro de que él era listo. Talentoso. Si hubiese seguido estudiando, una firma de innovación tecnológica lo habría fichado. Con un equipo y recursos, habría podido desarrollar proyectos que tuviesen un impacto incluso mayor que el de un escudo para toda una isla. Pero entonces no habría conocido a Celia. Tal vez Kasey solo estaba algo celosa de que él hubiese rechazado un futuro que ella habría querido para sí misma.

—¿En qué piensas? —preguntó Actinium tras un instante. A ella le sorprendió importarle y, por un segundo, tuvo la idea tonta de que tal vez él había dejado que el mar le salpicase para que ella no se mojase. La física del movimiento de los proyectiles era cierta. Los motivos no. Actinium amaba a Celia.

Amaba lo mismo que ella.

Al contrario que Kasey, que seguía sin verle nada mágico al mar cuando lo observaba.

—Este sitio, el muelle, era el sitio favorito de Celia en esta isla.

—Un lugar a medio camino entre la tierra y el agua, donde el final puede estar a un solo paso.

174

—Tú no estás de acuerdo —afirmó. No le gustaba actuar como si no supiese algo que sí sabía.

—¿Por qué? —le preguntó, sorprendido de que pudiese deducir tanto por su tono.

—Creo que las cosas ya se traen decididas cuando llegas al borde.

Kasey estuvo de acuerdo con él. Ella habría intentado saltar. Para exponerse. Para sangrar. Pero se estaba engañando, jamás habría elegido la autodestrucción. Su cerebro era demasiado resolutivo.

O lo habría sido. Porque, en ese momento, su Intrarrostro recibió un aviso de la sede central del P2C diciendo que la reunión de emergencia estaba a punto de comenzar, por lo que se tuvo que enfrentar a la otra decisión que había tomado: la de no ayudar. Kasey borró el mensaje y otros ocuparon su lugar: dos mensajes no leídos de Meridian.

¿Dónde estás? ¿Has visto las noticias? ¿Estás en casa?

En casa. La esencia de ese concepto (una burbuja en la que sentirse a salvo) le resultaba tan extraño a Kasey como le había resultado a Celia.

—Actinium —su nombre le quemó en los labios. Lo miró igual que él la estaba mirando. Por un instante vio algo en sus ojos. Una duda. Abrió la boca.

Pero Kasey habló primero.

—Tengo que confesar algo.

Celia amaba el mar. Amaba la apariencia láctea de la espuma blanca de las olas, el vals de la luz del sol entre las ondas. Pero Kasey no. El mar era como un trillón de mechones de pelo trenzados sobre la superficie e infinitamente densos debajo de ella. Era capaz de distorsionar el tiempo: allí, los minutos pasaban como horas y las horas como minutos. Era capaz de distorsionar el espacio: hacía que el horizonte pareciese al alcance de la mano.

Y era el lugar perfecto para esconder secretos.

Yo maté a Celia. Sabía que visitar el mar en persona no era buena idea. No la frené. Pero por mucho que la culpa confirmase su humanidad, no podía invocarla. El sentimiento al que podía acceder más fácilmente era la ira. Celia había sido una inconsciente por nadar en el mar, pero no tendría que haber muerto por ello. Alguien (una persona, una empresa o muchas de ellas) habían contaminado el mar. En secreto. De forma impune. Sin remedio. Kasey había sido castigada cuando rompió las leyes internacionales... pero ¿ellos? Y, si no fue así, ¿por qué tendría ella entonces que ayudar a nadie? ¿Por qué trabajaría para hacer mejor un mundo en el que lo único bueno que Celia había podido elegir era el cuándo y dónde morir?

En Kasey cayó una barrera. La solución salió de ella. Toda, incluso lo que no le había contado a nadie. Esperaba que a Actinium le desagradase o le horrorizase. Como no pasaron ninguna de las dos cosas, continuó:

—Puedo ayudar, pero no quiero hacerlo —dijo casi sin aliento.

Esa fue su confesión. La ciencia era imparcial para todo y para todos. O funcionaba o no funcionaba. No decidía a quien beneficiar. La solución existía y por ello tenía que ser compartida

»No quiero ayudar —repitió ya más calmada mientras un relámpago estallaba en la distancia. La tormenta se acercaba. La lluvia empezó a retumbar.

Actinium tenía razón: el escudo acababa justo donde estaban. Kasey casi podía ver el arco ante sus ojos. Por allí la lluvia caía con menos fuerza y se vaporizaba sobre ellos. Nerviosa, miró a este chico que usaba la ciencia para el bien de la gente. ¿Qué pensaría ahora de ella?

Mientras esperaba una respuesta, un vendaval vino desde el mar. Estuviese o no filtrado por el escudo, se sintió muy auténtico. Envolvió la ropa de Kasey y le mojó la cara. A Actinium le despeinó el flequillo que tan cuidadosamente le enmarcaban los ojos y eso hizo que su expresión se oscureciera. Pero su voz sonó tan clara como lo había hecho desde que se conocieron.

—¿Y quién ha dicho nada de ayudar?

HHI HHI HHI

Lo primero que pensé fue que no estaba muerta.

Lo segundo, que estaba colgada y sin cuerda en plena cresta, apenas sujeta a una roca y con el hombro derecho seguramente dislocado, por lo que todavía podría morir porque había un buen trecho bajo mis pies y los dedos se me estaban resbalando.

Por Julio, menuda muerte de mierda.

—Totalmente en desacuerdo.

Siento que la presión se alivia bajo mi pie derecho, lo que le da cierta tregua a mi brazo.

U-me. Sus ventiladores resoplaban mientras me sujetaba con su cabeza. Sea lo que sea para lo que la diseñaron, no era para esto. Ambas vamos a acabar aplastadas contra el suelo si no hago algo rápido.

Piensa, Cee. Miro para un lado y para el otro, y después hacia abajo.

La cuerda.

Parte de ella no es más que una mancha naranja fluorescente en el suelo, pero la otra parte aún cuelga en la cara de la cuesta. Ya no está atada, pero el chico la tiene aferrada entre las manos. Veo su figura, a contraluz, en la cima.

—¡Átala! —Si la agarro ahora lo más probable es que me lleve a los dos por delante. Probablemente él lo sepa—.

¡Que la ates! —le grito cuando veo que no se mueve—. ¡Venga! ¡Sé un…! —Noto la boca amarga—. ¡… Un héroe! —le grito.

—Héroe —recita U-me, cumpliendo su misión mientras las rocas se despeñan a nuestros pies, cayendo hasta el suelo con un ruido sordo (poc, poc, poc)—, persona que es admirada o idealizada…

No puedo escuchar el resto. Se me nubla la vista y no soy capaz de ver los rasgos del chico, igual que tampoco comprendo qué cojones hace ahí arriba de pie con la cuerda en la mano. Vuelvo a sentir la tensión en los dedos. El dolor me recorre el brazo. Se acabó. Se me tensan los tendones del cuello. Abro la boca para dar un último grito…

… Y la cierro cuando la cuerda me roza la mejilla.

Se mueve a la vez que el chico. Ya solo lo veo como una mancha, pero creo que está tratando de hacer algún tipo de nudo. Si no es eso lo que está haciendo, estoy muerta… así que agarro la cuerda, cierro las rodillas y me deslizo por ella todo lo que puedo hasta que se me rinden los brazos.

Cielo. Aire. Suelo.

El impacto me saca todo el aire de los pulmones.

No sé cuánto paso allí tumbada, boca arriba, antes de que una cara eclipse el sol amarillo.

La cara del chico.

—Cee, ¿me oyes? —Lo oigo muy distante—. ¿Qué te duele?

—El hombro —Y todo lo demás.

La piel del brazo me arde mientras el chico me arremanga el jersey. Me agarra una mano con la suya y, con la otra, me sujeta el codo.

—De acuerdo —se dice a sí mismo—. Para que se cure te tiene que doler.

—¿Qué…?

El chico me tira del brazo. Alguien grita. Creo que soy yo. Le doy un zarpazo. *Haz que pare este dolor, haz que pare.* Se me tensan los músculos. El hombro llega a su límite de flexibilidad.

Esa enorme bola vuelve a su sitio.

El chico me ayuda a sentarme. Cuando estoy lista para levantarme, me pone el brazo bueno sobre su hombro y usa el cuerpo para sostenerme. O estoy temblando yo o está temblando él o lo hacemos los dos. Los primeros pasos casi nos tiran al suelo.

El resto de la caminata es lenta. Cojeo en silencio.

A medio camino, U-me habla de repente y sin que nadie se lo pida.

—Héroe: persona que es admirada o idealizada por su valentía, nombre.

El chico se tensa bajo mi brazo.

Unas horas después llegamos a la casa. El chico me acerca al sofá y se va sin decir palabra. No tengo la capacidad física ni psicológica para suponer dónde va. Recuesto la cabeza y observo el techo, teñido de violeta por la luz del atardecer.

Por Julio.

Menudo día.

Sí, he recuperado un montón de recuerdos. Sí, también vuelvo a ver en color. Puede que eso explique por qué me descuidé tanto durante la escalada, pero eso no explica la cuerda sin atar. No he estado tan cerca de pegármela desde que perfeccioné mi forma de hacer nudos hace un par de años.

Intento recordar la escena de justo antes de la caída. U-me estaba abajo del todo de la cresta. El chico estaba en la cima.

No lo vi desatar la cuerda.

Tampoco es que lo estuviera mirando.

Pero ¿en qué estoy pensando? Si quisiera matarme lo podría haber hecho cuando estaba tirada en el suelo. Una piedra contra la sien. Se habría acabado todo en menos de un segundo. En lugar de ello, se inclinó sobre mí con la cara brillante de sudor y preocupación. Y alguien puede fingir las emociones, pero no el latido del corazón. Me arregló lo del hombro, me vino cargando de vuelta... y ahora las cosas no me encajan. Ni lo de la cuerda desatada ni el hecho de que no se inmutase mientras yo luchaba por conservar la vida.

A menos que simplemente fuera eso: que se quedó de piedra. No todos los días se encuentra alguien en una situación en la que tiene que actuar como un héroe.

Algo sí que sé seguro: no quiero creer que el chico tenga nada que ver con mi caída. Para mí se ha convertido en mucho más que un visitante o un invitado. Es mi amigo. Y yo soy su amiga. Me levanto a rastras del sofá cuando no vuelve por la noche.

No está en la orilla, ni en el muelle hundido, cubierto por la marea de medianoche.

La misma marea inunda la cala, un lugar escondido entre las rocas al oeste de la casa de M. M. La arena brilla en mitad de la noche con todos los tonos del nácar. El chico, que no es más que un puntito contra la franja de mar, es color índigo.

No se vuelve cuando me acerco. Me siento a su lado. Durante varios minutos, los únicos ruidos que oigo vienen del oleaje, que tapa los ruidos de la isla al hacerse de noche.

—Ha sido culpa mía. —Habla bajito y con la voz cargada de vergüenza—. En la cresta, cuando te he visto caer... mi cuerpo... —Se le nota mucho el miedo que ha pasado, me descubro a mí misma acariciándole la espalda en círculos. Le noto los músculos a través de la tela—. Mi cuerpo se ha bloqueado. Pero esa no es la palabra exacta —dice dejando escapar un suspiro de frustración.

Puede que esté destrozada y herida, pero él suena aterrorizado. ¿Quién no lo estaría? Él no es como yo, que ya estoy acostumbrada a la brutalidad de esta isla.

—Oye —le digo con cariño—, no pasa nada. Al final lo solucionaste bien.

—¿Y si no hubiera sido así?

—Pero sí lo ha sido y eso es lo que importa.

—No tengo recuerdos —dice sacudiendo la cabeza—. No tengo nombre. Solo poseo las cosas que pienso, las cosas que siento y las cosas que quiero. Si ni siquiera puedo manejarme con ellas, entonces…

No termina la frase. No tiene que hacerlo. Lo que no dice se me anida en el corazón. Son las mismas cosas que me mantienen despierta durante la noche, cuando me preocupo por el hecho de que se me esté olvidando la cara de Kay. Me preocupa pensar qué sería yo sin ella. No sería más que una chica cualquiera en una isla desierta sin un pasado al que aferrarse y un futuro por vivir.

¿Quién soy yo?, es lo que él se pregunta. Y yo no se lo puedo responder.

Pero sí que le puedo dar algo.

—Hero.

—¿Qué?

—Ese va a ser tu nombre. Hero. Héroe en inglés.

El chico respira hondo.

—Es muy…

—Lo ha elegido U-me. Y yo también.

Hay nombres que se encuentran y otros que se ganan.

Este es ambas cosas.

El chico, Hero, frunce el ceño.

—Es muy cursi.

—Bueno, pues es ese o Dmitri. O cursi o buenorro. Tú eliges.

Suspira. No llega a estar tranquilo ni reconfortado. Me gusta explorar las emociones, pero las suyas ahora mismo están empantanadas. No van a hacer más que arrastrarlo. Necesito distraerlo, engañar a su cerebro.

Y se me ocurre algo para conseguirlo.

—Probemos algo —le digo.

—¿El qué?

—Gírate hacia mí. —Lo hace—. Cierra los ojos.

Y lo hace. Vuelve a abrirlos cuando lo beso. Suavemente. Es un beso largo. Sé lo que me gusta. ¿Lo sabrá él? Me río cuando le miro a la cara. Frunce el ceño y yo me pongo seria. No todo el mundo es tan sobón como lo soy yo, así que le pregunto si le ha gustado.

Responde de mala gana.

—No me lo esperaba.

Eso no es lo mismo que no gustarle. Sonrío, me inclino y vuelvo a besarlo. Tiene los labios suaves, más suaves que cuando se los recorrí con el dedo. Me recorre un escalofrío, no tanto por lo que pueda sentir por él sino por simplemente sentir algo. Él. Me acerco más y, sin palabras, le digo: *Todo va bien. No estás solo. No le demos demasiadas vueltas. Vivamos y ya está.* Besarse no es más que otra forma de conversar.

Y no se puede conversar si solo participa uno, así que, como no reaccionaba, me aparté.

—De acuerdo, ¿qué estábamos…?

Vaya.

Al oírlo responder se me abren mucho los ojos.

Me recupero y deslizo una mano hacia su pecho. Me pregunta acercándose hacia mí. Le respondo sujetándolo del cuello del jersey y acercándomelo.

Hace que nos tumbemos en la arena.

Solo nos separamos cuando nos quedamos sin aliento. Sigo sin poder respirar cuando me pasa la boca por el cuello. Hundo mis manos en su pelo. Ma aferro a él mientras mis entrañas se derriten, bullen, se derraman. Soy un enorme océano, el único mar que no tengo que cruzar. Y por primera vez en mucho tiempo recuerdo lo que se siente al ahogarse en una misma.

Nos besamos hasta que se nos hinchan los labios. Hablamos el idioma de las lenguas y los dientes.

Y, después, seguimos hablando. Le hablo de Kay, de mi daltonismo, de mi sonambulismo. Él comparte conmigo sus sueños glaciales y estériles. Le pregunto si recuerda ser médico, porque hizo muy buen trabajo con mi hombro. Él cree que yo pude ser constructora de barcos cuando le hablo sobre Hubert. Me pregunta más cosas sobre Kay y le cuento todo lo que recuerdo de ella. Cuando se me acaban esos recuerdos, me pregunta sobre mí. Y yo le contesto, aunque con palabras más tímidas e inseguras. Hablamos de todo y de nada. Y es... agradable. Tan agradable que, incluso cuando la noche se enfría, nos sentimos lo bastante a gusto como para seguir allí.

Nos quedamos dormidos en la cala enredados en los brazos del otro.

Pero mis sueños me llevan muy lejos, a la hermana que me sigue esperando al otro lado del océano.

16

*A*travesaron kilómetros de mar a medida que se acercaban a la ecociudad.

El océano no se ha envenado solo. Lo han envenenado.

Kasey miraba a Actinium en la robonave. Las oscuridades de los ojos de ambos se conectaron.

Y no solo el océano, también la tierra y el aire. En este mundo hay demasiada gente que vive a expensas de otros y tienen que pagarlo.

Pagarlo. A Kasey le resonaban en la cabeza las palabras del muelle y no estaba segura de si había oído bien por encima de la tormenta.

Sí. Actinium la miró de frente. En su mirada se vio a sí misma y el fuego que le faltaba. *Por lo que le hicieron a Celia y a otra gente como ella.*

No había sabido cómo responder. Al principio no. Después, le latió un dolor en el pecho que bombeaba como un segundo corazón. El corazón le dijo que sí. Entre ambos se cernía un océano de pérdida. Lo tenían bajo las barbillas y amenazaba con ahogarlos en el momento en que se dejaran hundirse.

Y Kasey eligió hundirse. El mundo estaba acabando. La gente estaba muriendo. Y ¿cuánta gente estaba consumiendo más de lo que le correspondía mientras que Celia ya no podía disfrutar de nada? ¿Cuántos seguían emitiendo dióxido de carbono mientras que Celia, que jamás había contaminado lo más mínimo, ya no podía respirar? El planeta no era el hogar de un solo habitante. ¿Qué pasaba con los que lo habían esquilmado y se habían ido de rositas?, ¿y con los que se habían lucrado del dolor ajeno?

Salva a los que se lo merezcan. Haz que los asesinos paguen por lo que han hecho.

Puede que ella no fuese lo bastante valiente como para envenenarse ni que estuviese lo bastante triste como para llorar. Pero estaba lo suficientemente enfadada, y eso la hizo sentir viva.

Mientras su robonave esperaba la fila para descontaminarse, Kasey se conectó mediante vídeo y audio a la señal que provenía de la sede central del P2C. Permaneció en silencio y escuchó lo que decía un delegado de la ecociudad 6.

—Las predicciones son inciertas. Pero considero que con el ECAT podemos neutralizar el 80% de los microcinógenos suspendidos en el aire.

—¿Y cuanto nos llevará? —preguntó Ekaterina, de pie, mientras David estaba a su lado como un ser inerte. Por una vez, a Kasey le frustró ver a su padre en un papel tan pasivo.

—Como he dicho, eso depende de...

—Responda a la pregunta, oficial Ng —le cortó Ekaterina.

—De once meses a dos años. Muchas cosas pueden...

—¿Y dónde se va a quedar la gente afectada durante un año, si se puede saber? —Ekaterina chasqueó los dedos y en el centro de la sala aparecieron los hologramas de los territorios devastados—. Ya tenemos veinte millones de muertos y diez millones de desaparecidos. Muchos más sucumbirán a las complicaciones que supone una exposición prolongada. De aquí a medio año esperamos tener cien millones de muertos. Los hospeles han caído. Los gobiernos irán detrás. —Surgieron unos murmullos que se acallaron cuando Ekaterina continuó—. Las ecociudades también somos vulnerables.

Pero no a las toxinas sino a la histeria, como Kasey tan bien sabía. Durante la primera ola de desastres naturales, la gente había tratado de asaltar las ecociudades forzando a que hubiese un proceso de admisión según el rango. ¿Quién dice que esto no volvería a pasar?

—En fin, ¿alguien tiene una propuesta mejor?

Silencio.

Kasey pulsó el botón que le permitía hablar.

—Yo.

////// ////// ////// //

Salto desde el muelle y me meto en el mar. No me canso. No dudo. Llego hasta el horizonte y más allá. Sale el sol y el agua que me rodea se vuelve dorada. Podría seguir nadando durante días.

Pero me detengo cuando veo que el cielo está como vacío.

Antes solía haber justo ahí una ciudad suspendida en el aire. Estaba hecha de discos de diferentes diámetros apilados unos sobre otros formando una especie de gota en tres dimensiones.

Ahora sus pedazos llameantes están esparcidos por el mar y no se ve ni un alma.

—¡Kay!

Su nombre me sale de la boca antes de que la idea se asiente en mi cabeza: ese es nuestro hogar. Era nuestro hogar, antes de que, a saber cómo, yo acabase en la isla.

—¡Kay!

Un enorme trozo de metal pasa flotando a mi lado y levanta una gran ola. Nado más rápido hacia esos restos, pero llego tarde. Pasé demasiado tiempo en la isla, demasiado tiempo construyendo mi barco, demasiado tiempo con Hero (el chico que apareció en la orilla).

Dejo de nadar y me hundo.

Demasiado tarde…

Demasiado tarde…

Me despierto sobresaltada.

Me estoy ahogando en agua salada.

La tengo bajo la barbilla, bajo los pies, a mi alrededor. Mar y nada más.

Así son las cosas. Una pesadilla dentro de otra pesadilla. Una ola me golpea. El agua salada me entra por las fosas nasales. La respiro para tratar de despertarme cuanto antes.

Pero no me despierto. El mar me escupe, me vuelve a tragar y yo me hundo cada vez más. Por fin ha sucedido.

Me despierto en mitad del océano.

Recupero mis sentidos. No llevo puestos los zuecos, pero aún tengo los pantalones cargo y el jersey de M. M., y me pesan demasiado. Viene la siguiente ola. Me sumerjo y me quito ambas prendas. Salgo a la superficie y trato de orientarme. El azul metálico del agua me rodea por todas partes, pero intuyo una mancha marrón en la distancia.

La orilla.

Empleo todas mis fuerzas en nadar. Al acercarme a la orilla, la arena me araña las rodillas. Me desplazo nadando y arrastrándome. La corriente es más débil pero yo estoy en las últimas. Por un momento creo que no lo voy a conseguir. El mar me arrastra y se niega a soltarme.

Entonces algo me saca del agua. Unos brazos me rodean los hombros y me agarran por debajo de las rodillas. El aire frío me asalta de forma agónica. Le veo la cara, los labios. Está diciendo un nombre que se parece al mío. Intento decir el suyo, Hero, pero no soy capaz de mover la boca.

Siento como si el cuero cabelludo me tirase. Es como si el cráneo se me fuera a salir de la cabeza. Y…

Y…

Y...
Y...

Después de recobrar el sentido me quedo un buen rato a oscuras en el dormitorio de M. M. rememorando todo lo que acaba de pasar: despertarme en mitad del océano, nadar hasta la orilla, desmayarme por el mayor dolor que haya sentido nunca...

Ya no me duele. No siento nada. Noto mis extremidades como una gelatina recién cuajada. Los brazos no me sostienen cuando trato de incorporarme y la cabeza se me va para atrás y me doy con el cabecero. Suelto un improperio y la puerta se abre. Hero corre hacia la cama. Me ayuda. Me acerca un vaso de agua que no sabía que necesitaba tanto hasta que me veo sujetándolo entre mis manos temblorosas. Lo bebo de un trago. Él deja el vaso vacío sobre la mecedora, se sienta junto a mí y hace que el colchón se hunda.

Lo miro. Me mira.

Sé lo que ambos estamos pensando. Hoy me he despertado en mitad del mar. Anoche lo avisé de que podía suceder, pero ahora ya ha sucedido de verdad y es espeluznante. Diez veces más espeluznante que despeñarse desde la cresta. Deberíamos hablar de ello.

—Sobre lo de hoy...

Me quedo sin palabras y bajo la vista hacia la manta que me cubre el regazo. Me siento privada de mis defensas habituales y, cuando Hero me rodea con sus brazos, me dejo abrazar. Entierro la cara en la textura rasposa de su jersey y me dejo mecer. No necesito que me salven. ¿En serio? No me importaría que fuese así de vez en cuando. Hoy no me ha importado lo más mínimo. Estoy exhausta.

Estoy cansada de talar árboles y de llevar jerséis feos y de comer las mismas tres cosas. Echo de menos a Kay. Echo de menos mi vida de vestidos de lentejuelas, chicos y los purés de patata más pijos del mundo.

Tacho lo segundo. El chico que tengo aquí está fenomenal.

—Bueno... —empiezo a decir cuando me recupero un poco. Me aparto del pecho de Hero para que me pueda oír—. ¿Te sigue apeteciendo lo del yoga playero?

—¿Eso era lo que hacías hoy? —me pregunta mirándome a través de las pestañas.

—Sí, a un nivel de lo más avanzado. ¿Te has asustado?

—Mucho —admite—. Pero me apunto igualmente.

—Hecho. Nos vemos a las ocho de la mañana.

Hablando de tiempo... Echo un vistazo por la ventana.

—Has estado fuera un día entero —me informa.

Un día. Se me cierra la garganta. Incluso siendo un sueño, el miedo de encontrar a Kay demasiado tarde es de lo más real, por lo que mi sonambulismo me ha dado una especie de ultimátum: o encuentras a Kay o te ahogas.

Lo bueno es que Leona está casi lista. Solo necesito unir los troncos y fabricar el remo.

Cuando me siento preparada, y con ayuda de Hero, salgo hasta el porche, bajo los escalones y me dirijo al lateral de la casa, donde...

La arena de al lado de las rocas está vacía.

Ni rastro de Leona.

Ni de los troncos.

Cuando buscamos por la playa no encontramos ningún rastro. Seguimos intentándolo durante horas. Al final, vuelvo al trozo de arena donde debería estar Leona. Pero no va a volver. Tengo que aceptarlo.

Leona ya no está.

Esta vez ni siquiera tengo capacidad de desesperarme. Le digo a Hero que necesito un momento a solas y él se va hacia el muelle hundido y, muy nervioso, se pone a otear el horizonte.

Es cierto que Leona no era más que una balsa. Perderla no es tan grave como perder a Hubert. Pero lo de Hubert me lo podía explicar. Vi sus restos con mis propios ojos.

Para esto no tengo explicación. Las balsas no andan.

A menos que aquí sea diferente. En esta isla incluso es posible nadar dormida. Culparé a la isla. Tengo que hacerlo. Porque si no…

Es que las balsas no andan.

Pero la gente sí.

O él o yo. Yo, tuve que ser yo. He hecho mierdas peores estando inconsciente. Pero cuando me miro las manos no encuentro ninguna señal. No hay rastro de que echase la balsa al mar antes de casi morir en él. Me froto los ojos y me presiono más fuerte cuando veo su cara. Se desvanece, pero entonces recuerdo la calidez de su boca en la mía, la arena mojada bajo mi espalda, las estrellas que están a años luz brillando sobre nosotros, el momento en el que todo se chafó porque yo me sentía feliz. Feliz sin Kay. Joder, ojalá hubiera tenido más noches así. Si fuese así, igual no estaría tan enfadada por perder a Leona.

Eso significa que estoy perdida. Se acabó pensar en chicos, se acabaron los retrasos. Tengo que encontrar ya a Kay. Tengo que construir una embarcación inmediatamente.

Puedo construir una embarcación inmediatamente.

La solución me ha estado mirando todo este tiempo. Pero no he estado lo bastante desesperada como para verlo.

Entro en la casa, me tropiezo con U-me y me doy con el hombro malo contra la puerta del dormitorio. Con una mueca de dolor, me acerco a la cama. Arranco el edredón y las sábanas, tiro al suelo las almohadas y hasta que dejo el colchón con la funda de poliuretano de color verde cazador.

Le quito el polvo con las manos.

Esta es Genevie, el barco colchón: mi billete para salir de esta isla.

Genevie cae al suelo cuando la aparto de la estructura de la cama. Al sacarla, la golpeo contra el marco de la estrecha puerta.

—Totalmente en desacuerdo —dice U-me mientras arrastro el colchón por la sala de estar.

—No juzgues un libro por su cubierta —gruño, apartando el sofá con el pie. Abro camino y Genevie avanza con mis empujones.

Sacar a Genevie al porche es la parte más complicada. El resto es coser y cantar. Con el soplete de la cocina derrito la parte de debajo de varios recipientes de plástico y los sujeto a la cabeza y a los pies del colchón. Construyo lo que parece un sillón sin respaldo. Ato una cuerda alrededor de los recipientes formando una especie de barandilla que bordea los lados del colchón. Es algo a lo que agarrarme en caso de tormenta, así que espero no necesitarlo.

Lleno los contenedores con mis provisiones: un jersey extra, botes de cristal llenos de agua y tantas galletas de ñame como puedo llevarme sin hacer que Hero se muera de hambre. Y entonces hago una prueba de flotación con Genevie. El sol se está poniendo cuando termino. Hero aún no ha vuelto. Me siento en el porche a esperar y vigilo a Genevie. Cuando, por fin, aparece, doy un salto.

—¿Dónde has...? —Veo lo que trae sujeto. Me ofrece el remo. Lo reviso. El mango está bien pulido. La pala es lisa y delgada—. ¿Tú has hecho esto?

—No, lo he alquilado de un puestecito que hay en la playa —me contesta haciendo referencia a una contestación que yo le di cuando me preguntó si yo había construido a Hubert y traté de ver si toleraría mi sarcasmos sin saber si la broma cuajaría. Parece que sí que lo hizo y que la recuerda. De repente, el remo me pesa como una tonelada entre las manos.

—No... —*No tenías por qué hacerlo*. Pero tú eres así. Un héroe.

El chico que se está esforzando mucho en ser alguien en quien yo no sospecharía de la desaparición de Leona, sobre todo cuando me doy cuenta de lo sucio que tiene el jersey y de las marcas que le recorren el antebrazo y que le desaparecen bajo la manga enrollada. Tal vez haya cruzado la cresta para buscar madera.

Despacio, ato el remo a Genevie. Y doy por zanjado mi dilema. Hace pocas noches, me debatía en dejar que Hero zarpase primero. Ahora veo mi rostro verdadero y egocéntrico. Hero, sin embargo, lo ha visto desde siempre. Por Julio, me ha construido un remo para que me vaya.

—Mira... Si lo consigo... —le digo.

—Lo conseguirás.

Me habla con la tranquilidad y el convencimiento que habría necesitado en otros momentos. Ahora me hace sentir mala persona. Agacho la cabeza y miro al suelo.

—No estabas tan seguro hace dos semanas —murmuro—. ¿Qué ha pasado con lo de dudar de mi rollo?

—Has pasado tú —me dice con sencillez.

Le devuelvo la mirada y en sus ojos veo lo breve que ha sido nuestro tiempo juntos. Nos hemos conocido lo mejor que hemos podido. De forma imperfecta, incompleta. Nuestras conversaciones son como migajas y, aun así, nunca olvidaré el sabor de las mismas. Jamás olvidaré la noche en la que escuchamos los miedos del otro, ni tampoco la más reciente. Como si también se estuviera acordando, Hero se sonroja.

»Tu corazón está listo —me dice—. No se me ocurre cómo podrías fallar. —Se encoje de hombros y, como en la noche del jardín, sus gestos revelan que está muy tenso.

Las olas rompen en la orilla cercana. Mi voz suena diminuta en comparación.

—Volveré a por ti.

Hero tarda un instante en responder.

—No creo que lo hagas. —Ahí está esa arrebatadora honestidad suya—. Eso no lo sabes.

Me duele oírle decir eso. Mucho. Duele más cuando no me lleva la contraria. Me ofrece la mano, pero yo se la retiro.

—¿Caminamos juntos? —No respondo—. Por favor, Cee.

También oigo lo que se deja sin decir. Que puede que esta sea nuestra última noche.

Me muerdo el labio y le echo un vistazo a Genevie. No quiero perderla de vista.

—Nos lo podemos llevar.

—Nos la podemos llevar.

Y así es como acabamos dando un paseo por la orilla, a la luz de la luna, con un colchón entre nosotros.

A Genevie no le apetece pasear tanto como a nosotros. Hero se queda sin aliento antes que yo.

—Pesa mucho —me dice cuando me ve sonriendo.

—No tanto como un barco de verdad.

—¿Has arrastrado algún barco?

Arrastrado, empujado, escalado una cresta con un casco atado a la espalda...

—Sí, y Hubert era entero de metal.

Lo digo para impresionarle, pero él parece más bien preocupado.

—¿No pesaría eso... algo así como tonelada y media?

Me río de lo concreto de la cifra.

—¿Quieres saber lo que creo? —Le quito la cuerda de la mano—. No es que crea que yo soy fuerte, es que creo que tú eres débil.

—No lo soy.

—Demuéstralo —le digo, y doy un grito cuando me lanza hacia arriba y se tropieza al hacerlo. Los dos acabamos tirados en la arena.

—Gracias, amor. —Me tumbo junto a él con los brazos abiertos—. De verdad que necesitaba tener la razón en algo.

—Ha sido culpa de la arena —aclara, pero en sus palabras subyace una risotada y antes de mirarlo sé que tendrá una sonrisa a juego. La luz de la luna hace que su pelo castaño parezca negro como una mancha de tinta sobre la arena. Tiene la mano derecha abierta y mirando hacia arriba, a escasos milímetros de la mía. Podría tomarla. Podría girarme hacia él y tomar mucho más que la palma de su mano. Pero mañana zarparé al amanecer, sin él y sin sus sentimientos. Puede que no sepa muy bien cuál es el protocolo estandarizado para dejar a alguien atrás al huir de una isla desierta, pero estar a esta distancia me encanta. Todo me gusta de esta noche clara y vigorizante, totalmente opuesta a la noche en la que él apareció de la nada.

Es un tiempo atmosférico perfecto para zarpar.

—¿Cuáles fueron tus primeras impresiones de mí? —le pregunto antes de que se me haga un nudo en la garganta—. Venga.

—¿Te refieres a cuando me desperté atado en tu cama? Pues pensé que ibas a comerme, la verdad.

—Muy gracioso.

—Que tal vez había llegado a una isla espeluznante. Un lugar en el que la gente come personas. Tal vez venga de ese sitio.

—¿De las estrellas? —le pregunto mientras ambos observamos el cielo nocturno.

—Ajá.

—¿De cuál?

Miro en dirección a donde apunta con el dedo.

—Lo que pasa con las estrellas es que la mayoría de ellas parecen estar muy cerca, pero no muchas lo están. Ninguna está hecha para cruzarse en la órbita de otra.

—Eso no es cierto —me sorprendo corrigiéndole—. Están las estrellas binarias. Y mi hermana.

Hero sabe a lo que me refiero. Le he contado todas nuestras diferencias, desde los hobbies hasta las personalidades. Kay es alguien que usaría términos del tipo «estrellas binarias», mientras que yo, sin embargo, no puedo evitar escuchar a Hero hablando sobre las estrellas mientras me pregunto si está haciendo alguna metáfora sobre nosotros dos.

—Tú y yo no somos estrellas —le digo. Ambos estamos en la órbita del otro. Los asuntos de Hero también son los míos, le guste a él o no—. Nosotros elegimos los lugares a los que vamos y la gente a la que vemos.

—¿Tú crees? No creo que ninguno de los dos viniésemos aquí por decisión propia. —Ahí tiene razón—. Y creo que aún tenemos menos elección sobre a quiénes estamos destinados a encontrar. —Baja el brazo y lo usa para apoyar en él la cabeza—. Aquel primer día, yo no paraba de tratar de ponerme en tu lugar. No pude. Me frustraba ver la forma en la que vivías tu vida. Y me di cuenta de que me pasaba eso porque yo no sería capaz. Yo podría sobrevivir... pero tú te mantuviste viva. Y la mantuviste viva a ella también. Aquí dentro —dijo dándose con dos dedos en el pecho—. Así que tengo clarísimo que encontrarás a tu hermana. Aunque eso te lleve muy lejos de aquí.

Echo de menos a Hubert. Echo de menos las emociones sencillas que me inspiraba y que en nada se parecen a este desastre retorcido y desesperanzado que siento en mi interior ahora mismo.

—No podrías sonar más triste.

Él no dice nada. Lo miro de reojo y está mirando la luna.

Yo la miro también.

Unos minutos después, me agarra la mano.

Sus dedos dicen lo que su voz no pudo.

Algo después, su voz rompe la noche. Me pregunta si tengo pensado quedarme ahí afuera.

—Sí —murmuro—. Creo que sí.

No quiero que me veas marcharme.

Se me enfrían las manos cuando me la suelta. Se incorpora, se pone de pie y dice:

—Ahora vuelvo.

Yo también me incorporo. Me giro para ver cómo corre por la orilla. Se mete en la casa y vuelve a salir con algunas cosas apiladas entre los brazos. Una almohada y una manta, descubro cuando se acerca. Coloca la almohada contra el lateral de Genevie y extiende la manta sobre el suelo. Se queda allí, en pie y en silencio, durante un instante. Me cuesta mucho mantenerme sentada y no salir corriendo hacia él. Al final, se gira y se vuelve andando hacia la casa, y ya no es más que una figura solitaria en la oscuridad.

Trago saliva, me apoyo contra la almohada, me pongo la manta sobre los hombros y miro al mar. Pasan las horas.

El oleaje retrocede. El cielo empieza a abrirse y se tiñe de un rosa chicle. Observo el cambiar de los colores y recuerdo hacer algo similar desde una habitación cónica de cristal que está en un lugar muy alto. Recuerdo ver el amanecer. Con Kay.

Es hora de volver a casa.

U-me rueda hacia mí mientras yo empujo a Genevie hacia las olas.

—Cuida de él, U-me —le digo, por si acaso.

U-me no está programada para vocalizar una respuesta tras una orden directa, pero sé que me ha oído. Ella fue la primera que lo hizo en esta isla. Antes de Hubert, antes de Hero… ella era todo lo que tenía.

—Volveré también a por ti —le digo.

Para mi tranquilidad, U-me, al contrario que Hero, me cree.

—Muy de acuerdo.

Emocionada, le doy un besito en su contundente cabeza. Entonces, agarro el remo que Hero me hizo y me meto en el mar, abriéndome camino hacia el sol naciente.

18

*D*urante todo el transcurso de la civilización, los humanos han mirado a los cielos en busca de respuestas. En las estrellas encontraron mapas. En los soles, dioses.

En el cielo más allá del cielo, creyeron encontrar un segundo hogar.

Pero cuando se enfrentaron a la pregunta de dónde hospedar a las comunidades costeras e isleñas desplazadas, los Mizuhara no miraron hacia arriba sino hacia abajo.

A las profundidades del océano.

La ciencia respaldó la decisión de construir los primeros prototipos de ecociudades en el fondo del mar. Las turbinas de presión hidráulica eran más eficientes que las de aire, y el mar también era un escudo natural contra la erosión. Siempre que (1) no se construyesen en regiones tectónicas y que (2) se usaran materiales que reaccionaran con los electrolitos, estas ciudades, en teoría, podrían aguantar un milenio.

Pero no todo el mundo comulgaba con la idea de una existencia similar a la del plancton, así que, a medida que crecía la población de los prototipos beta, también lo hacían las demandas de mejores condiciones. La gente, imaginaba Kasey, se hizo las mismas preguntas que

Celia. ¿Por qué tendrían ellos que sacrificar el acceso a elementos tan esenciales como el aire y la luz del sol, mientras que el resto del mundo vivía su día a día sin que nada de eso le afectase?

Así que las ecociudades del fondo del mar fueron abandonadas. Olvidadas. Los ciudadanos de los prototipos beta firmaron acuerdos confidenciales que permitían que se les extrajesen los recuerdos después del experimento, por lo que el conocimiento relativo a la primera generación de ecociudades desapareció de entre la población y solo permaneció entre los gobernantes del mundo y los Mizuhara.

Como miembro de ambos grupos, Kasey había pensado inmediatamente en las ecociudades del fondo del mar cuando se presentó a la competición científica anual que trataba sobre cómo salvar a la población mundial si un asteroide se dirigiese hacia la Tierra.

El resto del equipo tenía sus dudas. «Si esto sale bien, os invito a cenar», llegó a decir Sid.

Y ganaron.

Al mostrar que la primera generación de ecociudades podía contener a toda la población mundial si todo el mundo se recluyese en cápsulas de inmovilidad medicalizadas, su equipo modeló un mundo en el que la humanidad se saltaría los peores siglos de infierno y hollín esperando, inconsciente, en el fondo del mar. No era nada glamuroso, pero era mucho más factible que manipular el espacio-tiempo o que desviar un asteroide, y mucho menos complicado que el éxodo extraterrestre.

«Hibernación». Así era como Meridian había bautizado a esta solución que ahora Kasey le estaba exponiendo al P2C y a la Unión Mundial a través de los altavoces de la sala de conferencias. La llegada de asteroides, la emisiones de dióxido de carbono y la liberación de radioaxones tenían una cosa en común: el tiempo era la mejor medicina contra ellos. El clima podía cambiar. Los océanos podían ascender. Las especies podrían mutar o desaparecer. Pero, dándole tiempo, la naturaleza haría lo que mejor sabe hacer: librarse de los elementos que le sobraban.

—Un barómetro avanzado medirá las condiciones exteriores —explicaba Kasey—. Cuando se llegue a estándares comprobables y verificados, las cápsulas de inmovilidad se abrirán.

Terminó de hablar ante una estancia sumida en el mutismo.

—Decidido —dijo Ekaterina despertando un coro de protestas, entre las que se encontraba la de Barry.

—No quiero ofender a Kasey, pero…

—No me ofendes.

—… Pero seamos realistas.

—¿Tienes una idea mejor? —preguntó Ekaterina. Entonces se dirigió al resto—: ¿Alguien tiene otra solución que se pueda implementar con medios ya existentes y a escala universal?

—Universal si es que todas las partes están de acuerdo —dijo Barry—. No podemos hablar en nombre de los territorios y sus gobiernos.

—Pero podemos convencerlos —dijo Ekaterina—. Quiero que los equipos de Relaciones Públicas se pongan a ello. Llevaremos a cabo conferencias en todos los territorios. Kasey tomará la palabra en las presentaciones.

—¿Una estudiante? —preguntó, incrédulo, uno de los mandamases de la Unión Mundial.

—Su nombre es más que conocido —susurró otro.

—¡Por un escándalo!

—Supongo que eso hará que se la vea como una parte neutral por encima de las instituciones geopolíticas.

—¡Es funcionaria del P2C!

—¡Basta! —dijo Ekaterina dando una palmada—. Kasey, ¿qué dices tú?

No hubo respuesta.

—¿Kasey?

—Podéis usar esa solución.

Las cabezas se volvieron hacia la puerta de la sala de conferencias mientras Kasey la atravesaba, sola y en persona. Actinium la esperaba fuera del edificio. Antes de bajarse de la robonave, le comentó: «Ella me dijo que si hay alguien capaz de cambiar el mundo, esa eres tú». A Kasey le hubiese gustado burlarse de aquello. Entonces recordó lo que Celia le dijo aquella vez, en el agua: «Así son las cosas». Ambas se habían equivocado: Celia al pensar que Kasey querría salvar el mundo y Kasey en aceptar el *statu quo*.

—Haré lo que necesitéis que haga —les dijo a todos los legisladores de la sala—. Con dos condiciones.

卌 卌 卌 IIII

Dos días.

Ese fue el tiempo que ha pasado antes de que empezara a preguntarme si existen los monstruos marinos.

Lo sé, lo sé. No es exactamente la mejor reflexión cuando estás atravesando esa inmensidad azul en un barco-colchón. Pero no puedo evitarlo. No hay mucho más que hacer aquí más allá de pensar, remar y descansar.

Ahora mismo estoy descansando. Tengo el remo al lado y, a mi alrededor, el agua está quieta como un espejo que refleja las nubes del cielo.

Tal vez sea por eso. Las nubes me ponen reflexiva. O tal vez es la claridad de la superficie la que me lleva a elucubrar sobre los misterios que esconde debajo. Es eso lo que los humanos hacemos, ¿cierto? Desentrañamos una cosa y ya nos ponemos a pensar en la siguiente, como cuando los niños están abriendo regalos y dejan a su paso un rastro de papeles rotos.

Es un poco triste, la verdad.

El pensamiento me atraviesa. Me encojo sobre mí misma y apoyo las manos sobre la funda del colchón. Me dispongo a recordar.

—Es un poco triste. —Voy en un barco y Kay está sentada en el lado opuesto mientras que el mar brilla a nuestro alrededor. El sol pega fuerte y me calienta la piel—. Todo el mundo está centradísimo en el espacio exterior cuando ni siquiera hemos terminado de explorar la Tierra.

Kay reflexiona sobre mis palabras.

—Ni el mar.

—Exacto, ni el mar.

—Tal vez no sea algo triste —me dice—. Haría mucho tiempo que lo habríamos drenado solo para conocer los secretos que alberga su fondo. Y entonces estaría igual que todo lo demás: descubierto.

Parpadeo. Sonrío. No tenemos muchos hobbies o temas de conversación en común. Prácticamente había descartado la idea de visitar el mar cuando se me ocurrió aceptar la propuesta en mitad de una clase de yoga a alta temperatura. Me alegro de que no fuese así. Eso nos llevó a la isla, a Leona y a muchos momentos como ese, en los que Kay muestra que me entiende mucho mejor de lo que deja entrever. Me inclino hacia ella...

... Mis dedos solo agarran el aire.

Lo que me rodea no ha cambiado. El mar sigue centelleando, el cielo sigue nublado. Pero todo es diferente. Me siento diferente. Tengo la cabeza llena de nombres.

Leona.

¿Quién más? ¿Conocía a algún Hubert? ¿A alguna Genevie? ¿Por qué los he olvidado? Y lo de que Kay y yo estuviésemos en un barco, en el mar... ¿fue así como nos separamos?

Respiro despacio y profundo como cuando hacía yoga. Eso es. Hacía yoga. Ahora me acuerdo. Pero o me he oxidado o nunca se me dio bien, porque mi cuerpo no se calma. Hundo el remo en el agua y empiezo a remar para distraerme del pánico que estoy empezando a sentir. Ojalá Hero estuviera aquí. Pero entonces tendría que confesarle que, incluso ahora, años después, sigo sin recordarlo todo.

¿Y si nunca lo hago?

¿Y si no lo consigo incluso después de encontrar a Kay?

Conduzco a Genevie hacia aguas más agitadas. La vista de olas normales me relaja. Estoy a punto de volver a soltar el remo sobre mi regazo cuando tenso mi puño sobre el mango. Levanto el remo, alzo la pala en el aire mientras algo atraviesa el agua en la distancia nadando en mi dirección.

No es algo.

Es alguien.

20

Ella había recorrido un camino bastante largo. De la chica que era hacía dos semanas, escondida detrás de la isla de su cocina, a lo que era ahora: una chica en pie en el centro de un escenario, en carne y hueso ante un auditorio. Allí había quinientas personas holografiadas, pero las preguntas de todos eran las mismas: ¿Cuánto se tardaría en llegar a un consenso? Eso no era cosa de Kasey. ¿Cuánto tardará en ponerse todo en marcha? Demasiado tiempo, si todo iba como esa reunión. Aunque la pregunta más popular fue:

—¿Cuánto tiempo pasará antes de que sea seguro volver a repoblar la Tierra? —preguntó alguien desde la zona delantera.

Mucho más de lo que a la gente le hubiese gustado. En el pasado, Kasey habría dudado en dar esta contundente respuesta. Pero el latir de su segundo corazón la hizo sentirse valiente.

—Mil años.

El público reaccionó con violencia. Kasey no esperaba menos. En cada presentación, y esta era la decimoprimera, siempre había alguien que protestaba diciendo que los radioaxones disminuían en menos de un siglo y que, si eso era así, por qué tendrían que esperar un milenio. «¿Y por qué no?», respondía Kasey. Se podría permitir que el mar reabsorbiera la emisiones de carbono mientras pasaban un milenio en las cápsulas. Se podría hacer borrón y cuenta nueva, y así salvar a las futuras generaciones.

Pero se quedó callada. La gente quería la solución más fácil y rápida. Para resolver sus problemas actuales estaban dispuestos a robarle el futuro a cualquiera. Por ello actuaban como si Kasey fuera una villana, una timadora, cuando lo que estaba haciendo era ofrecerles una solución para un mundo mejor.

Bueno, ofreciéndosela a algunos de ellos.

—¿Esperas que nos pasemos mil años holografiando nuestras vidas? —preguntó alguien del público, como si lo de holografiarse fuera una pena de prisión.

—No —respondió Actinium con más diplomacia que Kasey. Ella se alegraba de tenerlo a su lado en el escenario.

Primera condición: Haré las presentaciones con un compañero de mi elección.

»Al contrario que las comerciales, las cápsulas medicalizadas lo que administran es una especie de anestesia general —explicó Actinium. Esa era la clave. Solo en completa inconsciencia se podía bajar la masa hasta cero para reducir así el volumen de almacenamiento por persona—. No se sentirá el paso del tiempo.

Las voces se convirtieron en murmullos inquietos.

Alguien levantó la mano al fondo. Actinium asintió y la persona preguntó:

—¿Cómo podemos esperar volver al mismo nivel de vida si dejamos el planeta abandonado mil años?

«¿Nivel de vida?». A Kasey le rechinaron los dientes. Eso del nivel de vida había sido lo que había llevado a tantos a negarse a mudarse a las ecociudades, solo para que después empezaran a quejarse de que, después, las condiciones se deteriorasen lo suficiente como para afectarles en su día a día.

—¿Cómo permanecen limpias nuestras casas y nuestras calles? —preguntó Actinium, devolviéndole la pregunta—. Los robots ya desempeñan el 90% del trabajo en lo relativo al mantenimiento de las infraestructuras, tanto en los territorios como en las ecociudades. Será inevitable cierto grado de reconstrucción a la hora de volver a habitar el mundo, pero para aliviar el proceso se tomarán medidas automatizadas previas.

Hubo una pausa mientras la gente asimilaba la información. Entonces llegó una oleada de preguntas.

—¿Estará todo el mundo en una cápsula?

—¿Cómo sabremos las condiciones exteriores?

—Dices que la Operación Reinicio levantará barómetros fiables alrededor de todo el mundo —preguntó alguien que parecía ser la única persona que se había molestado en leer bien todo el comunicado de prensa—, y que en cuanto se reúnan ciertas condiciones, las cápsulas transportarán a todo el mundo a la superficie. Pero ¿cómo podremos estar del todo seguros de esas condiciones? Mil años es mucho tiempo.

Por fin. Una pregunta que merecía la pena. La persona tenía razón: los barómetros solo miden lo que están programados para medir. Incluso aunque los niveles de luz solar, agua y minerales se consiguieran, los humanos somos muy endebles. Cualquier novedad, ya fuese la aparición de una nueva especie o de una enfermedad, podría significar la diferencia entre la supervivencia y la extinción.

Solo había una manera de asegurarse de que el planeta era habitable del todo… y eso haría que Kasey rompiese la ley por segunda vez.

‖‖‖ ‖‖‖ ‖‖‖ ‖‖‖ |

E n tres brazadas, alcanza el barco colchón. Lo hace tan rápido que no me da tiempo a reaccionar.

Demasiado rápido.

Eso es lo que más me descoloca. No el hecho de que haya nadado todo ese trecho, ni la habilidad para encontrarme... sino su velocidad antinatural. Se aferra al borde del colchón y veo sus dedos blancos contra el verde cazador. No puedo moverme. Me quedo paralizada mientras se sube a Genevie. La embarcación se tambalea y me fallan las piernas. Me caigo cuando él se pone en pie, con el agua chorreando por su cuerpo y cayéndole alrededor de los pies.

—¿H... Hero?

Da un paso adelante. Doy un respingo y mi mano se topa con un objeto: el remo. Lo agarro por la pala y me levanto mientras él da otro paso hacia mí. Coloco el mango entre nosotros y, por fin, le miro a la cara.

Sus ojos azules no parpadean.

Este no es el chico que limpia la casa y cultiva ñame, el chico que paseó conmigo y con Genevie y que me mostró las estrellas. Sí, lleva un jersey de M. M., ya, y tiene su pelo, sus labios y sus ojos. Pero este no es mi Hero.

Este es el chico que trató de matarme en la orilla.

—¡No te muevas! —El viento se lleva mis palabras, pero no importa: él me puede oír. No me puede ver. Da otro paso más y cruza el punto medio del colchón. Genevie se hunde un poco en el agua—. ¡No des ni un paso más!

Da un paso más y el remo le da en el pecho.

Se para.

Todo se detiene. Mi aliento. Mi corazón. Incluso el mar, aunque sé que es imposible. El mar no tiene fin.

Tampoco lo tiene este momento, antes de que él se lance contra mí.

22

*E*mpezó con una semilla. Celia la había plantado y, durante los dos años posteriores a la muerte de Genevie, creció dentro de Kasey antes de germinar en un día cualquiera: a la hora del almuerzo, en octavo, mientras Kasey comía sola en la habitación donde se guardaban los robots de limpieza, mientras sus compañeros navegaban por los mares de la cafetería en los que ella pasaba de nadar. Una pregunta flotaba en su cabeza: ¿Por qué? ¿Por qué no se sentía atraída por las mismas cosas que los demás? ¿Por qué ella era diferente?

¿Qué pasa contigo?

Decidió averiguarlo. Era la mejor de la clase y también la más joven, pero no es que supiera mucho de legislación internacional. No vio nada escandaloso en su proyecto. Los humanos ya existían en más formas además de la física, como los hologramas, y el ADN podía recodificarse para permitir procesos como el de fotosíntesis. ¿Qué más daba si se codificaban otras funciones? ¿Qué más daba si el Intrarrostro no solo completaba las funciones del cerebro sino que también lo suplantaba?

Pues importaba y mucho según la Ley Ester, que se aprobó, precisamente, para fijar una línea entre los humanos y las máquinas, una frontera que a Kasey le resultaba arbitraria pero que era bastante intuitiva para todo el mundo. Debieron de toparse con su proyecto porque, un día, la cafetería se quedó en silencio cuando Kasey entró. Se puso en la cola de los cubitos de proteínas y hubo quien se apartó de ella.

—Anormal… —susurró la persona que iba detrás de ella.

Kasey lo ignoró y siguió como siempre con su día hasta que Celia apareció.

—Enséñamelo —le ordenó su hermana antes de que ella pudiera si quiera preguntarle por qué Celia, una novata del instituto de al lado, la estaba esperando fuera del laboratorio del equipo de ciencias durante la quinta hora.

—¿Qué?

—La… cosa en la que has estado trabajando —le contestó Celia—. O dime que es un rumor y que no es cierto.

Decir eso habría sido mentira, así que Kasey se dispuso a enseñárselo a su hermana, guiándola hacia el armario de robots de limpieza en la planta baja del instituto.

Celia había echado un vistazo al nuevo modelo-891. Entonces, se giró.

—¿Por qué?

Celia ya había rechazado otras soluciones de Kasey al dolor que sentía debido a que esta no se había centrado en su origen.

—Si poseyéramos sus recuerdos, podríamos traer de vuelta a mamá.

Como demostraron los procesos de holografía y de OGM, la personas seguían siendo personas mientras conservaran sus cerebros.

—¿Y esto qué es? —gritó Celia señalando el renovado modelo 892.

—Soy yo.

Una versión mejorada con comportamientos y pensamientos más cercanos a la media humana. Lo único que le quedaba por solucionar era la programación de reacciones ante situaciones imprevistas. Como parte de la investigación, Kasey llevaba meses estudiando las expresiones faciales. Ahora, por fin, le resultaba útil u le permitía identificar como terror la mueca de la cara de Celia.

Kasey por fin comprendió la magnitud de su error, aunque seguía sin entender su naturaleza. Eso lo vería en los próximos minutos, cuando la gente del P2C se enterase y la gente de seguridad de la escuela viniese a sacarla de las instalaciones.

Expulsada y en casa, esperó su destino. La expulsión era previsible. Trató de hacerse a la idea y de eliminar así sus miedos poco a poco. Entonces, David Mizuhara llegó a un acuerdo con el P2C. Kasey podría quedarse.

Pero no toda ella.

Tras someterse a las sanciones científicas, le arreglaron el biomonitor y le pusieron rastreadores al Intrarrostro. Volvió a casa y se encontró que Celia la estaba esperando. El alivio en la cara de su hermana le confirmó a Kasey que había tomado la decisión correcta. Sin ciencia, era como si su corazón estuviese vacío. Pero el de Celia podía latir por las dos.

Qué tonta fue.

Segunda condición: Que me levantéis las sanciones.

La petición del compañero se le había concedido fácilmente. Pero esta no tanto.

—¡Nos está extorsionando! —había gritado Barry alzando la voz por encima de la de muchos de los miembros del P2C de la sala de prensa—. ¡Lo sabía! ¿Por qué sino te habrías guardado la solución hasta ahora?

—Porque viola las leyes internacionales —había respondido Kasey.

Y explicó cómo. Tras debatir al tuntún y de hablar de leyes, la gente pareció darse cuenta de que tendría que doblegarse. Había que suavizar la burocracia y las restricciones. Los tiempos difíciles requerían medidas difíciles. Kasey no sabía cómo sentirse al respecto: había hecho que el mundo casi se acabara para que se le devolvieran los últimos cinco años de su vida. Pero lo hecho, hecho estaba.

Le quedaban muchas cosas pendientes para los siguientes días.

Empezaría en este mismo escenario junto a Actinium.

—Un momento —le dijo a la audiencia.

No les explicaría cómo habían tenido en cuenta todas las particularidades de los barómetros. Se lo enseñaría igual que se lo había enseñado a Celia.

Se fue hacia la parte trasera del escenario.

|||| |||| |||| |||| |||

squiva mi ataque y agarra el remo. Se me escapa de las manos y me golpea la barbilla. Doy un cabezazo hacia atrás y siento que me explotan luces detrás de los párpados. Un destello. Soy yo, creo. Me he caído por la borda.

Pero sigo montada en Genevie cuando cierra las manos alrededor de mi garganta. Me levanta en pulso y me aprieta hasta que lo único que puedo ver es el azul de sus ojos sin vida.

—¡He…!

Hero. Si tan solo pudiera cubrir su boca con la mía e insuflarle su nombre. Si pudiera… traerle de vuelta.

Se me nubla la visión. Se va. Kay. Su cara, cada detalle de la misma se aparece en un resplandor, como si tuviera un proyector detrás de mi retina que la proyectase en mi cerebro.

Cee.

Encuéntrame.

Abro los ojos de repente. Tengo las piernas en el aire. Le doy una patada a Hero en el abdomen. Retrocede, pero no me suelta y me arrastra con él.

Caemos al mar.

24

*L*a oscuridad se espesaba conforme el conducto transportaba a Kasey hasta el almacén que había bajo el escenario. Las luces incrustadas en el techo alto parpadeaban mientras Kasey pasaba junto a distintos prototipos de cápsulas de inmovilidad y tanques de solución. Llegó hasta una cápsula que había al final del todo y se sometió al escáner de retina.

Usuario identificado

Las puertas sisearon al abrirse.

ℍℍ ℍℍ ℍℍ ℍℍ ℍℍ

E l mar nos rodea mientras nos sumergimos. Nos separamos. Pero en cuanto volvemos a la superficie, viene a
por mí de nuevo. Choco de espaldas contra Genevie. Intento subirme a ella apoyando los codos, pero él es demasiado
rápido y vuelve a hundirme. Expulso burbujas que parecen
medusas que tratan de liberarse mientras nosotros caemos hacia las profundidades de un azul cada vez más oscuro.

Cee. Encuéntrame.

Mis extremidades recuperan las fuerzas. Lo aparto y
asciendo hacia la claridad. Me golpeo en la cabeza con
algo al salir a la superficie.

El remo: lo primero que cayó por la borda. Lo agarro
antes de que se me escape, giro y lo golpeo con todas mis
fuerzas.

Zas. Es terrible el sonido de la madera contra la piel
mojada. Y el hueso. Piel y hueso que se abren. La cara se
le tiñe de escarlata.

El golpe aún me vibra en el brazo cuando su cuerpo se
desmorona. Se empieza a hundir y el agua le cubre la cabeza. Se acabó.

Así, tal cual.

Miro hacia ese punto del mar esperando que vuelva a
la superficie. Espero y espero. Agito las piernas hasta que
me duelen.

—¿Hero?

Tengo la voz rota y las cuerdas vocales destrozadas. Veo la cara de Kay más clara que nunca y me anima a volver a subirme a Genevie, a encontrarla, a navegar lejos del chico que acaba de intentar matarme. Pero, joder, por Julio, a tomar por culo, que le den a la razón, que le den a todo.

Buceo.

No sé cuánto tardo en verlo suspendido en las profundidades como un espécimen. Lo agarro y nado hacia arriba arrastrando su cuerpo. Estoy jadeando cuando alcanzo una de las cuerdas que anudé a los laterales de Genevie. Lo subo a él primero, después voy yo. Estoy temblando.

—¿Hero? —Tiene la piel casi transparente y los labios tan morados como los párpados. El agua le ha limpiado la sangre, pero en la sien tiene un golpe que hace que se le vea el hueso—. ¿Hero? —Le palmeo la cara—. ¡Hero! Despierta, amor.

No se despierta.

Tras lo que me parece una eternidad de súplicas, finalmente compruebo que no respira.

El corazón no le late.

La lluvia cae como agujas de plata que se mezclan con el mar. Me limpia la sal del pelo y la hace fluir hasta mis sienes y mis mejillas. Miro al chico que tengo sobre el regazo.

El chico al que he matado.

La lluvia para. Sale el sol. Vuelve a ponerse. Es de noche cuando, por fin, agarro el remo.

Me pongo a remar.

De vuelta a la isla, trato de arrastrarlo hasta la casa. Me rindo.

Caemos sobre la arena y estamos igual que aquella noche que miramos las estrellas.

Me arrastro hacia él y apoyo la cabeza sobre su pecho. Nos quedamos ahí tumbados durante no sé cuánto tiempo. Tal vez horas, quizás días. Pierdo la cuenta del tiempo.

Lo que sí sé es que el chirrido comienza al amanecer. Es una vibración que se siente en algún punto del esternón y se le extiende por el cuerpo, y también en mi mejilla. Estoy demasiado atontada para pensar, pero mi cuerpo reacciona. Me levanto y miro cómo el color le vuelve a la cara. La brecha de la sien se le rellena de piel clara que va adquiriendo el tono del resto de su cuerpo.

Y entonces Hero, el chico al que asesiné, toma su primer aliento.

26

*A*ctivar.

Al fondo de la cápsula se encienden un par de luces.

—Hola, C. —dice Kasey.

Las luces parpadean.

||||| ||||| ||||| ||||| ||||| ||

*B*úscame, cee.

La voz se apodera de mi cuerpo y mi mente. Me muevo sin ningún tipo de emoción, sin entender lo que estoy a punto de hacer hasta que ya lo he hecho.

He llevado a Hero de vuelta a la casa y lo he dejado sobre el somier. Lo he atado a conciencia: brazos, piernas, tronco... Lo he anclado a los postes de las esquinas de la cama. Se llevará una sorpresa desagradable cuando se despierte, pero no me importa. No me puede importar. No me puede importar que siga vivo. No puedo sentir aprensión por el hecho de que el único humano que conozco... al final no sea humano.

No sé lo que es.

No sé si me gusta.

Solo hay una manera de averiguarlo.

Salgo de la casa y llego hasta la arena. Los granos se me meten entre los dedos de los pies, primero fríos y secos, después fríos y mojados. Conforme camino, me imagino que el millón de estrellas que hay sobre mí son un millón de ojos parpadeantes. ¿Qué estarán viendo? ¿A una chica con un jersey holgado dejando una hilera, no muy recta, de huellas sobre la arena de la playa?

Sean estrellas u ojos, no pueden saber mis intenciones cuando llego a la orilla. Me doy cuenta de que yo tampoco las sé. Solo sigo mi instinto, el mismo que me llevó a la alberca de más allá de la pradera. Pues ahora me lleva al mar. Creo que siempre lo ha hecho, incluso cuando estaba dormida. Es como si tuviera un anzuelo en mi interior y el hilo blanco que la luna deja sobre el mar fuese el sedal. En las aguas más profundas, ya no se ve.

Entro al agua sin pensarlo. El oleaje me moja instantáneamente los pies. Cuando se me enrosca en los tobillos es como si un viejo amigo me diera la bienvenida. El agua está fría, pero no me importa. No me dificulta dar un paso y otro y otro… Cada uno es más fácil que el anterior. Sería aún más fácil y rápido si me tumbara y cerrara los ojos, dejando que las olas me arrastrasen como si fuera una balsa. Pero no puedo hacerlo. No puedo ceder el poco control que tengo. Tengo que aferrarme a lo que creo. Y lo que creo es simple:

Si quisiera, aún podría volver atrás.

Las olas me llegan al pecho. El agua hace que pierda pie. Dejo de andar y empiezo a nadar. Doy unas brazadas perfectas. Mi fuerza no parece tener fin. Nado hasta que los ojos del universo dan sus últimos parpadeos y el sol vence a la luna. La bruma plateada cubre las olas. Disfruto de la luz del inicio del día, pero un instante después tomo aire y me sumerjo.

Buceo.

Y buceo.

La distancia entre mi cuerpo y la superficie se expande. He llegado demasiado profundo. El peso del mundo que tengo encima podría pulverizarme. Pero no puedo entrar en pánico, ni siquiera cuando la presión me crece en el pecho y la necesidad primaria de aire vence a la necesidad de sobrevivir.

Respiro dentro del agua. El agua me abrasa las fosas nasales y me entra por la garganta haciendo que me arda cada centímetro que recorre. Es un dolor sin pánico. Sin miedo, mi cuerpo sigue respirando y respirando, ahogándose y ahogándose.

Entonces el dolor para.

Todo está en silencio mientras me sumerjo cada vez más profundo.

Atravieso bancos de peces moteados tan delgados como dardos. Paso cerca de enormes peces marrones con bigotes como fideos. Veo peces con aletas tan afiladas como cuchillos.

Llego más profundo, a un lugar donde ya no hay peces.

El tatuaje de un pez globo del brazo de la trabajadora se estira cuando esta empuja un carrito lleno de escalpelos. Sé que debería estar revisando todos estos antiquísimos instrumentos antes de que me abran el cerebro, pero solo soy capaz de mirar el pececito, sobre todo cuando cambia de color de azul a violeta y, cuando ella me tiende un frasco, a rosa.

—Bébete esto.

Se pone un par de guantes mientras me lo trago. Es más espeso y más dulce de lo que esperaba. Los restos me hacen toser.

—Bonito tatuaje —le comento mientras agarra el frasco vacío.

—Eli te puede hacer uno mientras estás inconsciente por poco dinero. ¿Verdad, Eli?

Desde el quirófano de al lado se escucha un gruñido seguido del silbido de un taladro.

Me recuerdo que esto es lo que quiero: un sitio donde no revisen las identificaciones. Alguien ocupará la silla en la que estoy en cuanto yo me vaya.

Nadie se acordará de que estuve aquí.

—Quizás más adelante —le digo a la empleada mientras ella se pone la mascarilla quirúrgica y las gafas protectoras. Me recuerda a Kasey. Trago saliva.

—El desactivador de neuronas actuará en cero coma. La operación como tal durará un cuartito de hora. Cuando te marches, puedes llevarte un par de analgésicos. Las complicaciones del posoperatorio son cosa tuya. Si tienes alguna duda, dispara.

—Estoy bien, gracias.

La empleada hace una pausa y, por fin, parece que me mira de verdad. Durante un instante pienso que me va a preguntar si estoy segura de lo que voy a hacer. No todos los días alguien pide que le extraigan el Intrarrostro. Tampoco tengo la apariencia de la mayoría de la clientela de este sitio.

—Puede que deje una cicatriz —me acaba diciendo.

Una cicatriz. Casi me río y le digo: ¿pero tú me has visto la cara? Pero está claro que no lo ha hecho. La escondo detrás de un milímetro de maquillaje. Mi cerebro está hasta arriba de psicodélicos. Sin esas pastillas no habría sido capaz ni de bajar hasta aquí. Chequear mis constantes vitales mostraría todo lo que me está pasando.

Pero aquí nadie chequea nada. Y, aunque lo hiciesen, no tienen la obligación de preocuparse. Este negocio es todo lo opuesto de lo que defendió Ester, pero no creo que socave la experiencia de ser humano. Como mucho celebra el hecho de que nuestros cuerpos nos pertenecen y tenemos el derecho de hacernos intervenciones no esenciales. Experiencias no esenciales. Eso es todo lo que quiero: vivir y reírme sin consecuencias, sentir el mar como lo hacía la gente del pasado.

Y mira cómo he acabado.

—Oye —me dice chasqueándome los dedos delante de la cara—, ¿va todo bien?

—Sí. —Se me ha acelerado la respiración. Pensar en tu inminente muerte no tiene nada de divertido—. Sí. Me está empezando a hacer efecto.

La empleada frunce el ceño. Está a punto de decir algo cuando la interrumpe otra voz.

—Yo me encargo, Jinx.

Los recuerdos se diluyen cuando llego al fondo del mar.

Es llano y no tiene los salientes, la hierba o los árboles de la tierra emergida. Solo una arena pedregosa inabarcable. No sé por qué nado en la dirección que lo hago (todo es igual) hasta que veo que algo brilla en la distancia.

De la arena emerge una cúpula del tamaño de una casa.

Es plateada, como la tapa metálica con la que cubren los platos caros. Se levanta cuando llego hasta ella. Nado por debajo sin pensármelo y me succiona para después expulsarme, empapada, en algún tipo de superficie resbaladiza y fría.

Toso y me apoyo sobre las manos. De la superficie sobre la que apoyo los dedos emana una luz azul. Es demasiado tenue para iluminar nada que haya más allá de las paredes curvas que tengo a izquierda y derecha. Me escuecen los ojos cuando los entrecierro para intentar ver más allá. Es raro. No me han escocido hasta ahora, aunque los he tenido abiertos en las profundidades. Antes tampoco tenía frío y ahora tiemblo de pies a cabeza.

Me levanto y casi me desmayo. Siento electricidad estática en los ojos. Tengo los nervios de punta. Se me contrae la espalda y me doblo sobre mí misma manando agua por la nariz y la boca. Cuando acabo, el esófago me escuece tanto como los ojos.

Entonces se abren las compuertas. Los pensamientos y las emociones fluyen a través de mí. Grito mientras la estupefacción corre por mis venas. El dolor desaparece por un instante antes de volver multiplicado por diez. Porque ahora me acuerdo de todo.

Me acuerdo de todo.

Hero trató de matarme, pero lo maté yo a él. Estaba muerto, pero ahora está vivo. Y yo me dirigí hacia el mar, nadé, me sumergí y... me ahogué. Pero seguí nadando hasta que llegué al fondo del mar. Y aquí estoy, me cago en todo. Aquí estoy, en una extraña cúpula en el lecho marino. Viva. Pero... ¿acaso alguna vez he estado viva de verdad?

¿He estado viva alguna vez?

Me acerco a la pared para apoyarme contra ella. Me sobresalto cuando, al tocarla, parpadea toda una hilera de luces. Estoy en un túnel que continúa hacia abajo y que está construido en algún material suave y mate.

Despacio, con cuidado de no tocar más paredes, bajo por el túnel. Las luces se encienden igualmente. Son el único elemento sintiente en este lugar frío e inanimado. Cuanto más bajo, menos percibo mis sentidos. Dejo de oler el agua salada. Dejo de oír. El aire es demasiado neutro, demasiado silencioso. Me da mala espina, pero mi instinto me empuja hacia adelante. El cerebro me dice que me vuelva, ¿y entonces qué? ¿Nado de vuelta a la superficie? ¿Me enfrento al hecho de que literalmente he buceado hasta el fondo del mar? ¿Cuánto he tardado? ¿Cuánto ha pasado desde que dejé a Hero atado a la cama? No lo sé. No sé qué me da más miedo: las preguntas a las que me enfrento o las respuestas que dejo en la isla.

Avanzo sin cuidado y me paro en un trozo de suelo brillante que no se diferencia en nada de los demás trozos de suelo brillante... hasta que un disco se hunde bajo mis pies. El suelo me traga como a una píldora. El disco me deja en algún lugar a no menos de 500 metros de la superficie. Salgo del disco y, antes de que pueda pararme, me introduzco en la oscuridad.

Las luces se van encendiendo sin falta.

28

«**H**ola, C». Era tan solo un comando de marcador de posición, elegido por Kasey sobre la marcha. Después de que P2C aceptara respaldar la Operación Reinicio (y le cambiara el nombre), ella y Actinium trabajaron hasta altas horas de la noche para construir el modelo que ahora subía al escenario. Era inofensivo y sin sentido, a primera vista, como todos los robots bajo la Ley Ester, lo que provocó confusión en su audiencia cuando anunció:

—Este es el barómetro secundario, destinado a servir junto con el sistema primario.

—A mí me parece más un robot de limpieza que un barómetro —argumentó alguien, como era de esperar. Kasey podría haber suspirado. Gente. Siempre tan dispuesta a juzgarlo todo por las apariencias. ¿Cuándo aprenderían que lo importante estaba en el interior?

—Hay dos clases de determinantes de rehabitación —dijo, y proyectó una diapositiva en la pantalla detrás de ella.

LA REHABITACIÓN puede definirse como:

- El cumplimiento de **motivaciones de supervivencia**, o la capacidad de alcanzar y mantener la salud fisiológica

- El cumplimiento de **motivaciones de felicidad**, o la capacidad de alcanzar y mantener la salud psicológica.

»Una vez que los principales barómetros indiquen que la toxicidad de la tierra, el aire y los mares han descendido hasta situarse dentro de niveles aceptables, se liberarán los barómetros secundarios desde sus propias cápsulas y se enviarán a lugares de todo el mundo. Estarán equipados con biomonitores para rastrear la ingesta calórica, los ciclos de sueño y otras medidas de las necesidades de supervivencia. Cuando estos alcancen los niveles suficientes... —Kasey subrayó las motivaciones de felicidad— el biomonitor medirá los niveles de estrés y el bienestar emocional.

Actinium inició la simulación en intervalos de tiempo. La barra de Necesidades de Supervivencia se llenó; una segunda barra apareció debajo, Motivaciones de Felicidad.

—El robot comienza centrándose únicamente en la supervivencia —un caparazón humano, como la propia Kasey—. Pero, cuando las condiciones son más favorables a la rehabitación, el robot buscará satisfacción por otras vías. El establecimiento de objetivos es un ejemplo de ello. Los objetivos le dan al robot un sentido de propósito. Cualquier progreso hacia una meta se verá reforzado positivamente por la liberación de recuerdos que reafirman la identidad. La construcción de identidad permitirá al robot desarrollar objetivos más abstractos, como los pertenecientes al entorno exterior, aumentando el cumplimiento y el alcance de lo que puede medir.

—Este circuito de retroalimentación continuará hasta que la felicidad alcance un cierto umbral y active el objetivo final, en forma de dominio. Este comando...

La barra de MOTIVACIONES DE FELICIDAD se completó, y el robot se volvió hacia Kasey.

卌 卌 卌 卌 卌 llll

En una habitación cavernosa, bañada por una luz azul, me encuentro de pie ante un laberinto de paredes. Cada pared mide un metro y medio de ancho y está separada del resto por pasillos estrechos. Tengo que caminar de lado para poder pasar. En cuanto a por qué estoy tratando de pasar… no estoy segura. No estoy segura de por qué giro a la derecha, a la derecha, a la izquierda, luego a la derecha otra vez, y llego a un callejón sin salida. Me acerco más. Tenues líneas recorren la extensión de la pared, dividiéndola en rectángulos uniformes, imprimiendo en ella un patrón de ladrillos del tamaño de una mano. Mi mano derecha, cobrando vida propia, sale disparada y se extiende en el centro de uno de estos ladrillos. Su contorno brilla con una luz azul. Luego, lentamente, el ladrillo se desliza hacia afuera como un cajón. Flota hacia abajo, movido por algún mecanismo invisible, se detiene en el suelo y me doy cuenta de que no es un ladrillo, sino un ataúd, como el que vi en mis recuerdos, cuando Hero me estranguló y yo entraba y salía de la conciencia. Mi mirada se eleva hacia todos los ladrillos de la pared que tengo delante y a mi alrededor. Tantos ataúdes. ¿Están llenos de cadáveres? No quiero una respuesta. «¡Sal de aquí!», grita cada fibra de mi ser, pero mis pies permanecen plantados en el suelo, incluso cuando el ataúd que se ha movido antes comienza a silbar, liberando una nube con olor a vapor químico. La superficie superior se retrae y...

Y...

Pero no hay «y».

«Y» significa incompleto. «Y» significa seguir buscando. Antes yo era ambas cosas. Una persona incompleta que busca algo.

Pero ahora...

Las lágrimas me arden en los ojos. Me nublan la visión. Aun así, la veo. La veo tan claramente como en mis sueños. Más nítidamente. Porque esto no es un sueño,

Reprimo un sollozo y susurro su nombre.

30

Kasey miró al robot, y el robot le devolvió la mirada a Kasey lo mejor que pudo teniendo en cuenta que no tenía ojos de verdad. Exteriormente, estaba aún más torpemente diseñado que un robot de limpieza, pero su sistema central estaba a kilómetros por encima.

Tenía un objetivo.

Podría desarrollar un plan para lograr ese objetivo.

Y, con el tiempo, tendría los recuerdos necesarios para entender el objetivo como congruente con el concepto que tendrá de sí mismo. Ese autoconcepto fue clave. El robot se veía a sí mismo como un protector. Por encima de su supervivencia, valoraría a una persona, alguien a quien intentaría localizar en el momento en que la Tierra se volviera habitable, porque la idea de vivir sin este individuo sería insoportable.

A diferencia de Kasey, el robot sería un humano perfectamente calibrado. Ella se aseguraría de ello.

—Este comando —repitió mientras el robot rodaba hacia ella— se llama «Encuéntrame».

Una baba turquesa se desliza por su cuerpo cuando se incorpora para sentarse dentro del ataúd. Sus ojos permanecen cerrados. ¿Se encuentra bien? ¿Está herida? No puedo saberlo; un traje gris ceñido le cubre todo el cuerpo excepto la cabeza. Parece fino. Debe tener frío.

—Kay… —la llamo, pero luego me detengo. Ahora que he conseguido contener mis lágrimas, noto que está diferente a como la recuerdo. Mayor. Más cerca de los veintitantos que de los dieciséis. Tiene el pelo corto o, mejor dicho, más corto de lo que me tenía acostumbrada.

¿Pero qué importa la apariencia? Es Kay. Mi Kay. Mi mente se ve inundada, esta vez no con recuerdos, sino con emociones. El dolor de no poder compartir su mundo y su amor, aunque me doy cuenta de que siempre estaremos ahí la una para la otra cuando más lo necesitemos.

—Kay —mi voz tiembla—, abre los ojos, amor.

Lo hace, y todos los miedos que he tenido estos últimos tres años —como olvidarla o morir antes de encontrarla— se derriten cuando nuestras miradas se encuentran y se cruzan y ella sonríe.

—Me has encontrado. Al fin.

32

En este punto de cada presentación, se desata el infierno.

—¿Un robot que busca la felicidad?

—¿Con emociones?

—¡Eso es una violación de la Ley Ester!

Confía en que las personas siempre digan lo obvio.

—¿Preferirías que probáramos antes con un humano? —El auditorio se quedó en silencio ante la pregunta de Actinium—. Pensad en esto como un ensayo clínico; el robot probará el tratamiento antes de lanzarlo a las masas. ¿Alguien se propone voluntario? ¿Alguien quiere ser el conejillo de indias? —Silencio—. Me lo imaginaba.

—La felicidad del robot es solo un medio para lograr un objetivo —dijo Kasey, que tenía mucha menos paciencia con la audiencia que Actinium. El robot continuó rodando hacia ella desde el otro lado del escenario—. Una vez que completa el comando «Encuéntrame»...

El robot se puso a su altura.

ℍℍ ℍℍ ℍℍ ℍℍ ℍℍ ℍℍ ℍℍ

E n mis sueños, nos abrazábamos. Llorábamos. Nos apretábamos tan fuerte que nuestros cuerpos se fusionaban.

Pero no hay abrazos. Ni lágrimas. Al menos no por parte de Kay. No se ha movido desde que abrió los ojos y, aunque sé que necesita tiempo y espacio, mi preocupación aumenta hasta que ya no puedo permanecer en silencio.

—¿Estás bien?

Respira, recordándome que haga lo mismo.

—Sí —levanta una mano, con las uñas muy cortas, como siempre, y lentamente cierra los dedos—. Son solo los efectos secundarios de…

—¿De…?

—Siéntate, Cee.

—Vale… —Miro a mi alrededor hacia el espacio sin asientos—. Eh… —Cuatro grifos se elevan del suelo frente al ataúd y disparan rayos de luz roja que se entrecruzan para formar una cuna.

—Siéntate —repite Kay, y, aunque confío en ella, todavía me preparo para caerme al suelo mientras me siento sobre el soporte de luz.

Me aguanta.

Se me escapa una risa nerviosa. Me acabo de sumergir en el fondo del mar y ahora estoy sentada en una silla hecha de luz mientras Kay está en un ataúd. Además, Kay es mayor que yo, lo cual (a menos que mis recuerdos estén confusos y sean erróneos) no está bien. Yo debería tener dos años y medio más que ella. Pero, ante ella, me siento más joven.

Supongo que empezaré con todo el asunto del fondo del mar.

—Pensé que vivíamos en alguna ciudad en el cielo —le digo—. Lo cual, lo sé, es ridículo. —*Igual que todo lo demás*, dice una voz en mi cabeza—. He tenido problemas para recordar ciertas cosas, pero pensé…

—Cuéntame sobre tu vida en la isla, Cee.

—Oh… —algo en mí se hunde. No estoy segura de qué ni por qué—. Todo ha ido bien —digo encogiéndome de hombros—. No es que sea un sitio cómodo, pero tampoco está tan mal.

Asiente, pero, en realidad, no escucha. En lugar de eso, está mirando una… proyección de algún tipo (*¡Un holograma!*, recuerdo triunfalmente) que se eleva desde el pie del ataúd y llena el aire que hay entre nosotras con imágenes traslúcidas de gráficos y números. Frunce el ceño mientras los analiza.

—Las lecturas de calorías son un poco bajas…

—Ah, sí. Hubo un problemita con el ñame…

—Pero los niveles de felicidad… —frunce el ceño—. Cee, ¿ha pasado algo?

—¿No creo? —intento imitar a Kay, entrecerrando los ojos ante los gráficos, pero para mí todos los números están al revés—. ¿Qué ocurre, amor?

—Aquí hubo un pico —vuelve a hablar consigo misma, pero miro a qué se refiere: un gráfico con una línea, mayormente estable, excepto por un salto aleatorio.

—Han pasado novecientos ochenta y nueve años —murmura Kay—, así que estamos cerca de la fecha estimada. Pero este pico... Tal vez debería haber sido un par de años después, Cee —su mirada se dirige a la mía y me siento más erguida—, ¿estás segura de que no ha ocurrido nada inusual durante tu estancia en la isla?

—Inusual... ¿como poder ver en color de pronto?

Sacude la cabeza.

—¿Algo más?

—¿Sonambulismo?

—No, eso sería...

Más murmullos. Por lo que recuerdo, Kay nunca piensa en voz alta. También se frota la muñeca derecha, como si le doliera. Tampoco la había visto hacer eso nunca.

Preocupada, vuelvo a mirar el gráfico. Veo las palabras MOTIVACIONES DE FELICIDAD debajo del eje X.

—Quiero decir... en fin, la vida en la isla no han sido exactamente unas vacaciones. Tal vez las cosas mejoraron un poco con Hero cerca, pero...

—¿Quién es Hero?

Su voz aguda me sorprende.

—Un... un chico.

—Un chico —la mirada de Kay se oscurece—. ¿Ha tratado de hacerte daño, por casualidad?

La pregunta me recuerda a Kay diciéndome que tuviera cuidado. Lo hacía cada vez que salía a la calle. Yo sonrío.

—Ay, amor, puedo cuidar de...

—Cee, responde. ¿Ha intentado ese tal Hero matarte alguna vez?

Matar.

De repente lo recuerdo. Estamos en el fondo del mar. Nadé hasta aquí después... después... de que él intentara... *Lo hice yo.* Matar.

Lo maté.

No fue mi intención.

—No fue su intención.

Suena absurdo una vez que lo digo, pero es verdad. El chico que intentó matarme no me había reconocido, no me conocía. No era Hero. Kay suspira.

—Bueno, ahora estás a salvo.

—Y tú también. No te haces a la idea…

Se me quiebra la voz. *No te haces a la idea de lo mucho que te he buscado.* Pero las palabras no pueden transmitir todo lo que quiero decir, así que rompo mi promesa de darle espacio y me inclino, a través del holograma, para abrazarla.

Se queda inmóvil entre mis brazos. Luego, lentamente, me da unas palmaditas en la espalda.

—Cee —dice cuando me retiro, pero mantengo las manos sobre sus hombros, sorprendida de que sea real y tangible y que esté justo frente a mí—, por favor, siéntate.

Esta vez me dejo caer en la silla con menos cautela.

—¿Nos vamos?

Tengo frío en esta habitación, y eso que no soy la que está pringada en babas.

—Sí —dice Kay, luego agarra los lados del ataúd. Se pone de pie con dificultad. Intento ayudarla, pero mis extremidades no se mueven. Saca un pie de la cápsula, una sustancia viscosa azul le resbala por la pierna y se acumula en el suelo, y mi cuerpo se pone rígido. Su otro pie se une al primero y mi visión se nubla.

—¿Kay? —mi voz suena débil, más débil incluso que después de que Hero me estrangulara. El miedo se me revuelve el estómago, cada vez más rápido, como si alguien hubiese quitado el tapón de la bañera—. ¿Qué… pasa?

34

—... *S*e apaga.

El robot la había encontrado. Una vez que consiguieran refinar el diseño, haría mucho más que eso. La sacaría de la inmovilidad. Entonces le correspondería a Kasey, o quien fuera designado «rehabitador cero», despertar a todos los demás después de confirmar la habitabilidad de las condiciones exteriores.

El robot había hecho su trabajo.

Así que, con un zumbido, se apagó.

—*C*ee, —todos mis otros sentidos se están desvaneciendo, pero todavía puedo escucharla con claridad—, ya deberías haberlo entendido.

Se acerca con paso tembloroso. En respuesta, los dedos de manos y pies se me entumecen. No puedo mover nada más que los músculos de la cara cuando se detiene a medio metro de distancia y me dice:

—No eres humana.

Abro la boca. La cierro. La vuelvo a abrir…

—Sabía que algo pasaba…

Algo que explica cómo volví a la orilla, viva, después de remar a Hubert durante siete días. Y también que no me estallaran los globos oculares por la presión de sumergirme en el fondo del mar. O cómo Hero pudo haber vuelto a la vida.

Pero nada de eso cambia lo que Kay significa para mí.

—Y sé que puede que no sea… —persona no humana— como tú —jadeo, incapaz de pronunciar las palabras. *Como tú. Tan inteligente como tú. Tan fuerte como tú*—, pero sigo siendo tu hermana, Kay.

—Mi hermana es Celia —no lo dice con crueldad sino como un hecho—. Y Celia murió hace mucho tiempo.

Murió.

Trago una cantidad obscena de saliva que se acumula en mi boca y casi vomito cuando se desliza por mi garganta.

—Entonces, ¿quién soy yo?

Me mira, en silencio.

—Eres el prototipo-C de Inteligencia Artificial —al ver que no reacciono, suspira como si estuviera intentando perdonarme—. Un robot.

Las palabras me esquivan y no dan en el blanco. Sacudo la cabeza. Sé lo que es un robot. Un robot es U-me. No soy U-me.

—Cuando no podías ver en color —dice Kay—, era porque aún no habías desbloqueado tu siguiente nivel de autorrealización. Y una vez que pudiste ver en color, sentiste una atracción más fuerte hacia el mar, ¿no es así?

«No», trato de decir, pero descubro que no puedo. Parece que no soy capaz de mentir, porque, sí, el día después de que mi mundo se llenara de color, me desperté en el mar.

—Es parte de tu programación. Como un mecanismo de seguridad incorporado, te sientes atraída por todos los cuerpos de agua, no solo por el océano.

Lo que explicaría mi salto a la piscina... *No, para.*

»Por razones de sostenibilidad, te diseñamos para que fueras mecánicamente más resistente que un ser humano real, pero experimentas el mismo dolor y trauma psicológico que nosotros. Y aunque tu inteligencia está fijada en el percentil 50, posees un motor de búsqueda interno que te permite aprender nuevas habilidades en ausencia de modelos externos.

Di algo para hacer que se calle.

—Pero mis recuerdos... todos mis recuerdos. De ti. De nosotras...

—El setenta por ciento eran de Celia, extraídos de su propio cerebro.

—¿Setenta?

El número me sabe mal en la boca. Es demasiado preciso e incompleto.

—El cinco por ciento se deterioraron con el tiempo —dice Kay, como si los recuerdos estuvieran hechos de madera—. Conseguimos salvar un diez por ciento.

—¿Conseguimos?

—Mi equipo y yo.

Un equipo. Varias personas, conocedoras de lo que hay dentro de mi cabeza. Quiero huir de mi piel.

—Así que tú… construiste mis recuerdos.

¿Como un barco? ¿Una balsa?

—Los codifiqué —corrige Kay, y, antes de que pueda preguntar, añade—. Todos menos el quince por ciento. El bienestar general mejora cuando se le permite al cerebro llenar los vacíos, de la manera que mejor se adapte a sus circunstancias.

Suena como un galimatías demasiado lógico e inteligente.

—¿Pero por qué? ¿Por qué darme estos…? —*Recuerdos*. No, no pueden ser recuerdos si son fabricados—. ¿Por qué me los implantasteis? —*¿Si no soy ella?*

La negación me hiela la columna. Mi necesidad de encontrar a Kay es real. Nuestro parentesco, nuestro vínculo. Mis recuerdos son reales, y esto… Toda esta situación es falsa. Un sueño. No estoy aquí. Todavía estoy en la isla, sigo siendo Cee…

—Respira hondo, Cee.

Mierda, no quiero.

Empiezo a respirar hondo.

Mientras estoy sentada, encerrada en mi propia piel, Kay me mira. Su rostro se queda inmóvil, pero sus ojos la delatan. Veo los cálculos que está llevando a cabo. Está sopesando los costes y los beneficios. Eligiendo entre lo que tiene sentido… y lo que me haría feliz.

Suspira.

—Cortisol, negativo uno punto cinco.

El miedo que burbujea en mi estómago se calma hasta hervir a fuego lento.

Kay está sentada al pie del ataúd, cubriendo el proyector holográfico. Los números y gráficos translúcidos entre nosotras se desvanecen. Ahora estamos cara a cara y Kay se asegura de mirarme mientras habla.

—Sé que estos tres años no han sido fáciles para ti, Cee. Así que permíteme explicarte. Fuiste diseñada para encontrarme.

Sigue hablando. Me habla de una época en la que la Tierra estaba en las últimas: su aire, agua y tierra habían sido envenenados por la humanidad. A los científicos se les ocurrió todo tipo de formas de limpiar las cosas, pero cada innovación tuvo un efecto secundario imprevisto. Parte de lo que dice me suena a cierto, y sé que debo tener algún recuerdo perdido que coincida con esto. Pero cuando llega a los megaterremotos y las víctimas, que ascienden a cientos de millones, todo deja de sonarme. Supongo que ahí es donde terminan mis... recuerdos de Celia.

—Pero ¿por qué yo? —pregunto después de que explique la solución que ella le propuso al mundo. Es brillante, por supuesto. Todas las ideas de Kay lo son—. ¿Por qué no enviar un...? —No, no, no—. ¿... Un humano real?

—Eres mejor que un humano real, C. Los humanos reales, bueno, mueren. O mienten —dice con voz áspera— para promover cualquier interés personal que puedan tener. No puedes morir y tus registros de datos son verdaderos. Además, piensa en la ética. Eres el robot definitivo, creado solo porque tus predecesores alcanzaron umbrales de felicidad progresivamente más altos. Los prototipos A y B se enfrentaron a entornos mucho más duros y sufrieron inmensamente para sobrevivir. Nunca se

244

habría aprobado un plan que le pidiese lo mismo a unos humanos. —Frunce el ceño mientras las lágrimas me inundan los ojos—. Cortisol, negativo dos coma cero.

—Yo también tengo seres queridos —susurro mientras me sigo viniendo abajo.

—¿El chico? ¿Hero? Ay, Cee —Kay habla como si yo fuera la hermana pequeña, inocente e ingenua—. Algunas personas guardan rencor contra la humanidad y no se las puede detener, hagas lo que hagas.

—Hero no —espeto—. Hero no le guarda rencor a nadie.

—Lo sé —dice Kay en voz baja, frotándose la muñeca de nuevo—. No estoy hablando de Hero.

Yo tampoco. Hero no era el ser querido al que me refería. No del todo. No es a él a quien veo en sueños, ni el rostro que tengo delante ahora mismo.

Me empiezan a temblar las manos.

—¿Y ahora qué? —pregunto, antes de que Kay pueda darse cuenta e intente controlar mis emociones— ¿Qué vas a hacer conmigo ahora que te he encontrado?

¿Qué va a ocurrir conmigo?

—Poner las cápsulas rumbo a la superficie, donde todo el mundo será liberado del estado de inmovilidad.

Inmovilidad. Cápsulas. Cápsulas de inmovilidad. El vocabulario vuelve a mí como si siempre hubiera sido parte de mi mundo. *Soy Celia,* pienso. *Soy Celia.* Pero también soy Cee, y no puedo evitar reconocerlo cuando digo:

—¿Qué pasa si mentí? ¿Qué pasa si mis datos están en mal estado y la Tierra no es rehabitable?

—Es posible, pero no es probable.

—¿Y si sí?

Aprieto tanto las manos que empiezo a sentir cómo se me duermen. Kay se da cuenta, pero me deja sentir el dolor mientras decide si considera o no mi escenario «no probable». Se frota la muñeca y, esta vez, el material que la cubre se desliza hacia arriba lo suficiente como para que pueda ver una línea verdinegra que le rodea la piel.

—Si tuviera motivos para creer que tus sistemas no funcionan correctamente —dice por fin—, comprobaría la superficie por mí misma.

No puedo apartar la mirada de la línea de su muñeca.

—Y si las cosas no estuvieras bien, ¿te volverías a dormir?

—No.

—¿Por qué no?

—Las cápsulas funcionan en un circuito de energía cerrado e infinito. Al abrirlos se rompe el circuito y se debilita el equilibrio eléctrico de la solución. Con el tiempo, las células del cuerpo reanudarán el envejecimiento.

Me lleva un momento entender lo que eso implica.

—Entonces... tú...

—Sí. Si, hipotéticamente, me despertaran prematuramente, no habría forma de volver a la inmovilidad total —su mirada se agudiza—. Pero lanzaría al siguiente modelo C para probarlo, que se encargaría de despertar al segundo rehabitador cero llegado el momento.

Me imagino la escena. Kay, sola en esta instalación para siempre. O viviendo el resto de sus años en la isla, tan sola como yo. Es como una patada en los riñones.

—¿Por qué te presentaste voluntaria para esto? —pregunto en un gemido.

—Yo tuve la idea.

Lo dice como si fuera la conclusión más lógica. Pero no lo es, al menos no lo es por parte de la hermana que conocí. Kay toma en cuenta los riesgos, por leves que sean. Tenía que haber aceptado la posibilidad de morir sola.

Confirmo mi corazonada mirándola a los ojos. En el fondo de sus pupilas veo un fuego frío, el mismo que la consumió hace años, cuando se había perdido en su interior y yo estaba demasiado distante para darme cuenta. Pero luego reparamos nuestra relación y, poco a poco, ese fuego se apagó.

¿Qué ha pasado desde que yo… desde que Celia murió?

Vuelvo a mirar la línea de su muñeca. No debería estar ahí. Nunca lo estuvo. En ninguno de mis sueños y recuerdos. ¿Quién le hizo esto? ¿Quién la lastimó mientras yo no estaba?

—Kay —no me importa si estoy en peligro. Quiero tocarla, acariciar su mejilla y demostrarle que nunca la abandoné—. Aquí me tienes. Siempre he estado aquí.

La habitación se sume en el silencio.

Puedo escuchar mil cosas que no escuchaba antes. Las luces, extrayendo energía de generadores incrustados en las paredes. El mar, palpitando a nuestro alrededor. El latido de nuestros corazones, el mío y el de ella, en perfecta sincronía.

Kay se aclara la garganta.

—Lo siento, Cee. Tuve que programarte con una función de finalizar. No había otra manera de que la Operación Reinicio hubiera pasado la junta internacional de ética.

—Kay…

Mi cuerpo se pone rígido mientras ella se levanta. O lo intenta. Aunque la sustancia viscosa tenía que preservar cada célula de su cuerpo, es evidente que sus músculos todavía están débiles después de mil años de inactividad, y se sienta nuevamente en el borde del compartimento, apoyando las manos en las rodillas para intentarlo de nuevo.

El momento se extiende ante mí, bifurcándose en dos caminos. En uno, la dejo ponerse en pie. La dejo ser la persona que siempre supe que podría ser, alguien que salvará miles de millones de vidas. El otro camino… no me permito imaginarlo. Es egoísta y está mal y es… No. Está bien querer vivir. Es un derecho. *Merezco vivir*, pienso mientras la palabra *finalizar* me atraviesa, destrozándome ahí donde golpea, rompiendo huesos, lazos y creencias que pensé que necesitaba. Pero todo lo que necesito, todo lo que quiero, es ver el resto de las estrellas en el cielo con Hero y probar cada receta de ñame y escuchar las palabras que le quedan a U-me por definir y sentir toda la vida que yo —Celia, Cee— aún tengo por vivir.

Kay querría eso para mí.

Lo que significa que la persona que tengo delante no es Kay. Si Kay estuviera realmente aquí, conmigo, estaría pensando en una manera de sacarnos de esta situación.

Pero no está aquí.

En esta habitación en el fondo del mar, rodeada de miles de millones de personas que dependen de mí, estoy sola.

La falsa Kay comienza a levantarse y mi mente da vueltas.

—Tú… —Una cuerda se tensa desde mi vientre hasta mi garganta, esforzándose por atrapar algún sentimiento, algún recuerdo, algo, cualquier cosa para detenerla—. ¡Nunca la viste morir!

Silencio.

Quietud.

Entonces empieza. En sus ojos. Una emoción extendiéndose lentamente. No debería saber eso. No hay manera de que pueda saberlo, pero parece que sí y que es la verdad: Kay nunca vio morir a Celia. Este debe ser uno de esos recuerdos aprendidos de los que estaba hablando, algo creado por mi cerebro, que se adapta mejor a mis circunstancias, y funciona, porque después de un momento, Kay vuelve a sentarse, como si le hubieran robado la fuerza de las piernas. Y, como una balanza, la fuerza vuelve a la mía. Los lazos alrededor de mis extremidades se debilitan. Vuelvo a sentir cosquillas en la piel, luego, en una ráfaga gloriosa, recuerdo lo que es la libertad y, antes de que pueda darle permiso a mi cuerpo, este se rebela contra su opresor. Mis manos amotinadas empujan el pecho de Kay antes de que ninguna se dé cuenta de lo que está pasando. Cae de espaldas dentro de la cápsula. Veo cómo sus ojos conmocionados desaparecen dentro. He cerrado la tapa.

Pero una sustancia viscosa azul en el suelo evidencia lo que he hecho.

Y la puerta de la cápsula brilla con las palabras:

BRECHA DETECTADA EN CÁPSULA
BRECHA DETECTADA EN CÁPSULA
LA SOLUCIÓN MANTENDRÁ EL EQUILIBRIO
ELÉCTRICO DURANTE 192 HORAS.
191 H 59 MIN 59 S
191 H 59 MIN 58 S
191 H 59 MIN 57 S

El corazón me late con fuerza. Podría revertir esto. Podría abrir la cápsula. Mi corazón no es mi cuerpo mi corazón no es mi cuerpo mi corazón…

Me lo ha roto. La persona que pensé que amaba.

Caigo de rodillas en el suelo salpicado de sustancia pegajosa y me pongo a sollozar.

36

—**B**uen trabajo —dijo Ekaterina después de la presentación. El mensaje llegó al Intrarrostro de Kasey con un sonido que debió haber resonado también en el de Actinium. Desde el día del muelle, y más aún después de construir juntos la roboprueba, habían sentido que sus mentes se conectaban, y, cuando se separaron en sus respectivos conductos, él hacia abajo y ella hacia arriba, supo que estaban pensando lo mismo.

La de cosas que P2C no sabía…

Sí, la solución fue universal. Todo el mundo podría y sería puesto en inmovilidad. La Tierra se limpiaría y sería repoblada… con aquellos en quienes se podía confiar para que no la arruinaran de nuevo. ¿Y el resto? Podrían seguir durmiendo. Kasey y Actinium se asegurarían de que así fuera. Era un programa simple: un comando de bloqueo permanente en la cápsula, activado por rango, o cualquier medida empírica de administración planetaria que decidieran. No mataría a esas personas… o, al menos, no de la misma manera que ellos casi habían matado al resto, y en la que aún podrían seguir matando si se les permitiera regresar.

Paso a paso. Primero, era necesario que se aprobara la Operación Reinicio. Actualmente, siete de las ocho ecociudades la apoyaban. La ecociudad 6 todavía estaba indecisa. Kasey no los culpaba. Una cosa era pedirles a tus ciudadanos que pasaran al menos el 33 % de su tiempo despiertos como hologramas para salvar el mundo, y otra pedirles que sacrificaran aún más para proteger a las personas que no lo habían hecho. Mientras tanto, los territorios exteriores estaban mucho más divididos.

Los delegados de los Territorios 6, 7 y 11 se habían comprometido a la solución. También habían registrado el mayor porcentaje de muertos. Los territorios 1 y 12, por otro lado, en su mayoría ilesos por el megaterremoto, no se habían comprometido a nada. El egoísmo humano en su máxima expresión. Kasey decidió no olvidarse de cuáles eran esos territorios. Una información como esta podría incluirse en los cálculos sobre quién merecía despertar y quién, por el bien de todos los demás, era mejor que se quedase en inmovilidad.

Por supuesto, todos sufrirían si prevalecía el egoísmo. La solución requería una tasa de participación del 100 %. Algunos gobiernos preferían dejar morir a su gente antes que quedarse atrás. Faltaba solo una semana para la fecha límite para un consenso, y con solo el 57% de los delegados comprometidos (a pesar de las presentaciones de Kasey y las demás estrategias del P2C), Kasey no tenía ni idea de qué más podría hacer al respecto.

Ekaterina sí. Por la noche, volvió a enviar un mensaje preguntando si Kasey estaba dispuesta a presentarse en el Territorio 4 al día siguiente, en persona.

—No te queremos exponer —se apresuró a mencionar Ekaterina—. Pero para entrar en algunos de estos territorios, vamos a tener que establecer una conexión más humana.

Por supuesto, pensó Kasey en su aplicación de mensajería Intrarrostro. Lo transmitió y luego miró al cielo nocturno más allá del poliglás. Estaba en la unidad de los

Cole, sentada en una de sus sillas. Como le recordó su bio-monitor esta mañana, era el séptimo aniversario de su fallecimiento. Siete años desde el día en que Celia había llorado en su habitación y Kasey había asaltado su cerebro al intentar cancelar su dolor. Tuviera o no alguna relación, Celia había pasado sola los dos aniversarios posteriores. Cuando Kasey cometió el segundo delito al intentar reconstruir a su madre, Celia dejó de evitarla. Juntas habían ido a la unidad de los Cole; Kasey había observado cómo Celia le había quitado el polvo a la foto de la mesa de café de Ester, Frain y su hijo antes de llenar el jarrón con flores de siemprefibra. El gesto parecía pasar desapercibido para los muertos, pero cuando Celia lo hizo, todo cobró un sentido que Kasey no pudo emular. Así que esa noche Kasey había llegado con las manos vacías. Ella no era su hermana. No fue lo suficientemente persuasiva ni simpática.

Si Celia estuviera aquí, la conexión humana ya existiría.

Suspirando, Kasey navegó por su Intrarrostro hasta llegar a la carpeta llamada CELIA. Había dejado que Actinium se quedara con el Intrarrostro físico —ver el núcleo aún la ponía nerviosa—, pero descargó los recuerdos en su propia cuenta. El problema era que no se atrevía a tocar el icono de la carpeta. Intentó recordarse a sí misma que los recuerdos, ya fueran de Celia o no, eran solo un código. Kasey y Actinium necesitaban analizar la mayor cantidad posible de comportamientos humanos para diseñar sus barómetros secundarios. Pero al igual que la primera vez, una fuerza detuvo a Kasey. No fue simplemente respeto por la privacidad de Celia. Fue miedo. Porque era posible amar a alguien sin comprenderlo del todo. Es posible amar partes de esa persona, y no su totalidad. Los robots de Kasey habían asustado a Celia. Kasey temía verse a través de la mirada de su hermana.

¡Ding! La notificación de su Intrarrostro fue una distracción muy oportuna. Dos parpadeos y Kasey volvió al mensaje de Ekaterina. Actinium había reaccionado a él pulsando el botón de OK. Kasey esperó a que su nombre se pusiera gris por estar inactivo. Cuando vio que no era así, le envió un mensaje en privado.

¿Has ido allí alguna vez?

No necesitaba especificar que se refería al Territorio 4; él entendería la pregunta.

La velocidad de su respuesta fue extrañamente gratificante.

Una vez.

¿Cómo es?

Frío. Seco.

Kasey esperó. Pero no recibió ningún mensaje más.

¿Eso es todo?

Paciencia, Mizuhara. Lo sufrirás mañana en carne propia.

Una pausa. Kasey no sabía qué más decir. PICODORO no le ofreció ninguna sugerencia. Después de que se abriera automáticamente durante sus presentaciones, instándola a ser más cautivadora, Kasey lo había desinstalado. No le interesaba una aplicación que no percibiera la información que salva vidas como algo cautivador.

Se le detuvo el corazón cuando el avatar de Actinium parpadeó en azul. Estaba pensando. Unos segundos más tarde dijo:

¿Estás ocupada?

No. Kasey hizo una pausa. *¿Y tú? ¿Trabajando? :P.* El emoji le salió de dentro. Lo pensó un poco, lo borró y envió el mensaje sin él.

No. Actinium también hizo una pausa. *No estoy trabajando.*

Kasey casi podía verlo: su mirada amenazante, desafiándola en silencio a que comentara sus hábitos de trabajo.

Podría hacerlo, si quisiera. Podía decir lo que pensaba sin miedo sobre Actinium ahora que habían construido algo juntos. Estaban en la misma longitud de onda; tal vez lo habían estado desde la noche que habían revisado los recuerdos de Celia. Se habían comunicado a través de miradas y gestos. Habían simplificado aún más su comunicación desde entonces, y ahora, mirando el último mensaje de Actinium, Kasey le envió un punto de acceso holográfico por capricho. Se dijo a sí misma que no se sentiría decepcionada si él no aceptaba.

Contuvo la respiración mientras empezaba a brillar el aire de delante de su sillón.

Por una fracción de segundo después de que Actinium apareciera holográficamente, pareció estar aturdido. Kasey también lo estaba. Nunca había visto su holograma y ciertos detalles (como la textura de su cabello) se habían perdido en la traslación, incluso después de aumentar su opacidad al 100 %. Le faltaba definición, los mechones eran planos y sin vida en comparación con cuando el viento los alborotaba... Kasey no debería estar pensando en su pelo. Redirigió su mirada hacia la ventana, con una punzada en la garganta. Quizás se debía a las partículas en la unidad.

—¿Vienes aquí a menudo?

El tono de su voz no había cambiado, eso sí.

—Más a menudo que antes —dijo Kasey—. Celia solía venir porque amaba estas ventanas.

No se le escapaba que dondequiera que fueran, cada vez que hablaran, no podían escapar a la atracción de Celia. ¿Pero por qué querrían hacerlo? Ella era su denominador común. La brújula que les indicaba el rumbo.

—Ya hemos hablado sobre ello, al principio. A mí no me gustaba mucho venir.

—¿Por qué no? —preguntó Actinium, sonando genuinamente curioso.

—Era como invadir un hogar ajeno.

No mencionó que los dueños habían muerto, ni tampoco los nombró. Todo el mundo sabía quién vivía en el estrato 100, incluido Actinium, que escaneó la unidad y dijo:

—Es mucho espacio sin utilizar.

—Mi padre insistió en que permaneciera deshabitada. *In memoriam.* —Si sonaba elitista, es porque lo era. Eso era lo único en lo que David Mizuhara había violado su propio principio de vivir ahorrando espacio—. Nuestras familias estaban muy unidas —sintió la necesidad de añadir, aunque esa idea retrataba una comunidad de gente elitista que vivía tan alto como su rango les permitía. ¿Cómo llegaron a relacionarse con gente como Actinium, cuya unidad no tenía muebles elegantes o, ni siquiera, ventanas para que entrara luz natural?—. Debes pensar que somos un poco extraños —dijo Kasey mientras Actinium caminaba lentamente alrededor de la unidad—. Quizás estamos demasiado alejados de la naturaleza humana.

—¿Y qué ocurriría si la naturaleza humana fuera la última enfermedad que debemos erradicar? —Actinium volvió a ella. La luz de la luna lo atravesó, pero no reflejó su sombra en el suelo.

—Una enfermedad —repitió Kasey, mientras él se sentaba en el otro extremo del sillón, que no reaccionó al peso de su holograma, ya que era demasiado antiguo como para recibir información virtual. Para los muebles, Actinium bien podría haber sido un fantasma.

—Piénsalo —dijo, y Kasey lo hizo. Miró hacia el poliglás y contempló el mar al otro lado.

—El mundo estaría lleno de gente como yo —concluyó, en una valoración honesta—. Y, por lo tanto, peor.

Sonrió a Actinium. Que no le devolvió la sonrisa. Su rostro era serio, casi severo, y Kasey se retorció, su incomodidad la llevó de regreso a su primer encuentro, con REM incluido.

—¿Tu gato estará bien? —Ekaterina no había mencionado cuánto tiempo permanecerían en el Territorio 4.

Actinium parpadeó una vez, despacio.

—Jinx se hará cargo de él.

—¿Y tus clientes?

—Ninguno de ellos es tan importante como esto.

—¿No echarás de menos este lugar?

—No.

—¿Por qué no? —preguntó Kasey, y Actinium miró hacia la ventana.

—Porque nunca ha sido mi sitio.

—El mío tampoco. —No podía saber qué era más sorprendente... que Actinium lo admitiera o que lo hiciera ella.

—Lo sé —un susurro, apenas audible—. El hogar está donde está la mente —dijo Actinium, y Kasey se quedó helada, su cuerpo se calentó y se enfrió mientras recordaba haber mirado el techo de su dormitorio, pensando en el concepto de expulsión. Había solucionado la logística, realizado control de daños para sentir que tenía las riendas, y nada de eso había importado. Había aceptado el trato. La ciencia se convirtió en su pasado. Su secreto. Pero tenía otro secreto.

Casi eligió la expulsión.

La gente confundía a Kasey cuando se desmarcaban de las características que ella les atribuía. Pero la ciencia era diferente. La ciencia no la tomó por sorpresa; fue más astuta. No intentó entenderla, pero Kasey sí la entendió. Con la ciencia, se sentía segura. Pero con Celia también. Pronto, Kasey se dio cuenta de que tenía dos opciones, pero que solo una de ellas se entendería como la normal. Por Celia habría intentado ser normal. Por Celia se habría quedado, y habría sido la decisión más fácil y la más difícil que habría tomado nunca; sentía que volvía a tener once años, mientras temblaba y respiraba con rapidez. Escuchó su nombre y miró hacia arriba, vio la mirada de Actinium, desde una silla en la que en realidad no estaba sentado. Había expresado un sentimiento que Kasey había vivido y, por un momento, ella deseó que estuviera allí.

Deseó poder realmente sentir la mano que él le había puesto sobre el hombro.

Entonces sacudió la cabeza.

—Me debería ir. A hacer la maleta. Nos vamos muy temprano.

No estaba segura de lo que estaba diciendo. Ekaterina ni siquiera les había enviado el itinerario.

Actinium tuvo la delicadeza de asentir y se puso de pie.

—Hasta mañana.

Cerró la sesión, dejando a Kasey sola.

Volvió a sentarse en el sillón. Respiró hondo y dejó que se le oxigenara la sangre. El corazón le latía en el pecho con la fuerza de dos corazones. Esto solo era parte del viaje, de convertirse en un poco más humana conforme buscaba vengar a su hermana.

Volvió a los recuerdos de Celia, sacando a Actinium de su mente. Abrió la carpeta y luego la subcarpeta etiquetada XXX que no había revisado antes.

Se desplegaron trescientos recuerdos de todos los chicos que Celia había amado y que la habían amado.

Kasey la cerró y el corazón volvió a latirle con fuerza.

Debía pensar fuera de los márgenes. Tenía que haber una manera de entender las relaciones de su hermana sin revisar cada recuerdo uno a uno.

Comenzó a desarrollar un algoritmo que relacionaría los datos del biomonitor con los recuerdos por fecha, y luego reduciría los recuerdos a aquellos que correspondieran con picos de oxitocina, dopamina y endorfinas, las respectivas hormonas para la socialización, la motivación y el logro de objetivos. De los recuerdos que quedaban, Kasey filtró personas, priorizando rostros recurrentes. Y lo puso en marcha. El algoritmo arrojó los cinco primeros resultados.

Su propio nombre y su rostro encabezaban la lista.

Qué raro. Aún más raro es que Actinium no estuviera entre los cinco primeros (que sí incluían a Leona) o siquiera entre los diez primeros, cuando Kasey amplió los parámetros. En el número doce estaba Tristan. Dmitri, el número diecisiete. Al llegar al número cincuenta, Kasey, perpleja, buscó directamente a Actinium entre los recuerdos netos.

0 RESULTADOS.

Kasey volvió a ejecutar el programa. Mismo resultado: cero.

Hizo una búsqueda de rostros en todos los recuerdos de Celia.

Ningún recuerdo guardado de Actinium.

De repente, el frío invadió la unidad, a juego con la mirada glacial de Kasey. Un pensamiento enfermizo la asaltó; localizó los recuerdos de Celia de aquella vez que habían ido al mar. Los analizó, con detenimiento, remontándose hasta los recuerdos de su infancia, cuando Genevie estaba viva. Sacó los datos del biomonitor del día en que Genevie había muerto y encontró el pico del neurotransmisor que correspondía con el ajuste que había aceptado en nombre de Celia. Su pánico disminuyó. Los recuerdos eran reales. Los datos del biomonitor eran reales. Los hechos eran reales. Y habían ocurrido así:

Celia había sido intoxicada.

Había ido al hospel. Se había escapado por mar. La prueba de todo ello estaba allí.

Entonces, ¿dónde estaba Actinium, el chico que se había sentado frente a ella en este sillón? ¿Quién había estado en esta unidad hace unos momentos?

Esta unidad.

El tiempo se ralentizó. Se paró.

Invirtió la marcha.

Actinium había aparecido holográficamente aquí. A través del punto de Kasey. Pero un punto de acceso no era más que una atadura que permitía a las personas conectarse en holograma a su ubicación. No tenía nada que ver con los permisos de acceso, ya que los permisos no eran aplicables a los dominios públicos y esto era privado. Y no era la casa de Kasey. Si así fuera, Actinium habría aparecido holográficamente y habría hecho que **ACEPTAR INVITADO** apareciera en su Intrarrostro, como lo había hecho en su fiesta. Que a Kasey no le hubieran dado la opción significaba una de dos cosas: o Actinium había hackeado el acceso, o…

Un escalofrío recorrió los huesos de Kasey.

… o no era un invitado. En esta unidad.

Esta unidad que pertenecía a los Cole.

Solo había una manera de confirmarlo.

Actinium era bueno hackeando. Pero Kasey también lo era. Usando todos los trucos que conocía, retiró las protecciones de Actinium, rango 0. Lo desnudó hasta dejarlo en el chico que había detrás de su identidad: el mismo chico que la miraba desde la foto enmarcada que reposaba encima de la mesa de café, cuyo rostro sí existía en los recuerdos de Celia, y en los de Kasey, aunque estos últimos siete años lo habían cambiado, envejecido y dejado completamente irreconocible.

Ekaterina envió el itinerario a medianoche. Para entonces, Kasey estaba demasiado metida en una espiral como para responder.

Revisó todo lo que pudo. La cobertura mediática del accidente de la robonave. El informe del laboratorio forense. Las imágenes que la robocámara había capturado: Genevie, Ester, Frain y el hijo de los Cole, un niño de diez años, saludando a la multitud en el estrato-100 antes de entrar en la robonave. Kasey estudió el clip una y otra vez, hasta que lo encontró.

El secreto de Actinium para haber sobrevivido al accidente que mató a todos los demás.

Su cerebro, a toda marcha, empezó a cerrar funciones esenciales. Primero, las emociones. Podría enfadarse o podría obtener respuestas a sus preguntas, muchas de las cuales dependían de la cooperación de Actinium. De vuelta en la unidad Mizuhara, Kasey redactó varios mensajes, pensando qué tono utilizar. A mediodía, no había enviado aún ninguno. Hora de irse. Partió hacia la sede de P2C. Lo confrontaría en persona. Un plan perfectamente lógico, suponiendo que estuvieran solos en este viaje.

—¿Meridian? —De todas las cosas para las que Kasey se había preparado, esta no era una de ellas—. ¿Qué haces aquí? —preguntó, sintiendo cómo su cerebro salía del modo piloto automático, obligándole a evaluar esta nueva variable de confusión fuera de la sede de P2C.

Te podría preguntar lo mismo, pareció decir la amarga mirada en el rostro de Meridian. Claramente, estaba lista para viajar. De ahí, la bolsa de lona que tenía colgada sobre el hombro.

—Trukhin me invitó.

Ekaterina. Kasey abrió el itinerario que le habían enviado y lo leyó en detalle, hasta la nota sobre la adición de personal que podría ser visto como apoyo nativo por la gente del Territorio 4.

—Me preguntó si estaría interesada en presentar una variación de mi solución —prosiguió Meridian, justo cuando la robonave descendía—. Sí, has oído bien. Mi solución. La envié yo.

En ese momento, llegó Actinium. Meridian se negó deliberadamente a mirarlo y reservó su mirada para Kasey. Luego, con un giro de talón, procedió a subir a la robonave.

No sabes en lo que te estás metiendo, quiso decirle Kasey. Pero no podía, por supuesto. Igual que tampoco podía confrontar a Actinium. Solo podía sentarse entre ambos. A su derecha, un chico que la conocía a ella y a sus verdaderos planes, pero que a sí mismo se había ocultado. Y a su izquierda, había una chica que pensaba que el peor crimen de Kasey había sido acaparar la solución, cuando la realidad era mucho peor. Sí, con Meridian aquí, Kasey finalmente entendió cómo los forasteros considerarían su visión del mundo y la de Actinium: como un crimen. Inmoral e imperdonable.

Y ahora ni siquiera podía confiar en la persona que se suponía que era su compañero.

El vuelo de 3.000 kilómetros fue demasiado silencioso y largo, y demasiado trepidante desde que tocaron tierra. De la robonave los trasladaron a un coche, una antigualla conducida por un chófer vivo. El calor rugía por las rejillas de ventilación para combatir el frío exterior. Un vórtice polar se había instalado permanentemente sobre los territorios del noreste después de que el Ártico se derritiera; más allá de las ventanillas de los automóviles, se extendía un mundo desolado y sombrío. El sol brillaba en un cielo estéril y las nubes estaban parcheadas por altas concentraciones de carbono atmosférico. Las multitudes al borde de la carretera eran el único signo de vida. Y se hicieron aún más densas a medida que se acercaban a la embajada.

El coche se detuvo.

—Buena suerte. —Ekaterina envió un mensaje mientras Kasey se aseguraba la máscara respiratoria. El mensaje no pudo protegerla del aire frío como el hielo que le asaltó los pulmones cuando salió del coche hacia el *flash* cegador de las cámaras. Detrás de una barricada naranja, los periodistas en persona empujaban para obtener el mejor ángulo. Los ciudadanos, algunos con máscaras y otros sin ellas, sostenían carteles denunciando la respuesta del gobierno al megaterremoto. Las expresiones de sus rostros eran sombrías, salvo por un grupo de hombres, mujeres y niños que los saludaban.

—*¡Meiran! ¡Meiran!*

Meridian los saludó. Serán sus familiares, pensó Kasey, tensándose al ver sus rostros sin máscaras... justo antes de que todos los rostros de la multitud se convirtieran en el de Celia, con los ojos sepultados bajo letras mayúsculas.

SI EL PRIMER MINISTRO NO PUDO SALVAR MILLÓN Y MEDIO DE VIDAS, NO ESPERÉIS QUE OS SALVEN LOS ALIENÍGENAS

Las imágenes superpuestas desaparecieron en el siguiente parpadeo. Los familiares de Meridian volvieron a ser familiares de Meridian, pero sus sonrisas habían desaparecido.

Meridian parecía igual de afectada.

—¿Qué ha sido eso?

—Un hackeo al Intrarrostro —respondió Actinium.

Kasey revisó sus archivos. Todo seguía allí, incluidos los pocos recuerdos almacenados de Celia. Los hackers debían haber accedido a ellos para generar las caras.

Volvió a sentir el dolor en el pecho y, cuando el primer ministro los saludó dentro de la embajada, en una sala de mármol con ventanas altas, su segundo corazón empezó a latir. Quién fuera Actinium no cambiaría lo que le pasó a Celia. No cambiaría la cantidad de energía que se usaba para calentar esta habitación, y cuánta gente tuvo que seguir contaminando solo para resolver los problemas producidos por la contaminación. Alienígenas, así los habían llamado los manifestantes. ¿Era porque vivían en el cielo? ¿Porque habían bajado para someterlos a otra forma de vida? *¿Renunciaría alguna vez la gente de manera voluntaria a sus libertades por el bien de los demás?* Kasey se hizo estas preguntas mientras los asistentes los conducían al auditorio, en el que debían presentar la solución. ¿O primero tendrían que morir sus familiares?

Ding. Mensaje de Actinium. *¿Estás bien?*, preguntó, y Kasey casi se estremeció. Como si le importara.

Y como si a ella debiera importarle.

¿A quiénes has visto? ¿A tus padres?, le hubiera gustado preguntarle.

Un momento a solas, sin Meridian, era todo lo que necesitaba.

Sí, respondió, antes de subir al escenario para seguir contando mentiras.

Kasey comprendió rápidamente que un momento a solas durante este viaje era algo tan poco probable como un poco de aire limpio. El P2C, con su eficiencia característica, había programado varios eventos consecutivos. Después de su presentación, iban a visitar una zona muy afectada del centro del Territorio 4. Llegarían en un avión de combustible. El vuelo de 2.000 kilómetros equivaldría a las emisiones de carbono que había producido Kasey durante los últimos cinco años.

Lo que fuera necesario para parecer accesible.

Mientras cruzaban el Territorio, Kasey miró de reojo a Actinium. El Territorio 4 fue donde ocurrió el accidente. ¿En qué estaría pensando? ¿Qué estaría sintiendo? Su mente era cada vez una incógnita más grande para ella, como el terreno que había debajo mientras se deslizaban a través de la noche. El avión bajó de altitud, haciendo que la tierra cobrase una cercanía grotesca. La cuenca central, una fortaleza natural desde la antigüedad, se había transformado en una trampa mortal. Las montañas habían arrasado las aldeas, los árboles habían sido arrancados del suelo como huesos atravesando la piel y, en algunos lugares, la propia corteza se había agrietado. Cicatrices de lava endurecida atravesaban la tierra, más de las que Kasey había visto jamás. Celia podría haber apreciado la belleza. Kasey solo vio un recordatorio brutal de un mundo indómito por culpa de sus dueños humanos, si es que merecían el título. A pesar de todas sus innovaciones, eran seres microscópicos, un hecho que se hizo dolorosamente evidente cuando aterrizaron fuera del hospel.

Otro término engañoso, ya que aquello tenía poco de hospital ni de hotel.

Los hospeles de las ecociudades eran todos parecidos a aquel en el que Kasey había irrumpido: santuarios relajantes construidos para maximizar la experiencia humana. Este hospel, construido para tratar a las víctimas de la intoxicación por radioaxones de una planta de fisión afectada a 20 km al norte, era tan endeble como un mercadillo y tan ruidoso como una fábrica, y lo único que allí había era muerte. Los camiones decorados con el símbolo de la Unión Mundial hacían temblar el suelo. El personal, incluidos los miembros de la fuerza de defensa

del Territorio-4, caminaban por pasarelas apenas asfalta-
das. En las ecociudades había un médico por cada cien
ciudadanos. Aquí, cualquiera que fuera la proporción, no
parecía suficiente. Los médicos ciertamente no eran los
mejores para ejercer las funciones de Relaciones Públicas, y la que les había sido asignada tenía la cara roja y se
puso a discutir con el equipo de cámara de P2C cuando
Meridian, Actinium y Kasey los alcanzaron. Parecía tener más o menos la edad de Celia.

Al igual que Celia, no llevaba ropa protectora.

Aquello no era la isla. No estaba protegida.

Una camilla, en la que descansaba un cuerpo cubierto
por una sábana, pasó por su lado y a Kasey se le secó la boca.

—¿Dónde está tu ropa protectora? —le preguntó a la
médica.

—No nos queda.

Luego, la médica volvió a centrar su atención en la tripulación.

—Una visita rápida y punto —pero la atención de la
tripulación se había centrado en Actinium. Todos miraron
cómo se desabrochaba y se quitaba las protecciones.

Colocó el equipo de protección en las manos de la médica.

La cámara volvió a girar hacia Kasey antes de que pudiera recuperarse. La señal tácita se mantuvo en el aire.

Nunca te pondría en peligro, había prometido Actinium.
También Ekaterina. *No estarás expuesta*. Pero las promesas
eran convicciones humanas. Y habían muerto en este terreno salvaje.

Kasey debería haber estado preparada.

Se quitó las protecciones y la piel se le erizó al entrar
en contacto con el aire. Su biomonitor le advirtió sobre las
toxinas que ingresaban a su sistema. *Será por poco tiempo*,
se dijo.

Solo por esta vez.

Meridian comenzó a desabrocharse la suya.

Solo un chapuzón.

Kasey notó que le temblaban los dedos.

Solo una vez…

—No.

El micro y la cámara se dirigieron hacia Kasey.

—Nos están grabando —murmuró Meridian. A Kasey no le importaba. Era muy consciente del precio que ella y Actinium tendrían que pagar para que otros hicieran lo mismo. Pero Meridian no tenía por qué exponerse, y Kasey se sintió aliviada cuando la médica los interrumpió.

—¿Estáis listos? —la médica caminó por la pasarela y gritó—: ¡Vamos! ¡No tengo todo el día!

La siguieron hasta un pasillo, el estrecho camino estaba revestido de cartón y trozos de cajas. Tiras de PVC, unidas con cinta adhesiva, formaban las paredes a su alrededor, ondulándose mientras caminaban. El aire se volvió acre con el olor a desechos, humanos y químicos, y Kasey, que apenas había sobrevivido al estrato 22, ya estaba mareada cuando llegaron a una serie de puertas de chapón que tapaban huecos en las paredes y que presumiblemente conducían a las habitaciones de los pacientes. En lo más profundo de su mente, comprendió que no podía enfrentarse a otros humanos en ese estado. Si vomitaba ante la cámara, arruinaría por completo el objetivo de la visita.

—Espera… —comenzó a decirle a la médica, pero un golpe la interrumpió. Provenía de una de las puertas de cartón, que cayó al suelo y un hombre salió corriendo por el hueco con un bulto en los brazos.

Corrió directamente hacia la pared.

El PVC se onduló, absorbiendo el impacto. Pero Kasey no pudo asimilar lo que estaba viendo. Se quedó mirando cómo el hombre volvía a estrellarse contra el PVC, como si esperara que cediera. La cinta adhesiva resistió.

Y entonces se giró y cargó contra ellos.

—¡No hagáis nada! —gritó la médica.

Meridian se pegó a la pared. Kasey tropezó hacia un lado.

Actinium no se movió. Solo levantó la cabeza cuando el hombre estaba casi encima de él.

Y levantó el puño.

Más tarde, Kasey intentaría recordar el proceso. El inicio. La escalada. ¿Qué fue primero? ¿El puñetazo que golpeó la cara del hombre, haciendo que el bulto cayera de sus brazos, o el cuchillo, que le centelleó en la mano? Pero este momento, como todo lo demás del viaje, se le resistiría. No seguía ningún orden excepto el desorden de la naturaleza.

Meridian gritó. La médica maldijo y llamó a los guardias. Dos de ellos corrieron y aplacaron al hombre mientras Kasey corría hacia Actinium y trataba de detenerlo. Se resistió. No estaba preparada para su fuerza… ni para su codo, que se balanceó hacia su nariz.

El chorro fue inmediato. Cálido. Kasey lo dejó fluir. Su atención se centró en el bulto que había caído al suelo: protectores tirados por el suelo que ahora estaban salpicados de rojo. Entonces se dirigió al equipo, que estaba acobardado pero que seguía grabando, y a través de la boca ensangrentada logró gritarles:

—¡Cortad!

La médica ni siquiera la miró a los ojos cuando le dio a Kasey una gasa para la nariz.

Meridian se había puesto histérica.

—¿Estás mal de la cabeza? —le había gritado a Actinium—. ¡Estaba robando algunas protecciones! ¡Nada más!

Actinium no había dicho nada. Tenía el mismo aspecto de siempre: la cabeza inclinada mientras descansaba en el banco, el cabello cayendo ajeno su estilo cuidadosamente peinado, una visera alrededor de sus ojos, cada mano en un puño sobre sus rodillas, los nudillos blanquecinos mientras Meridian despotricaba.

—Meridian... Por favor —había dicho Kasey, lo que provocó aún más a Meridian.

—¡Así que ahora yo soy el problema!

Y se había marchado furiosa. Quizás Kasey debería haberla seguido, y dejar a Actinium solo, pero algo la obligó a sentarse junto a él en el banco. Se quedó hasta que, cinco minutos después, la nariz dejó de chorrearle, aunque el silencio no se rompió y no pudo encontrar una manera de limpiarle la sangre de la camisa. Rojo contra blanco, como cuando rompió el cristal, excepto que entonces Actinium había mantenido el control perfectamente. Esta vez, le había visto algo rabioso en los ojos. ¿Lo había infectado el caos de su entorno? ¿O había mostrado su verdadero yo?

—Tienes que decirme la verdad —dijo finalmente. Llegó un mensaje de Ekaterina. Lo ignoró. Había intentado permanecer tan inmóvil como Actinium, como si compartir su quietud pudiera permitirle compartir su estado mental, pero, para ella, él era ahora mismo igual de indescifrable que la caja negra de un avión—. ¿Quién eres? —insistió ante su falta de respuesta.

¿Por qué puedo confiar en ti en un momento y, *al siguiente, sentir que me hieres?*

Silencio. Luego, con voz ronca:

—Creo que ya lo sabes. Dilo —afirmó.

Kasey tragó. El sonido retumbó en sus oídos.

—Andre Cole. Un muerto. Nunca te subiste a aquella robonave.

Kasey adoptó la misma pose que Actinium, con las manos en las rodillas y los ojos fijos en el suelo. Susurró.

»Construiste un robot.

Las imágenes lo habían delatado. Cuando a Ester se le cayó el bolso antes de subir a la robonave, Andre Cole no se había movido. Ni siquiera había pestañeado. Reacciones ante situaciones novedosas. La parte de programación más difícil de hacer bien. No era de extrañar que Actinium no hubiera sentido ningún tipo de repulsión por el hecho de que ella se saltase la Ley Ester; él se le había adelantado. Construyó su modelo con un grado de delicadeza admirable, aunque su engaño no lo fuera.

—Un muerto que se saltó la ley impuesta por sus padres —añadió Actinium. Todavía ocultaba su mirada cuando Kasey miró hacia arriba—. ¿No te preocupa eso?

—No —admitió—. No tanto como que no aparezcas en ninguno de los recuerdos de mi hermana. —Respiró hondo. La nariz le palpitaba—. ¿Por qué?

¿Por qué mentiste?

Actinium tardó en responder.

—Mis intenciones no te deberían importar.

Lógicamente no deberían hacerlo. Las intenciones, buenas o malas, no afectaban a las personas. Las consecuencias sí. Fueron las consecuencias de las acciones de alguien, bien intencionadas o no, las que mataron a Celia.

Pero Kasey quería saber. Desafió la lógica. Le importaba Actinium, a pesar de la alta probabilidad de que le hubiera mentido de otras maneras. Desafió la lógica.

—¿De qué forma te hizo tanto daño el mundo?

—De la misma forma que a tu hermana.

—Fue un accidente.

Habían compartido silencios antes. Cómodos. Dolorosos.

Este silencio era húmedo, la calma antes de la tormenta.

—Un accidente.

Los hombros de Actinium empezaron a temblar. Kasey se puso tensa; no se le daban bien las lágrimas. Levantó la cabeza y se dio cuenta de que no había llorado.

—Eso es lo que mis padres hubieran querido que pensaras —sus labios eran una mezcla de risa y mueca de dolor, sus ojos negros brillaban de dolor—. No, Mizuhara. Llámalo por lo que fue: asesinato.

IIII IIII IIII IIII IIII IIII
IIII II

Incredulidad. dolor. ira. Sorpresa. Para cuando he conseguido analizar todas las emociones que siento, el cronómetro de la cápsula ha llegado a **191 H 07 MIN 31 S.**

¿Cuántos días son eso? Hago los cálculos. Fácilmente. Mentalmente. Se me nubla la visión cuando noto estas cosas que me hacen no ser yo.

En 7,96355 días la cápsula dejará de funcionar. Todos estarán condenados, atrapados para siempre en estado de inmovilidad, pero el primero en morir será la persona a la que empujé. *No es mi hermana*, me digo a mí misma, cuando finalmente me pongo de pie y retrocedo. No es Kay. Kay no querría que muriera por ella. No querría matarme. No querría ser como Hero. Excepto que es incomparable, porque Hero no tenía conciencia de sus acciones. No tiene control. Kay tiene perfecto control, de sí misma y de mí. Ella me diseñó para que no tuviera otra elección sobre mi propia vida, así como ninguna dignidad en mi propia muerte.

Darme cuenta de eso es lo que finalmente me da la fuerza para alejarme.

Abandono las instalaciones, decidida y sorprendida ante la perspectiva de salir a la superficie desde el fondo del océano y nadar de vuelta a la isla. O eso me digo a mí misma. Porque nado demasiado rápido, como si tuviera miedo de arrepentirme de mi decisión, y cuanto más intento escapar, más se me adormece el cuerpo y la línea entre mi conciencia y mi... programación se vuelve borrosa y los recuerdos vuelven a aparecer, aunque no sean míos. No quiero...

De vuelta a la cúpula.

De vuelta a la superficie.

De vuelta a la cúpula, en la cúpula, de pie frente a la cápsula de inmovilidad, el cronómetro brilla en su puerta.

<u>164</u> H <u>18</u> MIN <u>59</u> S

6,84651 días, calcula mi mente, antes de irme lejos de allí, antes de sentirme sobrepasada.

De vuelta a la superficie.

Esta vez voy despacio. Cada brazada duele. Siento como si estuviera nadando a través de piedra.

Amanece, atardece, amanece. Quedan cinco días.

Estoy tan cansada.

Tan débil.

¿Estoy alucinando cuando veo tierra? O, peor aún, ¿estoy en realidad de vuelta en la cúpula y no puedo confiar en lo que ve mi mente?

No, estoy en la orilla. Esta aspereza… es arena.

Me desplomo. Como si no tuviera huesos. Como si no tuviera cerebro. Siento que podría desmayarme. Pero no he llegado hasta aquí solo para dejar que mi inconsciente tome el mando.

Me obligo a ponerme de pie.

Estoy de vuelta en la isla y nunca he sido más feliz. Veo la casa y me lleno de energía cuando recuerdo quién está en ella.

Esa energía se convierte en inquietud cuando entro a la cocina. El polvo cubre las encimeras. ¿Cuánto tiempo ha pasado? Recuerdo que he nadado hasta agotarme. Dos días para regresar a la isla en mi último intento, pero si tenemos en cuenta todo el tiempo que perdí y el tiempo que me llevó llegar a la cúpula en primer lugar, eso significa…

—He estado fuera cinco días.

—De acuerdo —dice U-me, saliendo de la sala de estar.

Durante cinco días, Hero ha estado atado.

Está consciente cuando entro al dormitorio de M. M. Espero que lleve poco así. Incluso si no necesita comida ni agua para sobrevivir, él no lo *sabe* y ni siquiera vale la pena preguntarle si se encuentra bien. ¿Quién lo estaría, después de cinco días postrado en una cama? Incapaz de mirarlo a los ojos, me concentro en desatarlo, la tarea se hace más difícil porque sus muñecas y tobillos se han hinchado alrededor de la cuerda, y, mientras lucho, él me plantea la pregunta a mí.

—¿Estás bien?

Su voz es suave como siempre. Mis dedos se detienen y cometo el error de mirarlo. Bajo su mirada color de cielo, me siento traslúcida. Me pregunto si puede ver la asesina que vive bajo mi piel: la chica que lo mató y la chica que, en los próximos días, también matará a su supuesta hermana.

Me pregunto si se estremecería si supiera lo que estas manos podrían hacer.

Pero entonces Hero dice:

—Supongo que intenté matarte otra vez.

Y recuerdo que solo yo sé que nuestro lugar en el universo ha cambiado para siempre. Este chico ya no es la mayor amenaza para mi existencia. La verdad es mucho más siniestra.

Y mi primer instinto es proteger a Hero de ello.

—No, amor. No lo hiciste.

La mentira surge fácilmente. ¿Lo he hecho antes? ¿He mentido para proteger a alguien que me importara? ¿O lo habría hecho Celia? ¿Quién soy? ¿Celia o Cee?

—Entonces… —Hero se calla, tratando de darle sentido a sus circunstancias.

—Ya te lo he dicho muchas veces… —Ataco los nudos con una nueva determinación—. Me gusta hacer cosas raras.

Deshago el nudo final. Las cuerdas caen y Hero hace una mueca mientras flexiona las muñecas. Su dolor me duele y, para mi alarma, descubro que todavía me quedan lágrimas que llorar. Me sorbo los mocos y Hero levanta la vista.

—¿Cee? —antes de que pueda preguntarme qué pasa, lo callo con un beso. Me trago sus preguntas y mis lágrimas. Me encantó la forma en la que pronunció mi nombre. No como una letra o como la tercera repetición de algún experimento. «C-E-E.», recuerdo haberle explicado. «Suena como el viento colándose por las rendijas de la ventana». Desde el principio lo dijo como si yo fuera real. Es que soy real, decido. Soy Cee. No Celia, tan desconocida para mí como Kay. No las necesito a ninguna de ellas. Puedo ser feliz conmigo misma. Vivir para mí, sin estar al servicio de nadie.

O, al menos, vivir para las personas que realmente se preocupan por mí.

—¿Estás bien? —Hero pregunta de nuevo, frenando el beso, creo, solo para preguntar. La preocupación brilla en su rostro, sostenido entre mis manos. Las suyas suben para cubrir el mío— ¿Qué ha ocurrido?

No me ha preguntado «¿Por qué has vuelto?». Pero, de todos modos, escucho la pregunta y, de repente, siento que lo he decepcionado. Me estaba apoyando para que tuviera éxito a mí, que era la única con algún recuerdo. Salir de la isla. Encontrar a mi hermana. Cumplir mi destino cósmico. Por supuesto, no sabe que los humanos fabricamos nuestros destinos. Y nunca tiene por qué saberlo. No le haré daño como me hizo la falsa Kay. Somos tan reales como creemos serlo.

—Tenías razón —atraigo su mano derecha, todavía envuelta alrededor de la mía, hacia mí y le beso los nudillos—. No hay nada ahí afuera.

38

No podía ser cierto.

Asesinato. La robonave iba en piloto automático. Los únicos pasajeros eran Genevie y los Cole. Las coordenadas de destino habían fallado a mitad del vuelo. Fue un error de funcionamiento.

—Un error técnico —dijo Kasey a Actinium, a quien se le borró la gélida sonrisa.

Se levantó.

Caminó por el pasillo improvisado.

Por toscas que fueran, las paredes de PVC aún ofrecían cierta protección contras los microcinógenos y radioaxones, cuyos niveles aumentaron cuando Kasey siguió a Actinium afuera. Su biomonitor pitó, la advertencia se confundió entre los sonidos de traumatología y triaje que los rodeaban. Todo aquello se fue desvaneciendo a medida que avanzaban.

Se detuvieron en un desnivel del hospel. Un sumidero de lodo había succionado la tierra hacia abajo.

—Humano —la voz de Actinium era tan oscura como la noche que los rodeaba—. Un error humano, no técnico.

Kasey esperó a que le diera una explicación.

—¿Qué pasó? —preguntó al ver que no lo hacía.

—Más o menos lo que pasó aquí. Un megaterremoto. Víctimas buscando ayuda desesperadas. —Se metió las manos en los bolsillos—. Confundieron la robonave con un avión de suministros. Los hackers informáticos intentaron redirigirlo a su aldea. —Se encogió de hombros—. Fallaron, obviamente.

Su indiferencia contradecía el peso de la revelación.

¿Cómo lo sabes?, habría preguntado otra persona, pero Kasey confiaba en su capacidad para sonsacarle cualquier información que deseara, incluso a pesar de que no podía confiar en él. La verdadera pregunta era: *¿Por qué el resto del mundo no lo sabe?*

»Los hechos fueron extraídos de las mentes de las partes involucradas.

—Eso no es…

—Estaba en sus testamentos. En los de mis padres. En el de tu madre. Sabían los riesgos que implicaban sus líneas de trabajo. —En su boca, «sus líneas de trabajo» sonó como un eufemismo para algo terrible en lugar de para referirse a la filantropía que hacían—. Entendieron que cualquier accidente fuera del territorio, por así decirlo, sería utilizado para impedir el progreso humanitario y dar municiones a los opositores políticos de HOME.

—¿Y el robot? —¿Fue también eso una medida preventiva? ¿Había esquivado Ester Cole sus propias creencias sobre la separación de humanos y robots para proteger a su hijo?

—Eso fue cosa mía —dijo Actinium simplemente—. Quería intentar demostrar una certeza después del viaje.

La frase terminó ahí. Lo hizo adrede. Pero Kasey escuchó el tono entrecortado de su voz. Quería continuar, pero no podía. *Después del viaje…*

Le habría demostrado a su madre que los robots no eran diferentes a los humanos.

Kasey no sabía qué decir. Se le daba mal consolar a la gente (muy rara vez entendía su dolor), pero ahora lo comprendía. De manera íntima. Había realizado un experimento inocente, con posibilidades que escapaban más allá de su imaginación. Era como la propia historia de Kasey, excepto que el ser expulsada no se acercaba a, de la noche a la mañana, ser el único Cole vivo. Debió haberse sentido tan confuso. Tan paranoico y, lo peor de todo, tan impotente.

La impotencia aplastó a Kasey ahora.

—Actinium.

Él la interrumpió.

—No necesito tu compasión. Solo a ti.

A ti. A Kasey.

Necesitaba a Kasey.

A Kasey, y no a Celia.

Imposible. Inconcebible, más aún que el hecho de que Actinium no apareciera en los recuerdos de Celia, lo que le recordó a Kasey...

—Celia...

—Vino a mí. Me pidió que destruyera su Intrarrostro. Nunca te he mentido.

No podía ser. Celia... Kasey... pero... la isla... *el escudo.*

—¿Leona? —farfulló Kasey, con el cerebro a punto de estallar.

—¿Qué pasa con ella?

—¿Cómo la conoces si no es a través de Celia?

Una inhalación profunda.

—Leona es mi tía, Mizuhara.

Tía. Kasey tardó un segundo en darse cuenta. No en el parecido (no se parecían en nada), sino en las piezas. Cómo encajaban en esta nueva ecuación. El escudo de Actinium. *El robofesor es un regalo de mi hermana,* había dicho

Leona. Ester Cole, cuya unidad le gustaba a Celia por las mismas razones por las que a él le gustaba la casa de la playa. Los muebles eran degradables. Temporales. El suelo tenía arañazos que parecía cicatrices. *Había sido amado*, habría dicho Celia.

Amar. Una emoción divertida. Seguramente eso habría hecho a Leona insistir en que Actinium viviera con ella. Si es que sabía que él estaba vivo. ¿Había modificado su rostro igual que su identificación? ¿Se había acercado a Leona bajo un disfraz como había hecho con Kasey? *¿Por qué?* Kasey se cruzó de brazos y se abrazó a sí misma. *¿Por qué yo? ¿Por qué llegar a tales extremos solo para acercarse a ella?* La idea la agitó. Lo sentía más como una traición que como un ocultamiento de su verdadera identidad por parte de Actinium.

—¿Qué le dijiste a Leona? —preguntó antes de que su mente siguiera en su espiral de pensamientos.

—Que había escapado de un atentado contra mi vida. *Un accidente. No un atentado. Involuntario.*

Pero se podría haber dicho lo mismo de tantos errores cometidos por el hombre. Una fuga de tubería: un accidente. Un vertedero que se filtra al agua subterránea: involuntario. *Humano*. Actinium había dicho que había sido un accidente y Kasey sabía que podía demostrarlo como un teorema. Terremoto $\times$ humanos minando la tierra hasta sus límites = megaterremoto; megaterremoto $\times$ plantas químicas y de fisión construidas por el hombre = desastre de salud pública; desastre de salud pública $\times$ desesperación humana = 1 secuestro de robonave. Extrae el factor común.

Humano.

—La convencí de que era más seguro para mí permanecer escondido —continuó Actinium, y Kasey escuchó todo lo que cabía en una palabra. *Escondido*: un niño huérfano de diez años que decide vivir de incógnito—. Sabía lo que quería conseguir. —No quería una venganza ojo por ojo, sino un cambio a gran escala. Los desastres no eran causados por individuos—. A pesar del tiempo que me iba a costar, quería hacer ese camino yo solo.

»Entonces me encontré con el informe P2C. Contigo. Tus robots. Sabías mi secreto —dijo Actinium, con la voz cada vez más suave, y la columna de Kasey se estremeció mientras volvía a estar de pie en el muelle junto a Actinium, con la tormenta a su alrededor y también dentro de ellos, compartiendo su verdad más oscura sin decir ni una sola palabra.

»Me preguntaba: ¿Qué más cosas existen en mi mente y también en la tuya? ¿Qué podríamos lograr si trabajáramos juntos? —Miró el cielo a pesar de que no había nada que ver porque las estrellas hacía mucho que se habían esfumado tras la niebla omnipresente—. Setenta y siete estratos entre nosotros, sin embargo, me sentí más cerca de ti que cuando estábamos a un solo piso de distancia. Esperaba que, si las circunstancias lo permitían, nos volviéramos a encontrar. Lo hemos hecho. Y ahora lo sabes todo. —Actinium finalmente la miró. Su mirada era solemne—. Todos mis secretos: los que he contado y los que no.

La noche pareció expandirse. Se tragó el sonido de la vida y la muerte, llevándose el hospel a un universo lejano. Absorbió el cuerpo de Kasey; un conjunto de sinapsis que la impulsaban de una emoción a la siguiente. De la simpatía a la sospecha, de la empatía al malestar. Para Actinium, la gravedad no existía en la Tierra. La gravedad existía en ella. Fue embriagador. Abrumador.

Pero eso no pudo evitar que ella sintiera la compasión que Actinium no le había pedido.

Igual que la aparición de Meridian había sacado a Kasey de órbita, también lo hizo saber que ella y Actinium no estaban sufriendo por la misma herida reciente. En siete años podría ser como él. Seguiría sangrando. Sería un fantasma real, alguien que está muerto en lo que respecta al mundo.

—¿Es esto lo que realmente quieres? —preguntó.

La distancia entre ellos no cambió, pero la carga magnética sí, cada emoción de Actinium era tan similar a la de Kasey que podrían haberse repelido físicamente entre sí.

—Respóndeme tú —dijo, y luego le pasó un archivo.

Un documento clasificado P2C, más allá de su nivel de permiso. El texto era denso, pero Kasey estaba acostumbrada a hojear los puntos clave.

El primero de ellos estaba en negrita en el título.

...Fuga en una tubería en lo más profundo del mar...

Leyó rápidamente el resto: limpieza en marcha... riesgo mínimo para la población... tráfico limitado en el suelo del océano... resultados de salud adversos leves para la mayoría... baja probabilidad de resultados graves... evitar la alarma... parte responsable debe de afrontar los costes... Todas esas palabras formaban un remolino que condujo su mirada al final del documento, donde vio un rostro familiar entre una fila de rostros.

Un nombre familiar.

Toda una familia que residía cincuenta estratos por debajo de los Mizuhara.

Actinium había encontrado a los asesinos de Celia.

—No solo están ahí —su voz era tranquila comparada con el pulso de Kasey—. Están entre nosotros, en nuestras ciudades, confiando en nosotros para protegerlos del mundo que ellos arruinaron. Y a pesar de ello, a pesar de sus rangos, creen que merecen más.

—¿Quiénes?

Una voz detrás de ellos.

Los latidos de su corazón disminuyeron y Kasey se giró.

Meridian estaba a varios metros de distancia, su silueta se recortaba por la luz proveniente del hospel.

¿Cuánto habría oído?

—¿Quién crees que destrozó el mundo?

Mucho más que eso. Pero la situación no era insalvable. Todo lo que Kasey necesitaba...

—Aquellos con rangos de cinco dígitos o más —dijo Actinium, y Kasey lo miró con horror. *¿Por qué?* Pero ella sabía por qué. Por el mismo motivo por el que había compartido el archivo P2C con ella. *Recuerda: esto también te interesa a ti—.* Y los que siguen contaminando —continuó Actinium, aireando las palabras que él y Kasey habían compartido en plena noche—. El tiempo pasado o presente es irrelevante, ya que todo daño ambiental es permanente durante nuestras vidas.

La noche parecía contener la respiración.

—Que te jodan —escupió Meridian a Actinium, antes de volverse hacia Kasey—. ¿Y bien? Di algo.

Algo. La gente rara vez era literal y Kasey sabía que Meridian en realidad no quería que ella dijera «algo», sino que lo refutara todo. Negar que, en algún momento, lo que Actinium acababa de decir se le hubiera pasado por la mente. Mentir. Es lo que PICODORO habría recomendado, dada la configuración mínima de conflicto que Kasey había establecido al instalarlo. Conflicto mínimo. Abrió la boca.

Se le cerró la garganta.

La ira no era todo su ser, pero sí una parte de ella. Estaba cansada de ocultar a la gente partes de sí misma, por inhumanas que fueran.

Su silencio fue revelador. Meridian retrocedió. Algo apareció en su mirada, y Kasey asumió la acusación que le estaban dirigiendo. La verdadera razón detrás de la misión que Actinium y ella llevaban a cabo había quedado al descubierto. La fachada había sido desmantelada.

—Por eso nunca te ofreciste a ayudar.

Kasey parpadeó.

—¿Ayudar?

—¡Oh, por favor! —siseó Meridian—. ¡Tu madre dirigió la ley HOME! ¡Tu padre supervisa la inmigración! ¡Podrías haber intercedido por mi familia si hubieras querido!

A Kasey nunca se le había ocurrido esa idea. ¿La convertía eso en una mala persona? ¿O la convertía en... Kasey?

—Nunca me lo pediste.

—¿Como una obra de caridad?

Bueno, sí. ¿No era eso lo que era? Pedirlo no cambiaría la naturaleza del favor. Además, Meridian no era como Kasey. Expresaba abiertamente sus opiniones y necesidades.

Pero ¿cuándo aprendería Kasey que los humanos son complejos y están llenos de contradicciones?

—¡Siempre hago cosas por ti sin que me lo pidas! —dijo Meridian, y Kasey se quedó atónita al escuchar su resentimiento—. ¿Y qué has hecho tú por mí? Has ignorado todos los mensajes que te he mandado esta última semana.

No había sido algo personal. Podría haber recibido un mensaje de David comunicándole que se mudaba a la Luna, y Kasey lo habría ignorado también.

»Y lo siguiente de lo que me entero es de que eres su amiga —Meridian señaló con un dedo en dirección a Actinium—. ¿Dónde estaba él cuando nadie quería sentarse contigo?

En el estrato 22, pero esa no era la respuesta que Meridian buscaba, ni tampoco la respuesta que Kasey quería dar. No había necesitado a nadie.

Meridian respiró hondo y luego prosiguió.

»¿Sabes lo que es él? Un privilegio con patas. Del tipo que se quita las protecciones y se las entrega a un médico porque es un héroe, de los que seguro que viaja para vivir una experiencia inmersiva.

Un privilegio con patas.

Se quita la protección.

Viaja para vivir una experiencia inmersiva.

—¿Qué es eso que puedes contarle a él pero no a mí? —preguntó Meridian, y Kasey sintió una arcada que se agudizó cuando Actinium se unió a la conversación.

—Adelante, Mizuhara —su tono era increíblemente elegante y frío, y cuando Kasey lo miró a los ojos, supo que estaba exactamente donde él la quería: acorralada. *Elige*, le estaba diciendo. *Ella o yo. Justicia o complacencia. A ti misma o a todos los demás*—. Dile la verdad. Dile quién mató...

Crac.

Actinium levantó la mano.

Kasey cerró la suya.

Si apretaba los dedos con suficiente fuerza, podría borrar el dolor de la palma derecha. Pero no podría borrar la marca en su rostro, que enrojecía por momentos.

Era todo lo que podía pensar en hacer, detenerlo. El público podía especular todo lo que quisiera sobre la muerte de Celia, simplificar el nombre y la imagen de una niña y fantasear a través de conjeturas. Pero la verdad solo podía contarla Celia. Y Kasey protegería a Celia costara lo que costara. Podría dar la espalda al mundo, si fuera necesario.

Podría alejarse de ambas partes.

—Ya no sé quién eres —dijo Meridian, mirando a Kasey—. Eres... una persona diferente.

No, se imaginó diciendo Kasey. *Simplemente no soy quien quieres que sea.* Se lo diría tanto a Meridian como a Actinium.

Se alejaría de ambos.

Pero ella tampoco era quien quería ser, y fue Meridian quien se alejó primero y luego Actinium. La dejaron sola.

Kasey se dijo a sí misma que lo prefería así.

卌 卌 卌 卌 卌 卌
卌 ////

Anoche intenté salir de la casa. Las marcas en las puertas así lo demuestran. Es lo primero que ven mis ojos cuando parpadeo para alejarme del sueño, de pie frente a las cinco largas rayas de barniz despegado, una por cada uno de los dedos destrozados de mi mano derecha. ¿Sabes de qué no tengo siquiera cinco?

Días para encontrar a Kay.

Si cambio de opinión.

No lo haré. No puedo. Supongo que no solo sería mi fin, sino también el de Hero, que probablemente también había sido programado para acabar y satisfacer así la ética humana. Y no puedo acabar con Hero, que se ha desmayado en el sofá de la habitación de al lado. Como yo, antes de caminar sonámbula hacia la puerta y tratar de derribarla. Ambos estamos agotados: él por preocuparse por mí ayer y yo por mantener mi tristísima actitud de «no pude encontrar a mi hermana». No fue difícil. Mi corazón bombeaba un flujo constante de culpa. Pero entonces llegaron los sueños por la noche, mi mente inconsciente intentaba lograr que cumpliera las órdenes de Kay tal y como me habían diseñado, y ahora un sabor amargo me llenaba la boca. No podrán manipularme de esta manera.

Incluso si recuerdo todos nuestros viajes a la costa.

Incluso si recuerdo cómo herí a Kay después de la muerte de mamá.

Incluso si recuerdo el día que casi la pierdo por completo.

Me froto los ojos. Las marcas de las uñas no desaparecen.

U-me rueda hacia mí. Juntas, miramos la puerta.

—Traté de romperla.

—De acuerdo.

¿Cuántas cosas he hecho de las que no me he dado cuenta? Mejor aún, ¿cuántas cosas ha hecho Hero de las que no se ha dado cuenta? No recuerda haber intentado matarme. Pero ¿y si hay más?

Una sospecha me surge en la cabeza. Miro a U-me.

—Hero desató la cuerda.

—Neutral.

Si ella estaba conmigo, probablemente no lo vio.

Pero ella no estaba conmigo la mañana que desperté en el océano. Ella estaba justo aquí, en esta isla con Hero, mientras yo estaba ocupada ahogándome, durante un buen rato, así como entre el momento de mi desmayo y cuando me desperté para descubrir que Leona se había ido.

Me muerdo el labio.

—Hero se deshizo de Leona.

—De acuerdo.

—Tú se lo permitiste.

—De acuerdo.

Traicionada por mi propio robot. *Pero, ¿por qué?* No estoy enfadada. ¿Cómo podría estarlo? Mi misión de construir un barco y salir de esta isla fue un invento. No pasa nada porque Hero soltase a Leona en el mar, incluso aunque no lo hiciera intencionadamente. El problema es que... Recuerdo mi pánico. El áspero mordisco de la desesperación, como tener arena en lugares a los que no puedo llegar. El dolor de perder a Leona después de perder a Hubert... Todo para nada.

—¿Por qué? —pregunto de nuevo.

U-me zumba.

Convierto mi pregunta directa en una afirmación.

—Querías que me quedara.

—Totalmente de acuerdo.

Me duele el pecho.

—Me voy a quedar —le digo, primero a U-me, ganándome un «totalmente de acuerdo»; después, se lo repito a la casa. Por último, por tercera vez, repito «Me voy a quedar», esta vez diciéndomelo a mí misma.

No voy a irme a ninguna parte.

Un pinchazo en el estómago.

Esta es mi casa.

El pinchazo se convierte en un dolor agudo y punzante.

Mi familia.

Me doblo sobre mí misma y aprieto los dientes. Con una mano me presiono el estómago como para sostenerme las entrañas, con la otra araño el pomo de la puerta.

Lo siguiente que sé es que la abro y estoy corriendo por la arena. Me detengo antes de llegar a las olas, mis músculos se contraen contra lo que quiero y lo que mi cuerpo ha sido engañado para que desee. Me caigo. Me sostengo con las manos y las rodillas. Estoy bloqueada. Hace viento. La arena seca se me adhiere a las plantas de mis pies descalzos. Cuando la marea sube, la espuma casi me roza los dedos.

Encuéntrame.

Retrocedo y clavo las uñas rotas en la arena. El resto de mi vida no puede ser así. Es que me niego. Intento recordar lo que Kay me explicó, cómo mis niveles de felicidad determinan si se activa el comando *Encuéntrame* o no. Pienso en todo el sufrimiento que he soportado en esta isla.

El dolor en mis entrañas se desvanece.

Pienso en Hero. En U-me. En las cosas sencillas, como ver un atardecer o comerme una galleta de ñame. Pienso en los momentos y recuerdos que he creado y que realmente puedo considerar míos, y el dolor se reaviva. Los recuerdos falsos se fusionan con los reales.

Es repugnante pensar que mi felicidad sea una unidad de medida. Pero puedo adaptarme. Alterno entre recordar el sufrimiento y la alegría hasta que mi cuerpo se adapta a las reacciones físicas cambiantes. No puedo parar el dolor, pero puedo evitar doblegarme ante su voluntad.

Estoy sudando y agotada cuando me siento preparada para regresar a casa. Me arrastro hasta el sofá, donde Hero todavía duerme, y me acurruco a su lado, dejando que el ritmo de su respiración sea un metrónomo para el mío.

Por favor, pienso mientras cierro mis pesados párpados y me abrazo con las manos doloridas. *Que pueda dormir sin soñar.*

Y, afortunadamente, así es.

Cuando me despierto, sigo en el sofá. El espacio a mi lado está vacío. La manta me cubre hasta la barbilla y se desliza mientras me levanto. Una uña rota se engancha en la fibra de una alfombra y hago una mueca de dolor, luego huelo el aire.

Algo se está cocinando.

Entro en la cocina y me saludan las ollas y sartenes burbujeando en el fogón. También me saluda una selección de ñame en la tabla de cortar, y Hero con un jersey azul grisáceo con cuello de pico y un delantal con dibujos de gallos. Está esquivando a U-me con una olla en una mano.

—Buenos días —suelta cuando me ve en la puerta—. O debería decir buenas noches.

Le saco la lengua y luego señalo con la mano todos los platos que hay en la mesa.

—¿Qué es todo esto?

—Es... ¡U-me, no!

U-me golpea el mango de una olla y la sopa se derrama como si fuera lava.

—Lo tengo controlado —dice Hero, enderezando la olla volcada y colocándola en el fregadero mientras lanza una toalla sobre el estropicio—. Siéntate. Es tu comida de bienvenida.

Comida de bienvenida. Hero me acerca una silla. Me hundo en ella. Sonríe, pero eso no calla a la voz metálica y burlona que tengo en la cabeza: *¡Bienvenida de nuevo a la isla! ¡Tu vida es una mentira! ¡Y ahora estás engañando a la única persona que merece saberlo! ¡Hurra!*

—Todo esto no era necesario, amor.

—Quería hacerlo —Hero le pasa un plato de puré de ñame y, de nuevo, me viene el recuerdo de haber comido un elegante puré de patata con Kay, excepto que ahora recuerdo que lo hicimos en holograma. La comida era tan falsa como estos recuerdos. Y esta comida que tengo ante mí también podría ser falsa. No necesito comer esto para sobrevivir. De hecho, apuesto a que si dejara de comer y me «muriera de hambre», mi necesidad de encontrar a Kay disminuiría. *Condiciones no habitables: cancelar comando.*

¿Pero qué clase de vida es esa? No quiero ceder piezas de mi humanidad solo para preservarla. Y tampoco quiero vivir para siempre a la sombra de Kay. Esta isla es el problema: estoy solo a dos días nadando de Kay... y de mil millones de cuerpos más. Esa imagen hace que se me quite el apetito.

—Estaba pensando... —me aclaro la garganta—. Estaba pensando que podríamos abandonar la isla.

Silencio.

—Dijiste que no había nada ahí afuera —dice Hero despacio.

Con suavidad.

Otra vez.

Mierda.

—Si navegamos lo suficiente, tal vez podamos encontrar algo —digo, intentando salvar mi desliz. Si se puede confiar en la mayor parte de los recuerdos de Celia, entonces debería haber otras tierras con refugios listos para los humanos cuando resurjan—. Y he pensado... —Me humedezco los labios—. Bueno, he pensado que podríamos intentar encontrar a mi hermana juntos.

Odio esto. Lo odio, lo odio, lo odio.

Tengo que hacerlo. Decir que ya no me importa es demasiado sospechoso.

Hero frunce el ceño.

—¿Y qué pasa con la comida?

Y volvemos a la razón original por la que no podía llevarlo conmigo.

—Podemos acumular reservas.

Hero mira la mesa. Son prácticamente todas las recetas de ñame posibles y, lo que es más importante, todo el ñame.

—Lo siento. De haberlo sabido...

—No te preocupes. No hay prisa.

No hay prisa.

La culpa parece formarme un coágulo en el corazón. Cuatro días más. Puedo hacerlo. Cuatro. Cortos. Días. Cerraré la puerta todas las noches y haré que U-me haga guardia si es necesario. En cuatro días ya no tendré que pensar en nada porque no habrá nada que decidir. Solo tengo que aguantar hasta entonces. Hasta que la cápsula falle, hasta que Kay… bueno, la falsa Kay…

—¿Cee?

Mi nombre me saca de mis pensamientos y me trae al momento presente, donde mis dedos se están poniendo blancos alrededor del mango del tenedor y Hero está medio levantado de su asiento.

Me meto un bocado de ñame en la boca antes de que pueda acercarse.

—Mmm… Delicioso. —Lentamente, Hero vuelve a sentarse. Arrugo la cara teatralmente—. Pero le falta algo…

—¿El qué? —pregunta, con cautela, sin creerme al 100%.

—Mantequilla, creo.

Hero toma un bocado con cuidado. Mastica y decide seguirme la corriente.

—Creo que ajo.

—Puaj.

—¿Puaj? —suena tan ofendido como yo cuando rechazó mis propuestas de nombre—. ¿Qué te pasa con el ajo?

—Luego te huele el aliento.

—¿A quién le importa?

—A mí, si te oliera a ajo —digo, levantando las cejas.

Es entrañable ver cómo todavía puede sonrojarse.

—Por eso tendrías que comerlo tú también.

—No.

—Ni siquiera tendrías que enterarte. Lo metería en cualquier comida.

—No te atreverías —afirmo. La expresión en la cara de Hero dice lo contrario—. Se acabó. Tienes prohibido entrar en la cocina. Asumo el puesto de chef.

—No, por favor. Nada de ajo —dice Hero, demasiado rápido, ante mi genuina ofensa. Me levanto de mi asiento y él levanta el tenedor como para defenderse, con los ojos iluminados por la risa. Entonces su rostro se pone rígido. Su cuerpo sufre espasmos.

El tenedor se le cae de la mano.

40

Ding. Un mensaje de Ekaterina.

Ding. El vídeo de Actinium peleándose con el hombre del Territorio-4 se había filtrado y ya era viral.

Ding. Los delegados estaban rescindiendo su apoyo la Operación Reinicio.

Ding. El avión estaba a punto de partir.

Ding. ¿Dónde estaba Kasey?

¿Ahora mismo? Sentada en el suelo, fuera del hospel, de espaldas a la pared de PVC. No quería estar ahí por nada en concreto, no pertenecía a ningún otro lugar. Así que se quedó observando, al margen de todo, cómo las órdenes no eran atendidas y cómo las víctimas llegaban en camillas y se marchaban en bolsas para cadáveres. Los suministros entraban en las salas improvisadas y salían en contenedores metálicos de desechos biopeligrosos. Los médicos corrían de un lado a otro atendiendo a las emergencias.

Pum. Kasey vio cómo un contenedor caía y se volcaba, a escasos centímetros de los dedos de sus pies.

—¡Maldición! —la médica se agachó, recogiendo los toxímetros que se habían derramado. Kasey se acercó para ayudar. Mientras rellenaban el contenedor, los números de los toxímetros llamaron la atención de Kasey.

Los niveles, tanto de radioaxones como de microcinógenos, no coincidían con las lecturas de su biomonitor. Se volvió hacia la médica.

—Están rotos.

—Lo sé —dijo la médica. Metió el último toxímetro en el recipiente, lo levantó y se puso de pie.

Kasey también se puso de pie, notando cómo crecía su preocupación.

—No son seguros.

La médica la miró.

—Lo sé.

Frente al hospel había aparcados varios camiones de la Unión Mundial, cada uno designado para un trabajo diferente. Kasey siguió a la médica hasta el camión de basura y se quedó mirando cómo arrojaban todos los toxímetros. La médica, después de sacudirse el polvo de las manos, sacó una pequeña caja rectangular del bolsillo del pecho de su traje de emergencia y sacudió un filamento cilíndrico. Encendió el filamento y se lo metió en la boca, succionando profundamente y exhalando una columna gris. No era inodoro, como los alucinógenos populares en las ecociudades, y a Kasey le irritó los pulmones.

—No eres de por aquí, ¿verdad? —le preguntó a Kasey mientras tosía.

—No.

—Déjame adivinar. ¿Eres de la ciudad de realidad virtual?

Celia la llamaba la e-ciudad. Lo mismo es, pensó Kasey, y asintió.

—Son solo cifras —dijo la médica, inhalando más contaminación—. Vive aquí el tiempo suficiente y sabrás que no debes confiar en nadie. —Señaló con la cabeza los toxímetros que se habían sumado a la pila de batas quirúrgicas usadas y bolsas intravenosas arrugadas—. La mitad de los que se financian con fondos del gobierno están manipulados. Los niveles no llegan nunca al máximo. Lo consideran una medida antipánico. —Dio una última inhalación y dejó caer el filamento en el suelo, donde brilló como una chispa en la oscuridad antes de apagarlo de un pisotón.

—Deberías ponerte protecciones —le dijo a Kasey—. Lo de que esto te pudre los órganos sí que es cierto.

Luego se dirigió al hospel, dejando a Kasey sola junto al camión, con su humo y sus palabras.

Volvió a abrir el archivo P2C que le había enviado Actinium. Se dispuso a leerlo bien, como sabía que acabaría haciendo. Encontró rápido lo que estaba buscando. La fecha de la filtración.

Había sido antes, no después, del día en que ella y Celia fueron al mar.

Dos semanas antes.

El océano ya había sido envenenado.

A pesar de que Kasey había revisado el agua con un toxímetro emitido por el P2C.

A pesar de que su biomonitor indicaba: SEGURO PARA EL CONTACTO CON LA PIEL.

120 pulsaciones. 130 pulsaciones. 140 pulsaciones. ¡ALERTA! Su frecuencia cardíaca alcanzó la zona anaeróbica. Alguien le estaba hablando. Gritaba su nombre una y otra vez. *Vete*, pensó Kasey. Lo dijo. En voz alta. El sonido de su voz la trajo de vuelta al mundo y vio que era una robonave del P2C. No estaba allí hacía unos segundos (¿o habían pasado minutos, quizás horas?). Pero ahora estaba allí, flotando frente a Kasey y dando el espectáculo.

MIZUHARA, KASEY, por favor, suba a bordo.
MIZUHARA, KASEY, por favor, suba a bordo.

Kasey subió a bordo.

Y golpeó la ventana con el puño.

El dolor le bajó por el brazo.

140 ppm. 150 ppm. 160 ppm.

¿Era así como se sentía Actinium al saber que su familia había muerto sin él porque había subido a la robonave en forma de robot? Porque lo único en lo que Kasey podía pensar era que Celia había muerto porque ella sí llevaba escudo y su hermana no. Iba tan cuidadosamente envuelta en sus protecciones, de pies a cabeza, con su ropa y sus gafas, que su biomonitor no se había disparado en el agua. En el agua envenenada. Había usado el toxímetro. Había confiado en sus números. Su error no había sido confiar en la tecnología. Había sido confiar en los humanos a los que servía la tecnología.

Mientras la robonave volaba, llevándola de regreso a la embajada como se le había ordenado, Kasey geolocalizó a David Mizuhara.

Por primera vez, estaba en casa.

Abrió la aplicación holográfica en su Intrarrostro y presionó Iniciar Sesión.

No se detectó ninguna cápsula de inmovilidad.

¿Continuar?

Sí.

¡Advertencia! Holograma libre, sin soporte de inmovilidad, aumenta el riesgo de paro cardíaco.

Cancelar.

Soy consciente de los riesgos y los acepto.

Aceptar.

$\cancel{||||} \cancel{||||} \cancel{||||} \cancel{||||} \cancel{||||} \cancel{||||}$
$\cancel{||||} \cancel{||||} |$

Se arruga como un cuerpo sin espíritu. La cabeza le cae de golpe entre las manos. El tenedor todavía suena en el suelo mientras corro a su lado y me arrodillo.

—¿Qué ocurre? —acerco mi mano a su brazo.

—Suéltame.

—Pero…

—Suéltame.

Mi mano se retrae. Observo, impotente, cómo levanta la cabeza centímetro a centímetro con los ojos vidriosos de dolor. Las venas de las manos se le ponen rígidas y, después, le pasa lo mismo en las venas del cuello.

Tal como vino, se fue: sin previo aviso. Se hunde en la silla, jadeando. Sacude la cabeza, como para aclararla.

—¿Te duele algo? —pregunto.

—No —dice Hero. Lo miro y se corrige—. Solo la cabeza.

Algo me dice que no es la primera vez que esto sucede. No parece lo suficientemente sorprendido y puede hablar conmigo a pesar del dolor.

—¿Desde cuándo te ocurre? —Hero no dice nada—. ¿Desde que volví?

Tras unos segundos, asiente.

Desde que te golpeé la cabeza con un remo. Deslizo la mano sobre su frente y le levanto el flequillo. Todo parece curado en la superficie, pero lo que me preocupa es lo que hay debajo. Podría tener una conmoción cerebral... si tuviéramos el equivalente a un cerebro. Si no es el caso, y son solo cables y chips, entonces podría haber roto algo que nunca se curará por sí solo.

¿Cómo se lo puedo preguntar sin revelarle nuestra verdadera naturaleza?

—Además del dolor... ¿te notas diferente mentalmente?

—¿Que si... tengo recuerdos?

Asiento con la cabeza.

La mirada de Hero cae hasta el tenedor del suelo. Sacude la cabeza y lo recoge.

—Hero... —me está ocultando secretos. Lo sé. Y no estoy en posición de juzgarlo por ello, pero quizás podría ayudarle si supiera su verdad. Si él conociera la mía, nunca podría volver a la vida que tiene ahora. Kay me robó mi mundo. No le haré lo mismo a él.

—Dime qué pasa —digo en voz baja.

Su naturaleza honesta acaba ganando.

—He estado escuchando voces.

Se me para el pulso cuando recuerdo la de Kay. *Encuéntrame.*

—¿Qué te dicen?

—«Detenla» —dice, y traga saliva—. Y en mis sueños... veo una cara.

Contrae los dedos como si quisiera moldear la cara en arcilla. No tenemos arcilla, así que le entrego lo mejor que tengo: el cuchillo de mantequilla.

Hero duda.

—Arruinará la mesa.

—Que le jodan a la mesa —le digo, y acerca el cuchillo a la madera.

Aparece el rostro de un hombre. Me suelen gustar las caras angulosas, pero esta lo es demasiado, casi esquelética.

Lo austero de su expresión me resulta inquietante. Otra cosa que me inquieta es lo bien que dibuja Hero. ¿Provienen sus muchos talentos de su programación? ¿Para qué fue diseñado? *Detenla*. ¿Sería demasiado egocéntrico por mi parte pensar que se refiere a mí? ¿Por qué alguien querría detenerme? Vuelvo a mirar la mesa. Quizás Hero también esté desconcertado por sus propias habilidades para dibujar, porque no dice nada. Nos quedamos mirando el rostro en silencio.

—¿Quién es?

Hero baja el cuchillo.

—No lo sé.

—Pero, entonces, ¿cómo puedes dibujarlo?

—No lo sé.

—¿Entonces no lo recuerdas? ¿O a alguien como él? ¿Alguien de tu pasado? —«De tu falso pasado», debería de haber dicho, pero tal vez encuentren alguna respuesta tirando por ahí.

—No. Cee... —Hero está pálido. Se balancea sobre las patas traseras de la silla—. ¿Qué pasa si no tengo un pasado? ¿Qué pasaría? —repite—. Piénsalo. ¿Qué pasaría si nunca hubiera tenido un nombre?

Antes le habría dicho que eso es imposible. Todo el mundo tiene un nombre. Ahora me doy cuenta de que di muchas cosas por sentadas. Las cosas que pensé que todo el mundo merecía (un nombre, un pasado) no siempre están cubiertas. Y cuando lo están es por una razón. Los recuerdos son la forma en que Kay me controlaba. Me reforzaron cuando pensé en rendirme. Me recordaron quién era, quién soy y quién podría ser. Yo soy el vehículo y los recuerdos son la gasolina. Me empujan a «encontrar a Kay» además de mi programación explícita, porque incluso si mis niveles de felicidad no lograran activar la orden, mis recuerdos me habrían mantenido rehén de la idea de una hermana perdida.

Sin embargo, tal vez para lo que Hero está programado no necesite recuerdos. O su creador simplemente no se molestó en construir un sistema de respaldo. La ira me sube por la garganta ante la idea de que quiénes somos esté determinado por cómo los demás pretenden utilizarnos. *Esto es una injusticia.* Lo confirmo cuando Hero dice, con el horror apagando su voz:

—Me lo he preguntado todo este tiempo. Si no me hubieras preguntado mi nombre, no me habría dado cuenta de que no tenía. Algunos días… ni siquiera puedo recordar cómo era o cómo hablaba.

Sin recuerdos… y sin personalidad. Recuerdo cómo Hero pasó de ser nervioso a ser escéptico para después pasar a ser sombrío cuando lo conocí por primera vez. Su naturaleza amable siempre ha sido una constante, pero el resto, ahora lo veo claro, nunca fue del todo estable.

Empuja la silla hasta conseguir un ángulo más pronunciado.

—Lo siento —dice de pronto.

—¿Por qué? —Su disculpa solo hace que me enfurezca más. No tenemos la culpa.

Incluso nuestros defectos están integrados en nosotros.

—A veces… pienso en todo esto desde tu punto de vista. Tres años en una isla, sola. Debiste haberte sentido muy feliz el día que me arrastró la marea. —Sonríe triste—. Y después resulta que no tengo nada que ofrecer. Sin objetivos propios, sin un pasado que compartir.

—Hero…

—Es difícil vivir por mi cuenta si ni siquiera me conozco. Pero sí que te conozco a ti. Estabas allí cuando desperté, llena de fuerza y dinamismo. Me hiciste querer vivir para ti. Por ti me gustaría ser todo lo que esperabas y más —susurra antes de apartarme la mirada, como si mirarme le doliera.

Siento mi ira congelarse. *No soy nada fuerte. ¿Crees que tengo mis propios objetivos? ¿Un pasado propio? Bueno, lamento decírtelo, pero todo es mentira. Y te he estado mintiendo. Lo siento.*

El hielo se derrite. Y me siento... triste. Por mí. Por nosotros. Merecemos alegría. Merecemos vivir sin la culpa de decepcionar a nadie.

Vivir sin culpa y punto.

Me muevo, deslizándome entre el extremo de la mesa y sus rodillas. Me coloco sobre sus rodillas. La silla cae de golpe sobre las cuatro patas.

Me siento a horcajadas sobre él, rodeando con mis brazos su cuello para que no tenga adónde mirar. Solo a mí.

—Nunca esperé a nada ni a nadie —digo—. Ni una sola vez en estos tres años. Julios, ni siquiera me di cuenta de lo sola que estaba hasta que apareciste. —Apoyo mi frente contra la suya. Puede que haya mentiras entre nosotros, pero ahora mismo solo le digo la cruda verdad—. No quiero «todo lo que esperaba y más»: te quiero a ti.

Fuera retumba un trueno.

Mientras espero una reacción, un mechón de cabello se me escapa de la oreja. Lentamente, Hero se acerca y lo coloca en su sitio. El roce de sus nudillos contra mi mejilla hace que resurjan recuerdos de otros chicos haciendo lo mismo.

Pero yo no soy Celia. Y Hero no es solo un chico más. Sus dedos son cuidadosos pero seguros. Se deslizan por mi costado y se detienen en mis caderas.

Me atrae hacia él mientras nuestros labios se tocan y su sujeción se vuelve más firme. Me muevo, deliberadamente, y su nuca arde bajo mi mano, pero no detiene el beso.

Engancho una pierna alrededor del respaldo de la silla para hacer palanca y me acerco hasta que estamos prácticamente al mismo nivel, el espacio entre nosotros se evapora mientras nos deshacemos de nuestros suéteres y revelamos nuestras verdaderas formas.

—Espera —dice separándonos.

—¿A qué? —Mis dedos ya están intentando deshacer el cordón de sus pantalones.

Intenta detenerme.

—Bailemos bajo las estrellas.

Le aparto la mano.

—Cliché.

—Demos una vuelta en barca a medianoche.

—Cursi.

Me agarra la muñeca.

—Pero si hasta mi nombre es cursi…

—¿Tú crees?

No creo que «cursi» sea la palabra que se le viene a la mente cuando me inclino y se lo susurro al oído junto con todas las otras cosas que quiero que hagamos.

Me aparto, satisfecha al verle las mejillas encendidas y los ojos sorprendidos. Afila la mirada. Con un suave movimiento se levanta y me agarra, con paso decidido.

Ya casi estamos llegando al dormitorio cuando nos acordamos de que no tenemos colchón. Al menos todavía tenemos la manta, que ahora vuelve a hacer las funciones de alfombra, y una puerta que nos dé algo de privacidad. Hero la cierra y me deja en el suelo mientras empieza a llover. Las gotas corren por el cristal de la ventana mientras nos tocamos. Pasamos de tocar tela a tocar piel. Los recuerdos de otras manos y otros chicos me resurgen al contacto con las manos de Hero. Pero esos recuerdos pertenecen a Celia.

Esta es mi primera vez.

Nuestra primera vez.

E incluso si Hero no tiene ningún recuerdo propio, todavía pregunta si lo está haciendo bien, si estoy bien, si necesitamos protección... Todas las cosas responsables que los humanos normales dirías. Su inocencia me duele, y antes de que ese dolor se convierta en culpa, lo hago callar con un beso y me pongo encima.

Nos hundimos en nosotros mismos. Nos movemos como las olas con los músculos tensos. Nos deslizamos el uno en el otro con cada respiración.

Después, nos tumbamos en la alfombra. Afuera la lluvia se calma igual que el latido de nuestros corazones. Se me enfría el sudor en los hombros. Me estremezco y Hero me atrae. Le coloco la cabeza debajo de su barbilla. Las puntas de su pelo me hacen cosquillas en la mejilla derecha. Me brotan las lágrimas. Salen silenciosamente, deslizándose sobre el puente de mi nariz y acumulándose en mi oreja izquierda. No son lágrimas de tristeza. Ni de felicidad. Solo... lágrimas. Cálidas como lo que siento entre las piernas. Real como las costillas que tengo debajo de la piel. Y por un momento, lo olvido. Todo. Solo soy un cuerpo acurrucado contra otro. Somos tan atemporales como las estrellas. Más bien como dos granos de arena antes de que suba la marea. Ahora estamos y después desaparecemos. Somos humanos.

42

Compartían la mirad del adn. Las mismas expresiones fenotípicas: los lóbulos de las orejas pegados al cráneo, los pies planos, las uñas muy cortas... También tenían los mismos rasgos de personalidad, como la incapacidad de conectar con otras personas y una sensibilidad por debajo de la media.

Pero cuando Kasey vio a su padre, deseó no compartir nada con él.

Amanecía en la ecociudad. Era martes y habían programado lluvias. David Mizuhara estaba en su habitación, sentado a los pies de la cama que compartía con Genevie. Ocupaba mucho más espacio funcional del necesario. Todos los muebles lo hacían; Kasey sabía que su padre podría haber vivido con mucho menos.

Se puso delante de él, pensando que quizás podría taparlo con su sombra, olvidando que en forma de holograma no modificaba el mundo. Incluso si lo hiciera, dudaba que él se hubiera fijado en ella.

—Lo sabías.

Como si saliera de un sueño, David levantó la vista.

—¿Kasey?

Ella proyectó el archivo clasificado del P2C y se lo pasó.

—Sabías que las tuberías tenían fugas.

—¿De dónde has sacado esto?

Ella era la que hacía las preguntas, no él.

—¿Por qué tanto esfuerzo en encubrirles?

David frunció el ceño. Por un segundo, pensó que podría defenderse. Luego suspiró, con el cansancio de quien ha defendido demasiadas veces su postura.

—Estaban entre los admitidos inaugurales tras la actualización de HOME. No supimos de la filtración hasta después. Dado el escrutinio de las partes interesadas, pensamos que lo mejor...

—Lo mejor.

—...Era taparlo —terminó David, sin que, aparentemente, le hubiera molestado el arrebato de Kasey.

HOME. HOME. Kasey volvía a tener ganas de romper cosas. Otra vez, el HOME de Genevie.

Había ensayado las palabras en su cabeza: *¿Sabes? Fuimos al estrato-0. Nadamos en el mar. Los toxímetros dijeron que estaba limpio. ¿Lo sabías? No. ¿Cómo ibas a saberlo? La maté, porque no había ningún riesgo. La mataste para que todos los demás estuvieran a salvo.*

Sin embargo, cuando buscó la ira para decirlo, se encontró con un vacío similar al que reflejaban los ojos de David.

—¿Y si esas filtraciones hubiesen provocado alguna muerte? —preguntó.

—¿Qué?

—¿Y si...? —insistió Kasey, y David se subió las gafas.

—El número de personas que mueren por exclusión de rango es aún mayor.

Según lo previsto en el Intrarrostro de Kasey, comenzó a llover. Pero no podía verlo en esta habitación, consistente en cuatro paredes sin ventanas, en la que estaba atrapada con su padre. Pero ese no era su padre. No el que había conocido cuando era niña: un arquitecto preocupado solo por sus planos, que no tenía ningún interés por la política o las personas y que trabaja desde casa mientras que su madre se desvivía, de gala en gala y de charla en charla en cada ecociudad y territorio, promocionando HOME y siguiendo su vocación igual que David seguía la suya.

¿Qué había cambiado?

Un día. Eso es todo lo que habrían necesitado, lo supieran o no. Un día en el que David Mizuhara las hubiese atrapado escabulléndose al mar y las hubiese detenido. Un día en el que hubiese hecho algo más que enviar un simple mensaje advirtiéndoles de que se alejasen del estrato-0. Un día en el que David estuviera, de verdad, presente.

Un día en el que se hubiera preocupado por ellas.

Kasey se dio cuenta de que lo que había cambiado era que, después de la muerte de su madre, su padre se había volcado en el trabajo de su esposa. Mantuvo vivos sus sueños mientras él se consumía como persona, actuando a modo de representante de su madre. Kasey no podía odiarlo, aunque lo intentara... y de verdad que lo intentó. Intentó pensar en un último comentario cortante. Pero renunció a ello.

Se desconectó.

Su conciencia volvió a su cuerpo en la robonave. Se le aceleró la respiración. Su visión mental estaba llena de alertas del biomonitor. Su frecuencia cardíaca había alcanzado un nivel crítico. Dos minutos más y ese ritmo se convertiría en cero.

La estupidez de sus acciones se hizo evidente. Podría estar muerta.

Muerta.

Igual que su padre. Y Actinium, si se hubiese montado en esa robonave. Toda su existencia la dedicó a rechazar los ideales que llevaron a la muerte de sus padres. Su rabia era como una hoguera, sí, pero sólo ardía en la oscuridad del ataúd que él mismo había construido.

La visión de Kasey se volvió borrosa; tenía los ojos anegados de lágrimas. No eran por Celia. Kasey no lloró por lo que no podía cambiar. Lloró por las personas que todavía estaban vivas, biológica y físicamente vivas, pero que también eran víctimas. Dejaron que los muertos vivieran dentro de ellos. Sus acciones no eran suyas. Eran robots, aunque de carne y hueso, con creencias y comportamientos reescritos como un código.

¿Y Kasey? Esta rabia no era la suya. No necesitaba la venganza para seguir adelante. No necesitaba combustible en absoluto. ¿Quizás era un prejuicio demasiado grande? Había muchos humanos de pleno derecho en este mundo. Una superpoblación, en todo caso, sumida en la desesperación y la euforia, en el amor y en los finales. Había suficiente placer y dolor. El planeta era un lugar muy caótico. Kasey no tenía que contribuir a ello.

Ella podía elegir.

Elegir la sensación fría y clara en sus mejillas mientras sus lágrimas se secaban.

Elegir su forma de vida.

¡Todavía estás despierta?

Lo pregunto desde la puerta. La luz de la luna se filtra por el hueco que he abierto. Ilumina parte de la cama, pero no el rostro de Kasey. Su «sí» flota en la oscuridad. La cruzo y me subo a su cama. Está acostada de lado. Imito su posición, frente a ella, veo que tiene los ojos abiertos.

—¿No puedes dormir? —Kay asiente.

—Yo tampoco.

Cada vez que lo intento, veo los robots que creó. Mi reacción inmediata fue de un horror, visceral y primario. Luego ese horror me caló en lo más profundo. Nunca supe que Kay estaba trabajando en esto. ¿Cómo es que nos habíamos distanciado tanto?

Kay está hablando. Su voz me saca de mis pensamientos.

—Todavía podemos permanecer en contacto. A través de mensajes o de hologramas.

—¿De qué estás hablando?

—De mi expulsión.

No lo suaviza. Lo dice tal y como es. Sin miedo. Lo había aceptado. Ahora recuerdo por qué fue tan difícil estar cerca de Kay después de que mamá muriera. Verla tan autosuficiente solo me hizo sentir más destrozada aún de lo que ya estaba. Estaba acostumbrada a ser la persona en quien la gente confiaba, por lo que odiaba la forma en la que Kay me hacía quedar como una chica destrozada por cosas abstractas. Como el amor de mamá. No es que hubiese perdido ese amor, pero sí mi capacidad de ganármelo, de ser una hija digna de atención en un mundo que compite por ello.

Lo que le dije a Kay en ese momento, cuando vi su rostro sin una lágrima, fue imperdonable. Si nos hemos separado ha sido culpa mía. Es más fácil perderme en otras personas que mirar a Kay a la cara y saber que incluso disculparme mil veces solo sería para consolarme. Jamás reconocerá haber sufrido cuando sí que lo ha hecho. Tanto como para construir una versión robot de mamá. Y eso me hace sentir muy mal. Retiré lo que le dije, pero desearía poder hacer más.

—No te van a expulsar —digo.

—Es la ley.

—La ley sirve al pueblo —Kay no responde—. Kay, escúchame. Perteneces a este mundo, ¿me has oído? —Cierra los ojos y me acerco a ella—. Perteneces a este mundo —le digo, acariciándole la parte posterior de la cabeza. La tiene pequeñita. Dentro hay mucha inteligencia, pero no deja de ser una niña de once años. Y, cuando me necesitó, no estuve ahí.

Pero eso va a cambiar. A partir de este momento, seré una hermana mejor.

Espero hasta que se duerme y me levanto de la cama con cuidado para no despertarla.

Papá no está en su habitación. Entro en la mía, me meto en mi cápsula de inmovilidad, y me holografío en la sede del P2C. Allí lo encuentro en su escritorio. Trabaja en la legislación de mamá. Solía pensar que su determinación por terminarla lo honraba. Ahora solo siento asco. Nosotras, sus hijas de carne y hueso, también lo necesitamos. Y, cuando agarro su silla por la espalda y la giro, dudo que sea siquiera consciente del problema en el que se encuentra Kay.

—¿Qué...? ¡Celia!

*—Tienes que ayudarla —le digo—. ¡Despierta! —Agarro la
silla por los reposabrazos y la sacudo—. ¿Acaso la quieres perder también a ella?*

La luz del sol atraviesa las cortinas y evapora los sueños
como si fueran niebla sobre el mar. Pero no deshace el
nudo que tengo en la garganta ni las lágrimas aún frescas
que me inundan la cara. Estoy tumbada en el suelo del
dormitorio de M. M., entre los montones de ropa que nos
quitamos anoche. Tengo la piel seca y tirante.

Está claro que la felicidad hace aflorar los recuerdos.

Al menos todavía estoy en la casa. Y pensar que solía
tener miedo de despertarme en mitad del océano… Ahora
tengo miedo de encontrármela mientras duermo, y lo digo
tanto en un sentido físico como figurativo. Tengo miedo
de ver sus ojos cada vez que cierro los míos. Estaba asustada y tomé la decisión equivocada: a pesar de todo, ella
es mi Kay y yo no soy Cee, sino Celia. Mi mano todavía
puede sentir la redondez de la cabecita de Kay. La seda de
su cabello. Mi corazón recibe los recuerdos falsos como
una esponja y los absorbe hasta sentir que podría estallar
y salir corriendo hacia el mar en ese mismo momento si
no fuera por nuestras piernas entrelazadas y por el brazo
de Hero, cuyo peso siento alrededor de la cintura.

Me muevo para ponerme de cara al chico que ofrece
una nueva estabilidad. El flequillo le cubre el ojo derecho.
Tiene los labios ligeramente entreabiertos mientras duerme. Paso la yema del dedo por el inferior, sonrío cuando
recuerdo la forma en que juzgué su rostro, el primero que
había visto en tres años. Entonces mi sonrisa se desvanece.

Debieron crearme para parecerme a Celia. ¿Habrían
hecho lo mismo con Hero? ¿Se parecería a alguien?

¿Y qué si era o si no era así? Su rostro le pertenece. Él le da vida, no al revés. Su presencia ha crecido en mí. Lo veo tan hermoso como su voz. Me embebo de su visión durante un minuto, luego me libero, agarro una toalla del baño. Me cubro como si llevara un vestido sin tirantes y me dirijo a la cocina, donde preparo un poco de té de hojas de diente de león. Lo bebo como si lo hiciera de una taza de porcelana fina. La cerámica caliente es casi dolorosa, pero incluso el dolor es una sensación. No puedo imaginarme sin sentirlo. No puedo imaginar lo que sería no poder sentir el vapor en la cara, ni el viento del mar, tan enérgico cuando abro la puerta a un cielo azul brillante salpicado de gaviotas blancas.

Mis días de ver en blanco y negro me parecen un sueño extraño. Tal vez me pase lo mismo con esta inquietud que siento en las entrañas, o con la culpa de mentirle a Hero. Quizás llegue ese momento una vez que ya no importe si somos humanos o no y estemos los dos solos en este mundo.

Solos en este mundo.

El té que acabo de tragar me sube por la garganta. Cierro la puerta, preparo otra taza y la dejo en el suelo del dormitorio mientras me arrodillo junto a Hero.

—Oye —le digo palpándole el hombro—, levanta, dormilón.

No se despierta. Me da envidia. Sin pesadillas. Sin caminar hacia el mar. Pero así es como debería ser. Así será, si puedo aguantar tres días más. Uno, en realidad, si tardo dos para nadar hasta la cúpula.

Un.

Día.

Más.

Hero ha sido inteligente al dormir. Le dejaré descansar. Empiezo a incorporarme.

Una mano se cierra alrededor de mi tobillo.

Hero deja escapar un gemido de dolor cuando caigo sobre él.

—Te lo mereces —digo, rodando para ver sus ojos húmedos.

—Quédate.

—Oblígame.

Inclina la cabeza hacia un lado. Antes de que pueda darme cuenta, estoy tumbada boca arriba y lo tengo encima.

Me desabrocha la toalla. Mi piel se eriza por la repentina avalancha de aire. Intento cubrirme con los brazos.

Me frena. Me abre la toalla, con cuidado, con ternura, con reverencia, como si fuera un pájaro de origami y él estuviera aprendiendo a construirme. Siento cada lugar donde posa los ojos. Se sonroja. Celia está acostumbrada a tener encuentros apasionados en la oscuridad, como el de ayer. Pero hoy el cielo está despejado y sale el sol, los rayos entran por la ventana y nos vuelve a hacer sentir desnudos.

La luz ondula sobre los hombros de Hero mientras se inclina hacia mí.

Me besa en el hueco que tengo entre las clavículas.

Sigue en línea recta hacia abajo, desde la garganta hasta el esternón y el ombligo. Más allá del ombligo, hasta un punto en el que sus labios vacilan, y me parece que va detenerse para tomar aire.

Pero no lo hace.

Los mareos comienzan por la mañana y empeoran por la noche. No podría haber sido peor. Es el decimoctavo cumpleaños de Tabitha, y he hecho todo lo posible para que catorce personas

entraran en πthons, uno de los pocos clubes que no son para hologramas. El solo hecho de venir aquí hará que nuestros rangos aumenten en una décima. Pero solo cumples la edad legal una vez en la vida, y, cuando Tabitha insistió en quedarse conmigo en la barra, le dije que ni de broma.

Le pedí a Rach que se quedara conmigo para que Tabitha se fuese a bailar a la pista.

—Gracias —le digo a Rach. Estamos en la barra mientras los demás bailan, la antigravedad y la máquina de humo hacen que parezca como si estuvieran flotando sobre las nubes—. Te debo una.

—No te preocupes, los pies me estaban matando —dice Rach encogiéndose de hombros. Luego me pregunta si quiero un détox o alguna otra cosa.

Da por hecho que estoy borracha. En realidad, ha pasado casi un año desde que me pasé con los chupitos de Allegro. Desde que solucioné lo mío con Kay, he tratado de no preocuparla. No le gusta que llegue a casa borracha o que salga hasta muy tarde. Por eso me he escapado esta noche.

—Un détox suena bien —digo. No puede hacer daño. Incluso podría ayudar. Me he sentido fatal toda la semana. Sudores nocturnos, manos frías, temblores en clase de yoga. Ahora me froto las yemas de los dedos. Me hormiguean, las siento como entumecidas. Quizás sea hora de reinstalarme el biomonitor y sus notificaciones. Eso es. Por más molestas que sean las alertas, no puedo cancelar mi plan de cobertura médica de la ecociudad eliminando la app por completo.

—Un détox para ella y una galaxia para mí —dice elle al camarero mientras yo miro hacia la pista para ver si Tabitha se está divirtiendo.

De primeras no consigo verla. Buzz está hablando con Joelle. Zane, Ursa, Denise y Logan están haciendo una especie de concurso de baile que se les ha ido de las manos. Aliona se ha subido al escenario y se ha hecho con el micrófono, y Rae está ocupada

seduciendo a uno de los DJ. Luego veo a Lou, a Perry y... a
Tristan. Con Tabitha.

Le rodea la cintura con el brazo. Ella se ríe de algo que él
dice.

—Iba a decírtelo, pero le daba pánico —*murmura Rach en*
mi oído.

—Ah, ¿sí? —*me froto las manos, las tengo tan dormidas*
que apenas las siento.

—Sí. Por eso le dije que te lo diría yo. Pero se me olvidó.

—Por supuesto —*bromeo. Rach tiene una memoria terrible.*
Todos tenemos claro que elle se olvida de las cosas en cuanto sale
por la puerta.

—Sí, sí. Pero no te molesta, ¿no?

Sacudo la cabeza y Rach asiente.

—¿Quién necesita a Tristan cuando puedes tener a cualquier pez del mar?

El camarero nos pasa nuestras bebidas y me guiña un ojo.
Sonrío y luego miro a Tabitha y a Tristan.

Puede que Tristan parezca todo músculo, pero es un apasio-
nado de la síntesis de nutrientes. Y a Tabitha le encanta codifi-
car experiencias culinarias virtuales. Serán una pareja perfecta.
Además, fui yo quien rompió amigablemente con Tristan. No
debería enfadarme. Y no lo hago, me digo. Decido pedirme otra
galaxia yo también. Rach sonríe y levanta su bebida para brin-
dar conmigo.

—Por la graduación.

—Por la graduación —*sonrío a pesar de mi ansiedad.*

Todavía no sé qué quiero hacer ni qué se me da bien. Ester
le dijo una vez a mamá que yo tenía la compasión necesaria
para ser médica, pero ninguna de las dos vivió para verme apro-
bar química por los pelos. No soy tan inteligente como Kay ni
tan entusiasta como mamá. No tengo la vocación de mejorar el
mundo y, por mucho que me guste ayudar a la gente, no creo
que pueda soportar tener vidas en mis manos.

Supongo que todavía tengo tiempo, *pienso, y me bebo el vaso de un trago.*

Unos minutos después, el mundo empieza a darme vueltas. Me siento ligera. Le digo a Rach que tengo que ir al baño. Apenas consigo entrar en el cubículo cuando vomito en el inodoro.

Ya está. Biomonitor, tú ganas. Reinstalo las notificaciones. La aplicación ha estado inactiva durante tanto tiempo que necesita actualizarse. Mientras lo hace, me enjuago la boca en el lavabo y veo mi cara en el espejo. Frunzo el ceño y me toco el hematoma que tengo en la comisura del labio. No recuerdo nada. Saco el corrector del bolso.

La chica del espejo parece triste. Quizás los clubes ya no sean lo mío. La música, en realidad, me cansa. Prefiero el sonido del mar.

—¿Celia? —dice una voz en la entrada del baño. Miro, veo que es Tabitha—. ¿Está todo bien?

—Nunca he estado mejor.

Abro el corrector. Aplico, mezclo, matizo. Chúpate esa, hematoma.

—¿Es Zika Tu eso que suena? —pregunto, acercándome a Tabitha, pasando mi brazo por el suyo y engatusándola para que salga por la puerta.

Duda. Lo entiendo. Se acercó a Tristan y luego me vio correr hacia el baño. Es difícil no sacar conclusiones precipitadas, especialmente si, en palabras de Rach, le daba pavor acercarse a mi ex.

Pero todo está bien. Le aprieto el hombro.

—Me alegro mucho por ti, Tabby.

Sé que entenderá lo que eso implica y, tras un instante, sonríe. Le devuelvo la sonrisa; la suya se hace más grande.

Lo de ver prosperar a las personas que me rodean me da la vida.

Se acabó estar de bajón. A pesar de mis mareos, me uno a todos en la pista y bailo dándolo todo. Sigo bailando incluso

cuando mi biomonitor termina de actualizarse e inunda mi
mente con advertencias, citaciones del hospel y un pronóstico
que responde a la pregunta de qué será de mi futuro después de
la secundaria. Lo que hago es seguir bailando. En dos meses, mis
amigos se irán a la universidad, a firmas tecnológicas, y harán
algo con sus vidas.

Y yo estaré muerta.

Vivimos sin sentir vergüenza. Hablamos, reímos, respira-
mos y hacemos un montón de cosas que nos dejan sin hablar, sin risa y sin aliento. Cuando llega el momento, nos
vestimos con el más ridículo de los suéteres de M. M. y
nos ponemos unos pantalones. Cuidamos del ñame, orde-
namos la casa y esbozamos el diseño de un barco real. Me
doy cuenta de que Celia nos habría envidiado. Esto es lo
que anhelaba: una vida con propósito y significado. Una
vida en la que crear algo con las manos. El día es perfecto.

Pero no dura mucho.

El tirón comienza al atardecer. Lo ignoro al principio, al
igual que ignoro el flujo de recuerdos, y continúo barriendo
el porche junto a Hero. Pero el tirón en mis entrañas se in-
tensifica. Manchas negras me devoran la visión. Siento que
mi corazón es demasiado grande y mis pulmones demasiado pequeños. No hay suficiente espacio dentro de mí para
que circulen la sangre, el aire y los recuerdos.

Le digo a Hero ahora vuelvo, corro al muelle y vacío
allí el estómago. Las olas se llevan consigo las peores partes de mí. Nadie sabrá que yo, Cee, vomité en el mar. Y
nadie sabrá que, en algún lugar de las profundidades, una
chica llamada Kay está muriendo en una cápsula.

Su mirada atónita vuelve a aparecerme en la mente.
Este es el momento que me supera. El momento en el que

olvido que yo no era su hermana. El momento en que me acuerdo de todo.

«Nunca la viste morir», le había dicho. «La», no «me». A Celia, no a Cee.

Porque soy Cee. Yo estoy viva y Celia está muerta. *Soy Cee*, pienso con rabia mientras me despojo de los últimos restos de negación. No soy Celia. No soy humana. Esa es la paradoja: para creer en mí misma, también debo aceptar quién soy. Lo que soy.

Un robot.

Como robot, tal vez no merezca vivir tanto como un humano.

No. No quiero pensar eso. El sol se pondrá. La luna saldrá. Y entonces será de nuevo el turno del sol y todo habrá terminado. *Todo habrá terminado*, pienso, temblando a partes iguales por la aprensión y la anticipación, con náuseas ante la enormidad de lo que sucederá, que es lo que debe de suceder. Estoy tan perdida en mis pensamientos que no lo oigo acercarse. Desliza los brazos alrededor de mi cintura y mi corazón se agita, para luego relajarse latiendo al mismo tiempo que el suyo.

—Estás temblando.

—Tengo frío —digo, y Hero me abraza más fuerte. Estamos juntos, escuchando el mar a nuestro alrededor y bajo nosotros, lamiendo las tablas del muelle. El cielo arde, de un naranja brillante.

—¿En qué piensas? —murmuro.

—En ti —dice. Pongo las manos sobre las suyas—. Y en cómo aún puedo perderte.

¿Por qué? Pero la respuesta está ante nosotros. El muelle es una península entre dos mundos y sé exactamente a cuál se refiere Hero. Le aprieto las manos.

—Ella no está ahí afuera. —Él no responde—. Dime que es una estupidez. —Sigue sin responder—. ¡Dilo! —Me doy la vuelta y le golpeo suavemente el pecho con el puño. Me deja hacerlo—. ¡Dilo, maldita sea!

—Ella siempre va a estar ahí afuera —dice finalmente, expresando exactamente lo contrario de lo que necesitaba escuchar—. Mientras existas seguirás teniendo esperanza.

¿Esperanza? Tengo pavor, pánico, culpa y miedo, pero no tengo esperanza. Ninguna en absoluto. Pero Hero no lo puede saber. Todavía cree que quiero encontrar a Kay. No sabe que encontrar a Kay significaría perderme a mí misma. Es cierto que no creo que mi vida valga mucho, pero a diferencia de Celia no me importa lo que piensen los demás. No necesito complacer a mis amigos. He sobrevivido tres años abandonada en una isla, joder. Me tengo a mí misma. Y a U-me.

Y a él. Aparto el puño del pecho de Hero y levanto la mirada.

—¿Qué quieres? —Hero no responde—. ¿Quieres que me vaya?

Toma aire.

—No me preguntes eso.

—Demasiado tarde, ya lo he hecho.

Se le ensombrece la mirada.

—Quiero que te quedes —admite finalmente—. Quiero hacer que te quedes. De todas las formas posibles. Pero... —me estremezco ante la palabra, aunque ya la intuía— no quiero ser lo que te ate a esta isla. —Da un paso atrás—. Sé que no es mucho, pero lo único que tengo son mis principios.

Y no necesita más. ¿Cómo se le digo? ¿Que no es menos humano que yo solo porque no tenga recuerdos, un pasado u otros seres queridos?

—Escucha, amor...

Me detengo al notar que Hero se pone rígido. Mantiene la mandíbula fuertemente cerrada.

Su mano sale disparada hacia mi garganta.

Lo esquivo… por los pelos. Me alejo y Hero se gira hacia mí, de espaldas al mar. Tropiezo y la adrenalina me recorre las venas, pero no tengo miedo. En realidad, no está intentando matarme. Ni siquiera puedo morir. No pasa nada. No pasa nada. No pasa…

—¿Qué…? —Hero levanta de nuevo la mano. Sus uñas me arañan el cuello y el dolor centra mi mirada en su rostro.

Tiene la cara deformada por el horror y la confusión.

Me siento mareada. Está intentando matarme, como las otras veces. Pero a diferencia de las otras veces, es 100% consciente de ello.

—Hero…

Se aleja de mí y se sujeta el brazo derecho con el izquierdo. Es como si hubiera dos personas peleando en su cuerpo. Es una visión aterradora. Cuando finalmente consigue controlar sus brazos, los míos están petrificados de miedo.

—¿Qué ha sido eso? —jadea, con la frente cubierta por una capa de sudor.

La mentira me inunda la boca. Le diré que nunca había pasado antes, lo abrazaré hasta que el incidente se desvanezca de su mente y de la mía.

Pero su atormentada expresión me impide mentirle de nuevo.

Y le cuento la verdad.

44

—*T*ú.

Una acusación. Una pregunta. No esperaba verla. ¿Por qué lo habría hecho? Regresaron a la ecociudad hace cuatro días porque su estancia en el Territorio-4 se había visto truncada cuando los delegados se retiraron. El fracaso de la Operación Reinicio parecía casi inminente; no habían hablado ni se habían encontrado cara a cara. La marca de la mano en la mejilla de Actinium se había desvanecido, pero el dolor que Kasey le había infligido era real.

Él también la había herido. Primero con mentiras, luego con la verdad. Estaban en paz.

Para desdicha de Actinium, Kasey iba a por todas.

—He venido a hacerme un tatuaje —dijo.

GRAPHYC estaba a reventar. Puede que el mundo se estuviera acabando, pero todavía habían de realizarse modificaciones corporales. Jinx le gritó a uno de los empleados que dejara de espiar y Kasey escuchó cómo la cortina de detrás de ella se abría. Dividía el frente de la tienda de la parte trasera, que es donde estaba el espacio de Actinium. Estaba parado bajo el dintel, sin dejarla pasar. En la cara tenía una expresión de «¿Estás de broma?». Ya le gustaría a Kasey.

Cualquiera que los viera pensaría que tenían asuntos pendientes. Pero ella sabía exactamente cómo se había tomado Actinium su última interacción. Él le había abierto su corazón y ella había huido. Ella le había preguntado si esto era lo que quería cuando en realidad, se lo estaba preguntando a ella misma, y él lo había notado. La había puesto al límite a modo de prueba; ella había dudado, incapaz de arriesgarse. Su elección, fuese la que al final fuese, no era la misma que la de él.

Como equipo, estaban acabados.

Pero Kasey todavía tenía asuntos pendientes con Actinium.

—Encontré tus horarios —dijo—. Sabía que estabas trabajando.

Dio un paso adelante. Él se mantuvo firme. No importaba. Había suficiente espacio para que ella pudiera entrar. Él se puso rígido cuando sus hombros se rozaron, antes de girarse para mirarla.

—Yo hago los diseños —su voz era puro hielo.

—Mi diseño es simple.

—No hago tinta.

—¿No haces o no sabes hacerlo? —le desafió Kasey.

Actinium respondió tal y como ella pensaba que iba a hacerlo: cerrando la puerta tras él. Un clic y, de repente, el pequeño espacio se hizo aún más pequeño. En él había un sillón reclinable verde, un taburete, archivadores y dos monitores grandes encima de un escritorio. Sin decoración y utilitario, como su unidad, a excepción de un conejo. Un conejo gris que estaba tumbado durmiendo sobre el teclado.

Kasey se dio cuenta de que eso no era un gato.

Otra más de las muchas mentiras que se había tragado.

Un holograma apareció flotando ante su nariz interrumpiendo su estudio del mamífero.

—Firma la exención —pidió Actinium. Y Kasey lo hizo, exonerando a GRAPHYC por cualquier complicación posterior al procedimiento—. Se paga por adelantado.

Kasey transfirió la cantidad. Eso hizo que Actinium se detuviera. Ella había dicho que esto no era una broma, pero él no la creyó. ¿Hasta dónde estaba dispuesta a llegar?

—¿Qué vas a querer? —preguntó, sardónicamente.

¿Qué vas a elegir?

Le dijo lo que quería. Él apretó los labios y se guardó su opinión. La hizo sentarse y luego se puso un par de guantes negros antes de colocarse en el taburete. Situó un reposabrazos entre ellos. El conejo sobre el escritorio siguió durmiendo.

—Dame la muñeca.

Kasey extendió la derecha. Actinium la colocó, con las venas hacia arriba, en el reposabrazos.

Los siguientes minutos transcurrieron de manera procesal. La aplicación de desinfectante y luego una especie de crema anestésica fueron un recordatorio de que iba a doler. La máquina portátil zumbó cuando Actinium la encendió. A Kasey se le puso la piel de gallina. Sintió un pequeño escalofrío ante la ligera presión de la mano de él en su muñeca. Bajó la cabeza y esperó, dándole una última oportunidad de arrepentirse.

—Empieza —ordenó Kasey, y sintió la primera picadura, que pronto empezó a quemar.

Conoces todos mis secretos: los que he contado y los que no.

Kasey observó cómo la tinta se extendía en su piel y se fundía con sus células. ¿Por qué, se había preguntado antes, querría alguien alterar sus cuerpos carnales cuando había opciones menos permanentes como los hologramas? En su caso, había necesitado una excusa válida para estar allí en persona. Tenía que garantizar, mediante pago, que dispondría de cierta cantidad de tiempo de Actinium. Esa era una buena razón para sentarse en esta silla, como lo había hecho Celia, y así poder confirmar su último secreto.

—Sabías que ella iba a morir.

Tenía la cabeza tan inclinada que casi podía ver a través de su cráneo. Habría reconocido a Celia... si no al primer vistazo, sí en el momento del pago. Habría extraído su Intrarrostro como ella le había pedido, y lo había destruido ante los ojos de Celia. Pero, durante ese proceso, también habría descubierto por qué había venido. Resultaba muy fácil hacerlo; solo se necesitaba de un rápido hackeo a su biomonitor. Kasey habría hecho lo mismo. ¿Una chica de uno de los estratos superiores que pedía que le extrajesen su Intrarrostro? El misterio habría sido demasiado tentador para resistirse.

—Sabías que estaba enferma, y aun así la dejaste salir por esa puerta.

Esperaba volver a encontrármela si las circunstancias lo permitían, diría Actinium. Como si las circunstancias no pudieran diseñarse. ¿Qué mejor manera de volver a entrar en la vida de Kasey que con el pretexto de una pérdida compartida? Una hermana. Un ser querido. Que la muerte de Celia fuera causada por un error igual que lo fue la muerte de sus propios padres habría redondeado las cosas.

—Querías que tuviéramos ese vínculo —continuó Kasey, con la voz firme.

También estaba firme la mano de Actinium mientras continuaba entintando. La línea oscura creció alrededor de la muñeca de Kasey.

Se detuvo.

—Fue su decisión.

Eso era justo lo que Kasey había dicho cuando se enteró de la enfermedad de Celia. Su segundo corazón no era por entonces más que una semilla, y aún no se había despertado su ira contra Celia por haber renunciado a Kasey. Actinium la había desbloqueado. Ahora ya había visto lo que se podía hacer en nombre de la ira y del amor, y entendía por qué la mayoría de las personas no podían controlar cómo actuaban. Era algo biológico. Si pierdes una extremidad, sangras. El dolor era directamente proporcional al valor de lo perdido.

Para Kasey, Celia no era un órgano ni un miembro. Era una luz que Kasey, como humana y no como planta, no necesitaba para sobrevivir. Aun así, extrañaba su calidez. Su muerte había dejado el cielo de Kasey sin sol.

—No me importa lo que ella eligiese —le dijo a Actinium con la voz ronca—. Sabías lo que significaba para mí.

La aguja se detuvo.

—¿Y tú? —Actinium por fin levantó la cabeza. Tenía fuego en la mirada. Estaban muy cerca, pero cuando Kasey midió la distancia entre sus caras con el Intrarrostro, todavía estaba demasiado lejos—. ¿Sabes lo mucho que significaste para ella? Cuando digo que ella eligió esto, quiero decir que ella te eligió a ti. Ella decidió irse y aceptar su destino porque sabía que intentarías convencerla de que no lo hiciera. Ella no quería que te metieras en la cápsula.

Kasey no lo entendía.

—¿Qué quieres decir?

Actinium había chasqueado la lengua y parecía desesperado.

—Te niegas a verlo. Me planteé mucho tiempo cómo contarte la verdad sobre Celia. Pero entonces apareciste y estabas demasiado dispuesta a creer que yo la amaba aunque no tuvieras ninguna prueba. Para alguien tan analítico, asumiste demasiadas cosas.

¿Y qué? Todo el mundo tenía excepciones para sus normas. Celia era la de Kasey.

—Tú permitiste que lo hiciera.

Un músculo se tensó en la mandíbula de Actinium. ¿Acaso era arrepentimiento lo que Kasey veía o, por el contrario, era solo un efecto de la luz? La aguja volvió a la carga antes de que pudiera decidirse y ella hizo una mueca por culpa del pinchazo.

—Planeaba decírtelo cuando fuera el momento adecuado —su voz se convirtió en un murmullo—. Claramente estaba justificado. Pero lo entendiste todo demasiado pronto… y mira dónde hemos terminado.

El zumbido llenó el silencio. El conejo dormido movió la nariz.

—No —dijo Kasey en voz baja. Siguió los movimientos de la mano de Actinium mientras repetía el acto de punzar, levantar y secar—. Estaba claro que acabaríamos así. —Punzar, levantar, secar—. Tu verdad me mostró que debo vivir la mía.

—¿Y cuál es? ¿Esta? —Punzar—. Incluso ahora te encadenas a ella. —Levantar. Pero sin secar. El exceso de tinta se deslizó sobre la piel de Kasey—. Crees que eres inferior a ella, pero no lo eres. Mírame —dijo, y Kasey lo hizo, inclinándose levemente hacia delante. Uno. Dos. Tres segundos, a la distancia solicitada—. Eres brillante —dijo Actinium, en perfecta armonía con el sonido que en la cabeza de Kasey indicaba la finalización del proceso. Una ventana emergente apareció en su mente.

ESCANEO COMPLETO

Tenía lo que necesitaba. Había elegido, al igual que él. Su venganza no era la de ella.

Ya era hora de dejarlo ir.

Pero eso significaría renunciar al chico que, a su retorcida manera, había estado ahí para ella mientras aceptaba la muerte de Celia. El chico que había construido un escudo alrededor de la isla para proteger a sus seres queridos y entregó sus protecciones sin pensarlo dos veces a una médica de las que estaba en primera línea. Es posible que sus creencias hayan dejado atrás a las de sus padres, pero Kasey aún veía en él un destello del niño de la fotografía. Estaba de pie entre Ester y Frain y había sido criado en la ética de la medicina. Llevaba el nombre del científico que descubrió el actinio elemental, el elemento clave para curar los cánceres de antaño. Era el chico de ojos oscuros que siempre andaba escondido, y de quien Kasey también se había escondido. Habían sido similares desde el principio. Parecían decididos a ser extraños, aunque solo fuera para resistir los intentos de socialización de sus madres.

Si ella iba a irse, tenía que ofrecerle a él lo mismo.

—Podríamos liberarnos de ellos —dijo. *De los muertos.*

—La libertad es una forma de huir.

—Elige la ciencia conmigo.

—La ciencia… —dijo Actinium jocosamente—. Como si cada cura no permitiese la creación de una nueva enfermedad.

—Pues la curaremos.

—La enfermedad es la gente, Mizuhara.

Kasey guardó silencio. Echaría de menos debatir con él, no había ningún tema demasiado delicado. Echaría de menos… esto. Este lenguaje en común que tenían, aunque estuviera basado en mentiras.

Actinium también debió sentirlo. Cuando volvió a entintar, le temblaba la mano.

—Pensé que lo entenderías —su voz sonaba más joven—. Que, de entre toda la gente, tú sí que lo entenderías.

Sí, Kasey la rara. La de la mente científica que, igual que él, había construido robots. La única persona que lo sabía todo sobre él.

Y, por ello, la única persona que podía detenerlo.

—Sé que lo sabes —dijo Actinium, con la mirada aún baja. A Kasey se le congeló momentáneamente la respiración—. No me perdonarás nunca. Tu lógica solo llega hasta ella.

Y la tuya hasta tus padres. La lógica terminó donde empezó el amor.

Si Kasey hubiese amado a Actinium, habría eliminado a sus padres de su memoria. A otros les parecería cruel; a ella, un gesto amable. Podría vivir su vida liberada de la de ellos. Pero Actinium tenía razón. Ella nunca lo perdonaría y, por tanto, nunca lo amaría. Seguir su corazón significaba seguir la lógica, no dejar lugar a actos aleatorios de amabilidad. La lógica le decía lo siguiente:

Con el tiempo, la humanidad necesitaría la Operación Reinicio, y mientras Actinium estuviera ahí fuera, al tanto de su funcionamiento interno, podría hackearla y usarla para sus propios fines. Kasey no podría deshacerse del motor que lo movía, pero podría eliminar el combustible que lo alimentaba.

Revisó el tatuaje. Aún no estaba terminado.

Así se quedaría, entonces.

—Lo siento —dijo Kasey.

Acababa de piratear el biomonitor de Actinium con la información de la retina que había escaneado, exactamente igual que una vez que lo hizo con el de Celia. Dada la cantidad de veces que habían discutido el plan, modificando diversos ajustes, le habría llevado demasiado tiempo establecer los parámetros. Entonces Kasey hizo lo más infalible.

Para cuando el conejo del escritorio se despertó, ya tenía todos los recuerdos que Actinium atesoraba sobre ella.

𝍤 𝍤 𝍤 𝍤 𝍤 𝍤
𝍤 𝍤 𝍤

Se lo cuento todo. Sobre Kay. Sobre mí. Sobre las instalaciones que hay en el fondo del mar. El tiempo no se detiene durante mi confesión, y el naranja del cielo se oscurece hasta volverse rojizo. Las nubes parecen cicatrices del cielo. El mar se vuelve sangre en el horizonte, el sol perfora su piel azul marino. Nuestras sombras se extienden sobre los tablones del muelle y, para cuando acabo, la de Hero me toca los dedos de los pies.

Por fin, me dice:

—¿Cuántas veces he intentado matarte? —Una vez en la playa. Probablemente otra en la cresta. Una vez en Genevie, y otra vez justo ahora—.¿Dos? —pregunta Hero.

—Tres —le contesto yo. Guarda silencio—. Tal vez cuatro —agrego con voz calmada.

El sol desaparece en el horizonte. El aire se enfría. La marea avanza en una mancha de color negro azulado. Moja las tablas y nos salpica los pies. Mientras, Hero comienza a caminar de un lado a otro.

Se detiene repentinamente. Se cubre la cara con ambas manos antes de pasársela por el pelo y luego se gira hacia mí.

—¿Por qué no me lo dijiste?

Porque quería protegerte y porque, en el fondo, no me importa. Porque somos reales. Pero cada razón que se me ocurre me suena a excusa. Al mentirle, elegí por él. Igual que Kay eligió por mí. Le quité su autonomía.

—Lo siento —susurro.

Mis palabras son insignificantes.

Se le acelera la respiración. Yo tuve todo el tiempo del mundo. Pude llegar hasta el fondo del océano para descubrir que no era humana. Él apenas ha tenido unos minutos.

—Hero... —empiezo, pero él ya ha empezado a caminar por el muelle—. ¡Hero! —Me giro, pero no le sigo. No me lo merezco; necesita espacio y tiempo.

Esa noche no vuelve a casa.

Alrededor de la medianoche lo busco por la orilla y en la cala. Pero no tengo suerte. El viento empieza a soplar fuerte. U-me me saluda en el porche cuando regreso, pero no tengo la energía para entretenerla. Me siento en el sofá con las rodillas pegadas al pecho y los brazos cruzados sobre las rótulas. Entierro la cara en el hueco de las extremidades. En algún momento, mi mente se vuelve tan oscura como mi visión. Esta vez vuelvo a mis viejos sueños. Las imágenes de referencia (polos de cereza que se derriten demasiado rápido, un vestido de lentejuelas que se ajusta a mi cuerpo como una segunda piel y la mano de Kay, alcanzando la mía mientras bajo una escalera blanca para unirme a ella en el mar) son casi reconfortantes. Incluso aunque me despierte con lágrimas en los ojos. Me las limpio antes de ir a la cocina y preparo té como si fuera parte de una rutina normal. Me tiemblan las manos.

Último día.

La puerta de la cocina se abre mientras lleno una taza, o intento hacerlo. No consigo apuntar y la mayor parte del té se derrama por la encimera. Levanto la vista de mi desorden y encuentro a Hero en la puerta, con la misma ropa que ayer y con el pelo alborotado.

—¿Dónde has...?

Lanza su boca contra la mía antes de que pueda terminar. Le devuelvo el beso; él se separa para levantarme del suelo.

Terminamos en la encimera (encima de ella, contra ella, con la ropa medio puesta y medio quitada). Nuestro ritmo es irregular, como los sonidos que no logramos hacer desaparecer. La encimera se me clava en el coxis. Le clavo las uñas en los hombros mientras nos separamos.

—¿Estás bien? —es lo primero que pregunta Hero después de recuperar el aire lo bastante como para poder hablar. Tiene la respiración entrecortada y apoya la frente contra mi hombro para recuperarse.

—Mejor que bien —jadeo en respuesta.

Nos abrazamos como si fuéramos frágiles. Pero no lo somos. Puede que estemos sin aliento en este momento, pero no lo estaremos para siempre.

—¿Cómo puede ser? —susurra Hero contra mi hombro. Levanta la cabeza para mirarme, y la confusión en su mirada me abrasa como una llama—. Tú y yo... nos sentimos tan reales.

—Somos reales, Hero.

—Pero también lo es la gente...

Le cierro los labios con los dedos.

—No pienses en ellos.

—Pero tengo que hacerlo. —Me retira la mano—. Porque si decides despertarlos, a lo mejor intento detenerte o incluso matarte. Lo peor es que no sé qué podría hacer, Cee —me confiesa—. Simplemente no lo sé.

—Shhh... —le sujeto la cabeza entre las manos y lo atraigo hacia mí. Sus lágrimas corren cálidas por mi pecho y bajan por mis costillas—. No pasa nada —le digo, aunque mi propio corazón se aferra a los falsos recuerdos de Kay. Hero y yo somos iguales. Lo único que podemos hacer es vivir y sentir todo lo que podamos, rebelarnos contra la vida y los sentimientos que no podemos controlar—. No pasa nada, amor.

—Totalmente de acuerdo —la voz de U-me llega desde la puerta que conduce a la sala de estar. Hero suelta en ese momento una risa húmeda. Una risa auténtica. Esta es nuestra normalidad: androides mirones y lágrimas.

Poco a poco, nos separamos. Aún más poco a poco, nos vestimos. Prolongamos el presente. Mientras me ato el cordón de los pantalones, Hero hace una pausa y se queda con el suéter atrapado alrededor de los codos. Su mirada se pierde.

—¿Hero?

Vuelve en sí y mete la cabeza por la abertura del cuello. Tiene el pelo alborotado.

—¿Vendrías conmigo a un sitio?

La verdad es que preferiría quedarme en casa. Aquí me siento protegida. A cierta distancia, aunque sea mínima, del mar. Lo suficiente como para defender mi casa y mi vida.

Pero parece que Hero necesita tomar un poco de aire, así que abro la puerta de la cocina y digo:

—Vamos.

Hero sale, deteniéndose cuando ve a U-me siguiéndonos por el porche.

—U-me, ¿te importa si vamos solos?

U-me zumba.

—No funciona con preguntas —le explico a Hero—. U-me, quédate aquí.

U-me parpadea, descontenta con la orden, pero cumpliéndola y dejándonos solos.

Escalamos por las rocas de detrás de la casa y nos aventuramos por el barro resbaladizo para llegar a la zona de lutita. La niebla es espesa hoy, por lo que la visibilidad se reduce a unos pocos metros. Hero se mueve como hubiera hecho el mismo camino hace poco tiempo.

—¿Por qué crees que me crearon? —pregunta como por casualidad, unos minutos después de empezar nuestra caminata.

Intento dar una respuesta también informal.

—No lo sé.

—A ti te crearon para despertar a tu hermana.

—Sí.

—Que después despertaría a toda la población. Y se supone que yo tengo que acabar contigo.

Eso no lo sabes, me gustaría decirle. Pero supongo que no hay nadie más en esta isla que él pueda matar.

El tema parece escabroso, pero me alegra que Hero se sienta lo suficientemente cómodo como para hablar de ello.

—No sé, quizás la persona que te creó no quería que toda la población despertara.

—Vaya idiota.

—No sabemos cómo… —me detengo en busca del tiempo verbal correcto— era el mundo. Tal vez todos se volvieron malvados y quien te creó solo trataba de hacer el bien.

—No tienes que hacerme sentir mejor, Cee.

Su voz, aunque tranquila, tiene un tono poco común. Abro y cierro la boca buscando las palabras adecuadas.

—Lo siento —decimos al mismo tiempo. Nos callamos y volvemos a intentarlo—. Es que…

Sonrío.

—Julios, vaya dos desastres de personas.

Hero niega con la cabeza.

—No, yo soy el desastre. Ni siquiera me programaron con el idioma correcto.

—¿Idioma correcto?

—Sí, dices palabras que no entiendo, como «julios».

—¿Cómo sabes que Julio no es mi amante secreto? —me burlo mientras caminamos por una zona de lutita.

Hero no dice nada.

—¿Tienes un amante secreto?

—Lo tuve —le corrijo—. Yo... —me corrijo—. Celia... bueno, conocía a muchos chicos.

—Y yo pensando que no tenía competencia.

—Considérate afortunado de habernos conocido en esta isla —le digo, y Hero se ríe, pero el silencio cae sobre nosotros cuando llegamos a la cresta.

En días como estos, no puedo ver la cima. Es solo una sombra de niebla gris y piedra. Lo único que rompe la monocromía es la cuerda naranja fluorescente. Me sorprendo preguntándome si la cresta siempre fue una cresta o si alguna vez tuvo algún propósito práctico. No podría haber sido una montaña, es demasiado estrecha, pero tal vez fue un...

Un dique. La idea me viene de repente. *Y los santuarios del otro lado podían ser casas. La gente vivía en ellas hace 989 años.*

Escalofriante. Me paso la lengua por la parte posterior de los dientes y noto que se me acumula la placa.

—¿Quieres que volvamos?

—Si quieres... —responde Hero.

Algo en su voz me hace dudar.

—¿Qué quieres hacer tú?

No me hagas esa pregunta, me contestó anoche.

Pero hoy dice:

—Escalar.

—¿Por gusto?

—¿Por qué no? Si tú haces yoga en la playa, yo puedo hacer esto.

Añadimos «deportes de riesgo» a nuestra lista de aficiones en común.

—Vale —digo agarrando la cuerda—, pero después quiero un masaje de hombros.

—Cuenta con ello —dice Hero, agarrando el resto de la cuerda.

Noto la rigidez de mis músculos. Probablemente un humano normal apenas podría escalar esta cima sin morir en el intento. A medida que me acerco a la cima, recuerdo las palabras de Kay.

Te diseñamos para que fueras mecánicamente más resistente que un humano real.

¿Cuántas veces me caí al principio? Más de las que me gustaría recordar, seguro. Me rompí demasiados huesos. Pero siempre acabo curándome. Tuve un puñado de caídas muy graves (demasiado alto, demasiado lejos del suelo) en las que acabé desmayándome. ¿Me morí? ¿He revivido, como Hero? ¿Dejaría la muerte una marca física en mí?

Me doy cuenta de que no tengo respuesta para eso, y, cuando Hero llega a la cima detrás de mí, me giro hacia él y le agarro la cara entre las manos. Le he mirado la frente mil veces antes, pero ahora lo hago buscando una cicatriz. No la encuentro. Su herida ha desaparecido por completo. Debería preocuparme, porque eso significa que yo podría haber tenido cicatrices que ya no se ven… pero me alivia no ver ni un solo rastro de mi golpe mortal. Empiezo a temblar y se me acelera la respiración.

—Oye. —Hero me sujeta las muñecas—. No pasa nada. Estoy bien.

—No, no estás bien. —¿Estoy hiperventilando? Parece que sí. Pero ¿por qué ahora? Me he enfrentado a cosas más aterradoras. Pero no hay nada como darnos cuenta de que nuestros cuerpos no son nuestros. Incluso si Kay deja de existir, su control sobre nosotros seguirá manteniéndose, de manera indestructible, hasta que sigamos existiendo.

—Cee, en serio, estoy bi…

—Te golpeé la cabeza con un remo.

Hero parpadea.

—¿Con el remo que te hice?

Asiento. Me tiembla el labio inferior.

—Así que morí, y volví… (*a la vida*) varias horas después —me dice, saltándose las palabras que no queremos decir.

Asiento de nuevo.

No lloré. Al menos no en ese momento.

Pero ahora sí, con las manos aún sobre su rostro.

Hero me quita las lágrimas de los labios con los pulgares. Luego, lentamente, al contrario que antes, inclina la cabeza, y su boca reemplaza las yemas de sus dedos.

Me besa, un beso ligero como una pluma, soy yo quien sube el nivel. Se separa de mí y retrocede hacia el borde. Algunas rocas caen montaña abajo.

Empiezo a decirle que tenga cuidado, antes de darme cuenta de que lo ha tenido todo este tiempo. Todo esto ha sido cuidadosamente planeado. La escalada. Este beso, dado con tanto cuidado como un primer beso.

O un último beso.

—Quería darte el espacio para decidir —dice Hero. Siento que la cabeza me va a explotar. ¿Qué me acaba de pedir que le confirme? *Así que morí, y volví varias horas después*—. Quería darte el tiempo para que lo hicieras sin que yo interfiera, ya fuese mental o físicamente. Y esta —me dice echando una mirada por encima del borde— es la única forma que se me ocurre de dártelo.

No…

Me apresuro hacia él, casi lo alcanzo. Titubeo cuando me dice:

—No, Cee. —Su voz es suave y valiente. En sus ojos, sin embargo, me parece ver miedo. Pero el viento los esconde tras su flequillo y sus labios me sonríen—. No me elijas ni a mí ni a ella. Elígete a ti.

Y salta.

46

La muerte de la operación reinicio llegó el día de la fecha límite para llevarla a cabo. Solo el 29% de los delegados habían firmado el acuerdo. El mundo no había logrado unirse. Tras los focos, los dos genios detrás de la solución habían vivido su propia ruptura. Pero, a diferencia de un megaterremoto, no hubo réplicas. Al menos no en las ecociudades, donde todo seguía igual de bullicioso aquella tarde de domingo. En la ecociudad 3, los residentes recorrían los centros comerciales del estrato-25, yendo de vendedor en vendedor mientras compraban algún que otro artículo esencial. Pocos notaron que el símbolo del P2C se materializaba en el aire, en el centro de la plaza.

Pero sí percibieron a la chica que apareció momentos después.

Su holograma no solo surgió en medio del estrato-25, sino en todos los estratos de todas las ecociudades. Llevaba una chaqueta de uniforme escolar negra. Tenía una media melena y el flequillo recto. Habían visto por última vez su cara en un vídeo viral donde aparecía borrosa y ensangrentada. Ahora podían verla limpia y nítida.

Lo que no podían ver era lo que había en el interior de su mente.

Era mejor así, ya que en su cerebro aún rugía una tormentosa tempestad. Todos vivían a expensas de los demás. Aquellos que se negaron a admitirlo, que rechazaron la solución porque se lo podían permitir o porque les resultaba incómoda... en fin, tal vez Actinium tenía razón y no merecían ser salvados en este mundo material finito en el que tener más significaba que otros tuvieran menos.

Pero la ciencia era infinita. La ciencia no conocía de venganzas. Ni de emoción. Estaba por encima de las preguntas incómodas sobre quién debía vivir y quién debía morir por vulnerar el derecho a la vida de otro. La ciencia había hecho que Kasey se sintiera viva.

Y después de una prohibición de cinco años, volvía a ser suya.

Kasey respiró. En otra línea temporal, leería las líneas escritas por el P2C. Sería prudente hacerlo. Casi no le habían permitido este discurso *post mortem* después de la debacle del Territorio-4.

En una tercera línea temporal, condenaría a los territorios que habían rechazado la Operación Reinicio, y revelaría el nombre de la empresa que había matado a Celia. Avivaría el fuego.

Pero en la línea temporal en la que estaba, Kasey eligió no hacer ninguna de las dos cosas.

—Esto es por mi hermana.

En una casa en el Territorio-660, su rostro se proyectaba en la sala de estar de Leona.

»Hace cuatro meses, moristeis.

En un refugio del Territorio-4, su silueta brillaba desde un antiguo monitor escolar.

»Cada cual tiene su propia versión de lo que ocurrió.

En unidades alrededor de las ocho ecociudades, sus palabras resonaban directamente en las cabezas de las personas a través de sus Intrarrostros.

En un taller mecánico en el Estrato-22, un niño de cabello y ojos oscuros hizo una pausa en su trabajo para escucharla.

»Lo cierto es que moristeis para este mundo. Fuisteis intoxicados por él. Igual que ahora mismo muchos otros están siendo intoxicados.

Kasey no reveló sus visitas al alquiler de barcos ni a la isla. Algunos secretos era mejor dejarlos en el mar, entre hermanas.

Se llevó una mano al pecho y sintió los latidos simulados. ¿Habrían sido expulsadas las personas responsables de la fuga de la tubería si David Mizuhara no hubiera encubierto sus huellas? ¿Se lo merecían? ¿Qué efectos en cadena podría haber tenido su expulsión en otros que dependían de HOME como único medio de admisión a las ecociudades, como por ejemplo los familiares de Meridian? Una vez más, Kasey no lo sabía. Ella no era Genevie ni los Cole, no estaba lo suficientemente versada en asuntos humanos como para pronosticar los prejuicios o discriminaciones irracionales de las personas. Pero sí sabía algo:

»Ninguno de nosotros vive sin consecuencias. Nuestras preferencias personales no son realmente personales. Las necesidades de una persona negarán las de otra. Nuestros privilegios pueden dañarnos a nosotros mismos y a los demás.

Cuando miró los rostros que la observaban desde el emporio del Estrato-25, vio a Celia. No se trataba de un efecto secundario del humo alucinógeno virtual, ni un hacker jugando con superposiciones visuales. Era un espejismo mental que se materializó de una manera tan real como Kasey había querido.

Y en ese momento era algo que deseaba con todo su corazón.

»Fuiste víctima de la avaricia de otras personas —le dijo a su hermana—. Su forma de vida se llevó por delante tu vida. Sin embargo, compartías su creencia, y la creencia de muchos otros, de que la libertad de vivir como queramos es un derecho.

Kasey se presionó el pecho con la mano hasta que ya no pudo sentir los latidos.

»Yo no estoy de acuerdo con eso —dijo directamente mirando al rostro de Celia. A pesar del temor de que su hermana se espantara, continuó—. En nuestra época, la libertad es un privilegio. La vida es un derecho. Debemos proteger la vida, ante todo. Juntos, tenemos que pagar ese precio.

»Pero, en el futuro, es posible que podamos crear el mundo que soñaste. Un mundo donde no haya que racionar ni la vida ni la libertad. Siempre creíste que era posible. —Ante eso, Celia sonrió y a Kasey se le hizo un nudo en la garganta—. Yo también lo creeré.

Luego se desconectó y regresó a su cápsula de inmovilidad en la unidad Mizuhara. Ante sus ojos ahora podía ver las lecturas de sus signos vitales, todos dentro del rango normal.

Ahora, a empezar de nuevo.

||||| ||||| ||||| ||||| ||||| |||||
||||| ||||| ||||| ||

Pensé que todo terminaría en el mar.

Pero es aquí, en la roca, mirando el lugar en el que estaba Hero hasta hace unos segundos, donde me doy cuenta de que, elija lo que elija, siempre acabaré perdiendo una parte de mí. No voy a ganar.

A la mierda todo. A la mierda las lágrimas que no cesan. A la mierda mis pulmones, que se agitan mientras desciendo. Las rocas me hacen heridas en las rodillas a pesar de que el dolor es solo parte de mi programación. Y maldigo, maldigo a Hero, que, considerado hasta el final, incluso pensó en saltar hacia el lado del prado, como para darme la opción de evitar su cuerpo de camino a casa.

No importa. Decida lo que decida, no lo voy a abandonar. Aprieto los dientes y continúo bajando. La niebla se disipa y empiezo a distinguir el suelo a varios metros y...

Sangre.

Sangre sobre la piel. Sangre sobre los huesos.

Sangre sobre algo blanco, que no es hueso. Unos túbulos alargados le salen del torso, donde debería tener la caja torácica. Se retuercen y se agitan como si fueran patas de araña por todo su cuerpo, un cuerpo que ya se está recuperando.

Miro al cielo y, de repente, vuelvo a sentir las extremidades. Me viene un arrebato de negación y pienso: *No puede ser él*. Sufrimos, lloramos y gritamos llenos de tanta vida... Pero, cuando intento continuar mi descenso, descubro que no puedo. La muerte debería ser silenciosa, pero el cuerpo de Hero silba y chirría mientras se recompone. Los extraños ruidos me provocan arcadas. La bilis me abrasa la garganta.

Quería darte el espacio y el tiempo para decidir.

Estúpido, estúpido, estúpido. Qué bien lo había planeado. No puede intentar matarme mientras esté muerto. Tampoco puede abrazarme y decirme que quiere que me quede. Desde ahora hasta que reviva, estoy sola con mi decisión.

La cuerda me quema las manos mientras cuelgo inmóvil. Pasan los minutos. O quizás las horas. El tiempo siempre me ha parecido algo distorsionado en esta isla. En un momento dado desaparece por completo como dimensión.

Aturdida, empiezo a subir de nuevo.

Llego a la cima. *Lo siento*. Sin darle a mis músculos la oportunidad de recuperarme, bajo por el otro lado. Apenas soy capaz de ver a través de las lágrimas.

Lo siento.

Espero que mis brazos se rindan. Espero caer, romperme y despertarme con Hero.

Decidí quedarme, le había mentido.

Pero no caigo. No me derrumbo. Las piernas me llevan de regreso a la casa antes de ceder. Me agarro a la encimera y me brotan sollozos desde el pecho.

No puedo hacer esto sola.

—¿Qué hago, U-me? —jadeo, cuando la oigo entrar en la cocina, atraída por los sonidos— ¿Qué hago?

U-me no responde. No está programada para responder preguntas, ni tomar decisiones de vida o muerte.

344

Pero yo sí.

No estoy sola. Un equipo de personas construyó mi cerebro, construyó los recuerdos que contiene e incluso me dio la capacidad de generar los míos propios. *Adelante*, pienso llegando al baño. *Inténtalo. Convénceme.* Me meto en la bañera, completamente vestida, y abro el grifo. El agua sube hasta llegar al borde y empieza a derramarse sobre las baldosas del suelo. Me sumerjo.

Elijo ahogarme.

—*Me quedo con esta.*

El chico está en la puerta de la habitación de operaciones. Por el aspecto de su delantal es un empleado. Su voz, más precisa que cualquiera de los bisturíes expuestos, me provoca un escalofrío por la espalda.

Por un segundo, la trabajadora con el tatuaje del pez globo no habla. Luego se encoge de hombros.

—*Menos trabajo para mí. Aunque tengo que decir que no te tomaba por uno de esos.*

Sé que se refiere a que no lo tomaba por uno de esos chicos que elige a una chica solo por lo guapa que es. Pero debería saber que no le voy a dar mucha conversación. Ya puedo sentir los efectos del calmante. Lo empiezo a ver todo borroso.

La empleada se va, el chico se sienta delante de mí y, a través de la niebla, veo que en realidad no es alguien por el que me sentiría atraída. Tiene el pelo oscuro, sí, y también los ojos. Me gustan. Pero irradia una energía que parece... demasiado intensa.

—*Una extracción de Intrarrostro —dice, y yo asiento, con la boca seca, y eso es todo lo que recuerdo antes de que la droga haga efecto, de que el mundo se oscurezca. Cuando las luces se vuelven a encender, todavía estoy sentada en la silla, pero ya no* llevo la identificación que tenía colgada al cuello. En una bandeja, en la mesa que tengo ante mí, está mi Intrarrostro. Extraído.

—No tienes que morir.

Estiro el cuello para ver al chico que está detrás de mi silla.

—Puede que no haya ningún tratamiento en esta vida —continúa—, pero te pueden meter en una cápsula y salvarte en otra.

Es obvio, una vez que lo proceso.

—Lo has mirado.

—Sí —me contesta, y ni siquiera suena mínimamente arrepentido. Si lo ha mirado, entonces lo sabe todo—. Celia Mizuhara.

Me castañean los dientes. Se acabó el anonimato.

—¿Qué quieres? —pregunto.

—Proteger a tu hermana.

Eso me deja perpleja y, por un segundo, me olvido de enfadarme. Parpadeo dos veces y recibo un mensaje de error porque se niega a mostrarme su rango. Por supuesto. El anonimato es el principal atractivo de GRAPHYC. Pero hace algo, ya que su identificación le aparece sobre la cabeza.

ACTINIUM
Rango: 0

Claro. Dejando a un lado el incidente con los robots, Kay es, de entre todas las personas que conozco, la más respetuosa con la ley. Si viera una identificación pirateada, se mantendría a dos metros de distancia del chico.

Pero luego dice:

—Sé que no estábamos demasiado unidos a pesar de las maquinaciones de nuestras madres.

¿Nuestras madres? No dice nada más. Solo habla con su mirada. Una mirada oscura y seria. Hay algo familiar en la forma de sus ojos. Entonces lo veo y no puedo dejar de verlo, *aunque no tenga ningún sentido. El parecido con Ester Cole tiene que ser una coincidencia. Incluso cuando el chico se presenta como Andre Cole, pienso que es imposible. Todavía debo estar recuperándome del amortiguador de neuronas.*

—Estás muerto —*le digo.*

—Debería estarlo —*contesta con calma*—. *Pero envié a un robot en mi lugar. Fue una especie de broma.* —Da la vuelta para ponerse frente a mí—. *Así que ahora entiendes cómo sé por lo que ha pasado tu hermana.* —Se sienta en un taburete y me mira—. *Vive, aunque solo sea por ella.*

La información me aturde. Robots. Kay. Un niño muerto, Andre Cole, que la comprende. Mi cerebro lucha por reconstruirlo todo y se da por vencido. Se centra en lo que realmente importa.

Vive, aunque solo sea por ella.

Lo hace parecer simple. Pero no lo es. Para empezar, no llamaría «vivir» a estar inconsciente en una cápsula, congelado quién sabe cuánto tiempo, básicamente muerto según la percepción de cualquier época anterior a la nuestra. Además, Kay ni siquiera lo sabe. No sabe que me escapé para nadar en el mar, porque no quería preocuparla. Está claro que fue bastante contraproducente. Es culpa mía y solo mía. Kay siempre me recordaba los riesgos y yo no la escuchaba. Elegí vivir como quería vivir. Y ahora solo yo debería afrontar las consecuencias.

—¿Tan malo es elegir morir de manera natural? —*le pregunto. Sus ojos dicen que sí. La opción de congelarme está sobre la mesa, así que, ¿por qué no tomarla? Es la elección racional y es lo que Kay me diría que hiciera*—. *El problema es que me convencería para cambiar de opinión. Seguro que incluso me ofrecería meterse también ella en una cápsula.* —Eso le haría el doble de daño si yo mantuviera mi decisión. Aunque la verdad es que me encapsularía sin pensarlo si supiera que cuando despertase tendría a Kasey. El problema es que... —. *Este es su mundo y esta es su época. Si te preocupases de verdad por ella, estarías de acuerdo conmigo. Así que déjame irme como yo elija. Es una de las pocas libertades que me quedan.*

El chico, Andre, no responde. En silencio, me mira fijamente hasta que estoy convencida de que lo ha visto todo. Cómo tiemblo por las noches. Cómo, antes de venir aquí, casi pierdo el valor de seguir adelante con esto por mi cuenta. Quiero decírselo a Kay. Quiero que me diga que está bien, que el mundo seguirá esperándonos (a ella y a mí) cuando regresemos ochenta, cien o un millón de años después. Quiero hacerlo, pero, ante todo, quiero que ella tome sus decisiones independientemente de las mías.

—Destrúyelo —digo, señalando el Intrarrostro—. No me iré hasta que lo hagas.

Lentamente, el chico se levanta. Saca una máquina parecida a una caja de vidrio y mete el Intrarrostro en ella. Nunca he usado mucho el mío en comparación con otras personas, pero todavía hay algo doloroso en ver cómo ese pequeño elemento se convierte en un polvo blanco. Todos los recuerdos acababan de desaparecer.

Pero Kay siempre estará conmigo, en mi mente.

—Gracias —le digo cuando termina.

Asiente y me dice:

—Lo siento.

Lo dice con tanta sinceridad, como si personalmente lamentara que el océano me haya envenenado, que no puedo evitar reírme. Y una vez que me río, de repente me siento más ligera.

—Si alguna vez te cruzas con ella, dale recuerdos de mi parte, ¿vale? Dile que, si hay alguien que pueda cambiar el mundo, es ella.

Entonces Celia se levanta de la silla. Celia… no yo. Todavía estoy sentada mientras ella está de pie, separándose de mí como un alma exorcizada. Me levanto detrás de ella y la observo caminar, con el pelo más largo que el mío. Incluso con una enfermedad terminal y su cerebro abombado por las pastillas, camina con una confianza que hace que la clientela consciente se gire y la mire.

Es la forma de caminar de alguien que sabe cuál es su lugar en el mundo.

Y, por una vez, lo sabe. Cuando Celia deja GRAPHYC, sé que su miedo se ha desvanecido por completo. Esta es su elección: pasar sus últimos días bajo el cielo abierto, respirando el aire que miles de millones de personas han respirado antes que ella y que miles de millones respirarán después, envueltos por el azul amniótico. Quiere vivir esta vida al máximo, incluso al final, con la esperanza de que Kay pueda vivir la suya.

Me siento en la bañera hasta que el agua se enfría.

Todo este tiempo pensé que se trataba de Kay. Su vida contra la mía. Pero ahora, con este recuerdo final que claramente ha sido fabricado por mi cerebro, inexistente en el Intrarrostro original de Celia, me doy cuenta de que no es a Kay a quien debo elegir.

Salgo de la bañera y me miro en el espejo que hay sobre el lavabo. Veo su cara, la cara de la chica a la que debería parecerme. Ella me robó la libertad de pensamiento. Debería odiarla. Pero no puedo odiar a alguien que entiendo. Y la entiendo mejor que nadie. Mejor incluso que su propia hermana.

Ojalá pudiera hablar con ella. Sé que piensa que es frívola. Sé que creció con una madre como Genevie y una hermana como Kay: la una, líder en el mundo exterior, y la otra, capaz de inventar universos enteros. En comparación con ellas, Celia considera que su vida, aparentemente magnífica, no es más que una frivolidad. Ojalá pudiera decirle que está equivocada. Es valiente. Fuerte. Su empatía es un pozo tan profundo que no conoce fondo. Su valor es inagotable. Antes de quedarme con parte de su nombre, yo ya tenía su fuerza para salir del agua. Tengo su capacidad de amar y no la he desperdiciado. Amo a U-me. Amo a Hubert. Amo a M. M. También amaría a Hero, si tuviera más tiempo. Amo el olor del viento del mar en la cara y la humedad de la arena entre los dedos de los pies. Incluso amo esta isla, lo creas o no, y amo la idea de que otra gente ya la amaba hace mil años.

Amaría a mi hermana, si tuviera una.

Pero no tengo.

Quizás nunca sepa si Kay merece vivir más que yo.

Pero sí sé lo siguiente: nadie viene a este mundo por elección propia. Si tenemos suerte, como mucho, podremos elegir cómo nos marchamos.

Vi cómo eligió Celia. Fui testigo de cómo aprovechó sus últimos momentos para ser fiel a sí misma. Se comportó como una protectora. Protegió a su hermana, y ahora no está aquí para volver a hacerlo. Ahora es mi turno y la elijo a ella. A la única persona que no recibió todo el amor incondicional de Celia; a la que estuvo ahí para mí a lo largo de estos últimos tres años, antes de U-me y antes de Hero. Elijo a una chica que el mundo ha dado por muerta, pero que sigue viva en mi cerebro y en mi corazón. Quería que su vida tuviera un significado, que fuera algo más grande que ella misma. Y yo puedo dárselo. Puedo encontrarla. Es una chica perdida en mitad del mar.

Pero va a dejar de estarlo.

48

Kasey se agachó al borde de la plataforma de salida, esperando el pitido.

En sus marcas…

HHH HHH HHH HHH HHH HHH
HHH HHH HHH IIII

*E*stoy al borde del muelle hundido mirando cómo las olas se agitan en la niebla. U-me rueda hasta ponerse a mi lado. Sonrío

—Quédate aquí, U-me.

50

$B^{\text{ip.}}$

Con U-me como testigo, me bajo de las tablas y me meto en el agua.

52

P ero kasey no saltó.

Mientras el falso simulacro de natación transcurría sin ella, miró fijamente a una persona que se le acercaba con el rostro abotargado como si estuviera en una de las fiestas de Kasey.

Yvone Yorkwell.

—Oye —dijo la chica, en bañador, cuando se acercó lo suficiente—, sé que es mal momento, pero estoy segura de que esta esta va a ser la última clase que compartamos y...

—¡Menos charla y más nadar! —gritó el instructor del gimnasio desde el otro lado de la piscina.

—Solo quería decirte que vi tu discurso. —Kasey sintió cómo los dedos de los pies se curvaban contra la goma de la plataforma de salida—. Y me llegó hondo —se apresuró a decir Yvone—. Avísame si hay algo que pueda hacer. Para contribuir a la causa.

El instructor comenzó a acercarse.

—No existe ninguna causa. —O, al menos, ninguna de la que Kasey todavía formara parte. El P2C no la querría de vuelta como funcionaria junior. Había cumplido su condena y se había burlado de la confianza depositada en ella en pleno escenario internacional. Meridian y Kasey no habían hablado desde aquel día en el Territorio-4, y, en cuanto a Actinium, Kasey lo había eliminado como contacto al salir de GRAPHYC. No había mirado atrás. Eso no significaba que no se arrepintiera de cosas que había hecho en el camino. Había sido fácil rechazarlo en ese momento, pero más difícil convencerse a sí misma ahora (de vuelta a la escuela en las condiciones de siempre, rodeada de compañeros que no la entendían) de que era lo suficientemente valiente, lo suficientemente humana, lo suficientemente sencilla como para producir un impacto en un mundo del que ella misma a menudo se sentía tan distante.

»No existe ninguna causa —repitió Kasey debido a que Yvone no se iba. Antes de que su instructor volviera a llamarles la atención, añadió—. Tengo que nadar.

Saltó. El mundo rugió, luego quedó en silencio.

El agua se cerró sobre la cabeza de Kasey.

N ado.

54

Kasey no nadó.

Se hundió hasta el fondo de la piscina y se acurrucó allí en posición fetal.

Actinium decía que lo que ella estaba haciendo era huir. Justo lo contrario: su vida se había paralizado en las semanas posteriores a aquello y, por no tener a nadie detrás de quien esconderse o a alguien que tomara las riendas por ella, se había visto obligada a enfrentarse a sí misma, a sus pensamientos, decisiones y errores.

Había cometido tantos errores.

Pero bajo el agua, podía simplemente ser.

Sin pensar.

Sin forma.

Cuando abrió los ojos, los colores parecían apagados aunque seguían siendo intrincados. Llevaba consigo los latidos del corazón de Celia, sí, pero también los suyos propios. Y su latido era fuerte y lo sentía amplificado por la piscina. Era tan eficiente como su mente. Quizás demasiado eficiente. Un defecto, según los estándares de la humanidad, y también una prueba de ello. Eran las máquinas las que tenían que ser perfectas: criaturas sin conciencia de sí mismas que no conocerían lo que era la inseguridad. Esta persistente sensación de estar incompleta, como una pieza de un rompecabezas fuera de lugar, tenía que ser la cualidad inconmensurable de la que hablaba Celia. Para cada persona era diferente en forma y tamaño, pero su existencia, su ausencia, nos une. A todos.

Incluso a ella e a Yvonne.

Kasey localizó el archivo clasificado del P2C en su Intrarrostro y lo analizó, tal como había hecho con la carpeta que contenía los recuerdos de Celia esa mañana antes de ir a la escuela. Después de un tiempo, sacó los recuerdos de su cerebro. Los pasó a un chip externo. Esperó a que se calmara el sentimiento de sacrilegio y se guardó el chip en el bolsillo.

Celia estaba muerta.

Otras personas aún estaban vivas.

Quizás Kasey nunca llegase a identificarse con ellas.

Pero la ciencia tenía que servir a los vivos, no a los muertos. No le importaba que fuera la cara de Yvone la que estuviera al final del archivo del P2C. Yorkwell Companies, una empresa familiar con sede en el Territorio-3, había causado la fuga mientras cerraba sus obsoletas minas del fondo del mar como parte de su acuerdo de inmigración a la ecociudad. Se podría llamar homicidio involuntario. Doloso. Aunque las intenciones no deberían importar.

Las consecuencias no podrían haber sido diferentes, pero sí que se podría haber advertido sobre ellas.

Kasey cerró el expediente. Lo eliminó. Se encontró mal, por no sentirse peor de cómo se sentía. Quizás estaba perdonando a Yvone con demasiada facilidad. Quizás estaba traicionando la memoria de Celia. Luego se recordó a sí misma lo que había elegido: vivir como ella misma y para ella misma.

No era menos porque sus sentimientos fuesen los que eran.

Liberó la presión que aumentaba en su pecho. El dióxido de carbono se le escapó por la nariz en forma de burbujas que flotaban hacia la superficie, que era el lugar al que pertenecían. Igual que ella. Con o sin equipo detrás, cumpliría su promesa final a Celia. Comenzaría aquí, emergiendo a un mundo que la necesitaba tanto como a su hermana.

Seis años después

Pensé que podría encontrarte aquí.

Sobre las olas. Sobre el viento. Era una voz fantasmal que, durante un nanosegundo, hizo que Kasey olvidara quién era y dónde estaba.

Entonces lo recordó.

Veinte minutos antes.

—¿Estás segura?

Preguntó Kasey en el porche de Leona, al que había salido después de rechazar tomar té en el interior. En T-menos veintinueve horas, la Operación Reinicio entraría en vigor en masa. Antes de eso, tenía treinta y tantas cosas que hacer. Asegurarse de que Leona no quería que se instalaran robots de reconstrucción en esta isla no era una de ellas.

—Tengo el escudo —dijo Leona, y Kasey sintió que su rostro se endurecía.

—No durará. —Su voz, con el paso de los años, se había vuelto más grave. La gente no escuchaba a la razón sino a la autoridad, aunque esa autoridad no fuese más que un disfraz compuesto de una bata blanca y una actitud férrea—. Podría mantenerse por sí solo durante un siglo.

—Dos, como máximo—. Pero luego se deteriorará. —Aunque la isla no habría desaparecido, como tantas otras que sí lo hicieron con el deshielo del Ártico, no podría salvarse de los elementos—. Y ya nada será igual —insistió Kasey, haciendo todo lo posible para dejárselo claro a Leona.

—Lo reconstruiremos.

—No será fácil. —Kasey recibió un aviso de su Intrarrostro notificándole una reunión inminente. Kasey lo apartó parpadeando—. Puede que no tengas ayuda.

—No tengo miedo —dijo Leona, con su propio tono férreo.

Kasey abrió la boca. Y la cerró.

Ya no hablaban de esta isla, sino de la persona que, de alguna forma, la habitaba.

Actinium ya no estaba cuando Kasey regresó a GRAPHYC seis meses después de su última visita. La unidad de lo alto de las escaleras había sido desmantelada y ya no quedaba nada, igual que en el cerebro de Actinium parecía no quedar ningún recuerdo de Kasey y de lo que ambos llegaron a planear.

Pero el chico no había olvidado sus objetivos. Un año y medio después, asesinaría al primer ministro del Territorio-2, casualmente (o no) el territorio que había prometido el menor número de delegados durante su ronda de relaciones públicas. Desde entonces, se le había relacionado con una serie de asesinatos que abarcaban desde directores ejecutivos de industrias insostenibles hasta ciudadanos normales con rangos por debajo de la media. La Unión Mundial había reunido un grupo de trabajo para atraparlo, y cuando lo localizaron en la isla, esta y quienes vivían allí habían sido puestos bajo vigilancia.

Debido a todo esto, el cabello castaño de Leona parecía que se iba volviendo gris ante los ojos de Kasey. Aun así, la mujer se negó a prestar atención a las advertencias que le ofrecía, entre las que destacaba el hecho de que Actinium no era solo una amenaza para la sociedad, sino también para Leona. Si ella creía que podía encauzarlo, como había hecho con esta isla, se equivocaba.

¿Pero qué sentido tenía tratar de imponer la lógica? Esta perdía todo el sentido cuando entraba en juego el amor.

—Debes informar de cualquier contacto con él —le recordó Kasey a Leona, sintiendo que se estaba repitiendo.

Leona respondió agarrándole la mano. Kasey se puso rígida. Estaba rodeada de gente en todo momento, pero todos, incluido su equipo, se quedaban a un respetuoso metro de distancia ella.

—Has trabajado muy duro, Kasey. —Como trabajadora de la ciencia, solo había hecho lo que esta le había requerido—. Todos te lo agradecemos mucho.

Las expresiones de gratitud le importaban tan poco como las amenazas de muerte. Eran parte de su trabajo.

»Sin ti —continuó Leona—, muchos no habrían tenido esta segunda oportunidad.

—Otros muchos no la tendrán.

Después de acabar la escuela, Kasey había tardado casi un año en encontrar una empresa de innovación tecnológica dispuesta a financiarla. Luego, tardó otro año más en convencer a la Unión Mundial y al P2C de que volvieran a confiar en ella. Tres años para asegurar el compromiso global con la Operación Reinicio, uno para diseñar un sistema que obligase a todos los territorios a participar. Tiempo total transcurrido: seis años. Desastres sufridos: dos megaterremotos más, tres tsunamis e innumerables huracanes de categoría cinco. Muertos: 760 millones. Las ecociudades habían abierto sus puertas a los refugiados sin tener en cuenta su rango, pero ese intento de corregir lo que se había hecho llegó demasiado tarde y tuvo un alto coste. Las enfermedades fisiológicas, una vez erradicadas por los Cole, volvieron a aumentar con la densidad de población, y la salud mental decayó cuando los requisitos holográficos excedieron el máximo recomendado en un esfuerzo por reducir el hacinamiento.

Si tan solo se hubiera llegado antes a un consenso... Si los cálculos de coste de oportunidad se hubiesen realizado más rápido... Pero Kasey había llegado a aceptar la ineficiencia como un síntoma de la condición humana, y la frustración en su pecho ya no era más que un rescoldo de lo que era antes. Un rescoldo que se apagó cuando Leona le apretó la mano.

—Lo hiciste lo mejor que pudiste. Celia no querría que te culparas por ello.

Celia. Después del fracaso de la Operación Reinicio, Kasey había vuelto a la isla sola. Ella y Leona habían pasado por el dique para ver a Francis John Jr. reparar el barco. Lo que Kasey recordaba de esos días se resumía en: verano, luz del sol, el verde de los árboles, los gritos de los gemelos O'Shea mientras jugaban en la piscina de Francis... Luego vino el otoño. El barco estaba reparado, y Kasey sintió que algo en su interior había sanado. Lo sabía porque escuchar el nombre de Celia ya no le provocaba un nudo en la garganta.

—Tengo que irme —le dijo a Leona, que le soltó la mano.

Bajó al porche. Una robonave la esperaba en la playa. *Ding*, la reunión había comenzado sin ella. Bien. «De todos modos, no era tan importante», pensó Kasey. Se detuvo antes de llegar a la robonave.

Quizás tenía algo de tiempo.

Un minuto. Dejó que sus pies eligieran su destino. La llevaron al muelle. Un lugar tranquilo para empaparse de mar y viento, pero era difícil hacerlo con el Intrarrostro sonando constantemente y trasmitiéndole mensajes del laboratorio, del P2C, de peticiones de entrevistas... Respondió a las preguntas urgentes, pospuso otras para después y, como de costumbre, revisó las novedades. El programa de entrevistas de Meridian Lan se había vuelto viral. Kasey vio el final de un vídeo.

—... la contaminación de la Tierra. Pero, ¿qué pasa con la gente privilegiada? —Meridian se sentó en un sofá escarlata frente a su copresentador—. Quienes se industrializaron primero establecieron las reglas para los demás. Dieron por hecho que los territorios en desventaja adoptarían una energía limpia y que también avanzarían socialmente incluso después de siglos de explotación.

—¿Y es que alguien de verdad puede decir que no contamina si lo único que hace por el planeta es trasladar las fábricas de su patio de atrás al Territorio-4? —añadió el copresentador.

—Me lo has quitado de la boca.

—Hablemos de alguien que todo el mundo conoce: Kasey Mizuhara, directora del departamento científico de la Operación Reinicio. ¿Dirías que es un ejemplo de ser una persona privilegiada?

—Absolutamente —dijo Meridian—. Y creo que está haciéndose la salvadora.

No mentía. Un ejemplo de ello es que, antes de salir de la unidad de los Mizuhara y cortar el contacto con David, le había enviado la solicitud de reubicación de los Lan junto a un recordatorio de que, si quisiera, podría revelarle al P2C que había encubierto a la empresa de los Yorkwell. Aunque no es que tuviera intención de hacerlo (además, no podía porque ya no tenía el archivo), igual que tampoco tenía intención de contarle nada a Meridian.

No habían retomado su amistad, relación o como se le quiera llamar. En retrospectiva, Kasey vio unilateralidad en ese vínculo. De hecho, ya la había visto en su momento... pero no había dicho nada. Como en tantas áreas de su vida, se había contentado con dejar que otros establecieran las condiciones de las cosas. ¿Había sido culpa suya? ¿De Meridian? Kasey creía que no. Hacía once años, en aquel comedor, no eran más que unas crías. Habían crecido aisladas y solo pensaban en una cosa. Kasey, en la ciencia; Meridian, en la crítica. Kasey no le guardaba rencor. No todas las moléculas estaban destinadas a unirse.

Cerró la transmisión y echó un último vistazo al paisaje que la rodeaba. Se acabó el minuto. Si Leona no aceptaba los robots de reconstrucción, entonces el muelle seguramente se hundiría. Que sucediese lo que tuviese que suceder. No había nada que hacer. Kasey recordó además lo tonta que había sido. Fue tan insegura que había tomado prestadas las emociones de otra persona. Todavía le parecía oír su voz sobre las olas...

Pero sí que había una voz. La estaba escuchando.

Se intuía entre las olas.

¿Qué probabilidades había? Las suficientes como para que Kasey se diera la vuelta, pero no tantas como para que se preguntara si estaba alucinando. O si la habían hackeado.

Desafortunadamente, ambas opciones eran muy remotas. Como figura pública, su biomonitor le llenaba torrente sanguíneo de nanobots cada vez que lo necesitaba con el objetivo de luchar contra los bioterrores. Su retina, su cerebro y su ADN estaban protegidos por tecnología antihackeos. Era una fortaleza. Inexpugnable en todos los sentidos de la palabra.

Pero Actinium no lo era. Y estaba allí, de pie al final del muelle. O, al menos, su holograma semitransparente.

Kasey intentó rastrear una pista que la llevara hasta su cuerpo físico. No lo consiguió. Apretó los dientes, las sienes se le tensaron y sus palabras le resonaron en la cabeza.

—Pensé que podría encontrarte aquí.

—Ha sido un buen truco —dijo él, acercándose.

Además de ser cada vez más fiables, con el paso de los años los hologramas habían avanzado visualmente. El de Actinium logró captar la forma en la que el viento se movía a través de su cabello. Ahora lo tenía más largo. Llevaba la raya en medio y el flequillo despeinado. Estaba más delgado y demacrado. Su gabardina negra ondeaba, con la parte delantera abierta, y debajo se le veía una camiseta blanca que se le pegaba a las costillas. Una leve sombra de barba le oscurecía la mandíbula, pero sus ojos no habían cambiado. Cuando los ojos de ambos se encontraron, Kasey sintió como si estuviera mirándose en un espejo. Aunque no era su yo real, dio un paso atrás cuando lo oyó decir:

»Pero todo el mundo sabe que hay que hacer copias de seguridad de los archivos.

—¿Qué archivos? —pero Kasey lo sabía perfectamente.

Durante seis años, había actuado bajo el supuesto de que todo lo que hacía Actinium lo llevaba a cabo sin tener ningún recuerdo de ella. De ellos. Ahora se daba cuenta de que no había olvidado nada y de que solo había dejado que ella lo pensara...

—Qué desperdicio de espacio —dijo Kasey con expresión inexpresiva.

Así que ella había fracasado. Y Actinium acababa de renunciar a su ventaja al revelar ese hecho. Ella todavía podía ganar. La Operación Reinicio aún entraría en vigor. Esta agitación que sentía en su interior (sentimientos de resentimiento, alegría, humillación, alivio...) era terrible y excesiva, como todas las emociones.

Él solo era un alma, en comparación con las miles de millones que dependían de ella.

—Sigues quitándole importancia a tu autoestima —dijo Actinium, acercándose.

—Sé lo que valgo sin que tú tengas que decírmelo.

—Entonces has cambiado.

Pero él no lo había hecho. Ni mentalmente, desde luego, ni físicamente, al menos en comparación con el último anuncio de búsqueda que Kasey nunca admitiría que había estado mirando.

—¿Para qué has venido? ¿Para regodearte de mi descuido? —preguntó, dando un paso atrás.

—Algo así. —Actinium se detuvo exactamente a 3,128 metros de distancia, según su Intrarrostro—. Pero sobre todo para decirte que vas a fracasar.

Imposible. La mente de Kasey barajó todas las posibilidades. Las cápsulas de inmovilidad estaban vigiladas las veinticuatro horas del día; su plan original de diseñarlas con un bloqueo permanente, activado por rango, ya no era factible. También estaba la tecnología del barómetro, pero, incluso si Actinium pudiera replicarla y manipularla para despertarlo a él antes que a los demás... ¿qué haría después? Las cápsulas de la población eran infranqueables sin Kasey, como rehabitador cero, y la cápsula de Kasey solo se abriría cuando la encontrara su robot, a la que había programado para sacarla de la inmovilidad independientemente de la legislación...

—He desarrollado robots que saben exactamente cómo detener al tuyo.

«¿Y qué?», estuvo a punto de preguntar Kasey. «No puedes elegir quién se despierta y quién no. Solo yo puedo hacerlo». Sin Kasey, de hecho, nadie despertaría...

Nadie despertaría.

Detenla, evita que su robot la despierte, y todo el mundo permanecería en un estado perpetuo de inmovilidad.

Sería un mundo sin gente.

—No puedes detener a mis robots —Kasey se alegró de que su voz sonara monótona. No revelaba nada, ni su horror, ni su enfado, ni su vergüenza. Se había equivocado. Él sí había cambiado, de monstruo a algo peor—. Mátalos y simplemente se regenerarán.

—Hay otras maneras de desviar a una persona de su rumbo.

—¿Estás hablando por experiencia personal? Porque no creo que yo te haya apartado del tuyo.

Ante eso, sonrió. ¡Qué valor! Dio otro paso hacia adelante y Kasey reaccionó instintivamente con otro hacia atrás. Excepto que ya no había más muelle detrás de ella.

Solo el mar.

Su centro de gravedad se desplazó. Sintió que el cielo daba vueltas sobre ella y solo se paró porque algo la había agarrado de la cintura.

—Hay quien piensa que todo se decide en el último paso —murmuró Actinium, rozándole la oreja con los labios. Los ojos se le abrieron como platos. Su calidez era real. También lo era el roce de su brazo. La presión de su pecho—, pero la mayoría de las decisiones se toman antes de llegar al borde.

Él la soltó y dio un paso atrás. Mientras lo hacía, su figura brilló. Su opacidad aumentó al 100% cuando apagó el filtro de ilusión que se había puesto a sí mismo. Lo había calibrado para que coincidiera perfectamente con los ajustes preestablecidos del Intrarrostro de Kasey. La engañó por completo haciéndole pensar que había venido como un holograma cuando en realidad sí que estaba allí. Físicamente.

En carne y hueso.

Ella podría matarlo. Él podría matarla. Tan cerca, podría haberle disparado a quemarropa.

¿Por qué no lo hizo?

—Conozco tu mente tan bien como tú conoces la mía —dijo, pero ¿tenía razón? ¿Por qué había renunciado al elemento sorpresa? ¿Cuál era el beneficio para compensar el riesgo? Seguramente en cualquier momento, Actinium revelaría su verdadero plan.

Pero, mientras el cerebro de Kasey exploraba las posibilidades, él se alejó.

—Ya veremos quién gana. Dentro de un milenio —dijo él abandonando el muelle. Algo brillaba al final del mismo, oculto por la misma tecnología de ilusión que Actinium había usado consigo mismo.

Una robonave.

Al verla, Kasey se activó. Sacó el REM que siempre llevaba consigo y disparó.

Falló.

El siguiente disparo alcanzó la robonave y la dañó, pero el efecto de parálisis fue anulado al tratarse de un objeto inanimado. Actinium se subió y la robonave se elevó hacia el cielo.

Desapareció en un abrir y cerrar de ojos.

Ya en su unidad, Kasey se metió en la ducha de aire. Después de unos minutos, cambió al modo acuático.

Fue uno de los pocos lujos que se permitió. Celia tenía razón; el aire no tenía ni de lejos el efecto limpiador del agua. Al final de un largo día, una ducha caliente era lo que Kasey necesitaba para sentirse renacer.

Pero hoy, por muy abrasadora que fuese la temperatura, parecía no poder desinfectarse la piel. Solo sintió que se enrojecía y que la sangre se le calentaba.

Si se hubiera dado cuenta de que él era real desde el principio, ahora Actinium estaría en prisión. Si hubiera sido más rápida, más astuta... Si hubiera tenido mejor puntería.

La mayoría de las decisiones se toman antes de llegar al borde.

Sin secarse, Kasey se sentó al pie de su cápsula de inmovilidad y se frotó la C tatuada alrededor de su muñeca derecha mientras reflexionaba.

Una persona normal en su posición, con una moral convencional, notificaría a la Unión Mundial la información que había descubierto. O, mejor dicho, que nunca había olvidado. Habiendo dedicado los últimos años de su vida a estudiarlas, Kasey era capaz de realizar acciones humanas normales. Podría hablar de su relación con Actinium, si se lo pedían, incluso si eso significaba perder su autoridad como directora del departamento científico. No era ese el motivo de su indecisión.

No era ese el motivo de su duda.

Las personas son la enfermedad, Mizuhara.

Al igual que Kasey conocía los comportamientos humanos al dedillo, también conocía los peligros. Las falacias lógicas. El sesgo de confirmación. Cualquier posibilidad de que la solución no fuera un éxito absoluto haría que, en el peor de los casos, la Operación Reinicio fuera cancelada, y, en el mejor de los casos, paralizada. El sufrimiento se prolongaría quién sabe cuánto tiempo mientras el mundo redoblaba sus esfuerzos en capturar a Actinium. Ganaría en su propio juego con tan solo evitar ser capturado.

Menudo criminal. Debería haberla matado. *¿Por qué no lo hiciste, Actinium?*, pensó Kasey.

Su propio cerebro conjuró la respuesta de Actinium.

Por la misma razón que tú no me mataste a mí.

Con la mandíbula tensa, Kasey se levantó y miró hacia el interior de su cápsula de inmovilidad. Su acabado brillante reflejaba a una mujer que había logrado convencer a su especie entera para seguirla hasta las profundidades del mar.

Pero ella no era una más. Y, a diferencia de la niña que fue, había dejado de desear serlo. Esta era quien realmente era.

Tenía su propia visión del mundo, al igual que él.

Tenía sus robots. Él tenía los suyos.

Sería su hipótesis contra la de ella.

Si crees en él, sigue adelante con el experimento, parecía oírle decir.

¿Y si no se lo contara al resto del mundo? Se entendería como si hubiese estado apostando con vidas humanas. Pero no todas las apuestas eran una imprudencia. Sus laboratorios habían sometido a sus robots a todas las simulaciones imaginables, con una tasa de éxito del 98,2%. Es posible que la población media no hubiera sido capaz de tolerar una probabilidad de fracaso del 1,8%, pero Kasey sí. La probabilidad estaba de su lado.

No siempre lo había estado. Los primeros robots se habían desviado de su programación una de cada cinco veces para elegir su propia libertad. No todo el mundo tenía tantos intereses sociales como Kasey había supuesto. Se necesitaba un cierto tipo de persona para finalizar el proyecto: una persona impulsada por la necesidad de ser necesitada, alguien que no se refugiara en una casa sino en un corazón. Kasey se dio cuenta de que Celia era esa persona cuando pasó el chip de los recuerdos de su hermana por el generador de la simulación. Había aceptado su pronóstico terminal, en parte para evitar condenarse a pasar toda la vida en una cápsula y en parte para evitar que Kasey también se encerrase. Hasta el día de hoy, Kasey no estaba de acuerdo con la decisión. La consideraba extrema y basada solo en los propios prejuicios de Celia. Pero su hermana era una simple humana tan propensa a las creencias dañinas como cualquier otra persona. A Kasey le había tomado mucho tiempo aceptar que el miedo de Celia a decepcionar a sus seres queridos podía considerarse un defecto. Tenía sus propias inseguridades, al igual que Kasey, y un millón de facetas que Kasey, demasiado cegada por las más brillantes, solo vio después de que su hermana se hubiese marchado.

Pero más vale tarde que nunca. Una vez que Kasey aceptó que ella y su hermana eran tan parecidas, supo lo que tenía que hacer. Con su aprobación, su laboratorio abandonó la programación de los robots con recuerdos genéricos y utilizó los de Celia directamente. Fue una elección lógica, ya que eliminaba los errores de replicación e incluso le proporcionó a Kasey cierto consuelo difícil de explicar. Ella confiaba en Celia. Puede que no fueran uña y carne, por usar el lenguaje de la gente normal, pero su vínculo podría salvar cualquier distancia mental o temporal.

Sí. Aunque Kasey no pudiera evitar pensar en Actinium, también creía en sus habilidades y en la perfección de su diseño.

Sin embargo, como todo, le había llevado tiempo, y los últimos seis años le habían pasado factura. Si Celia hubiera estado viva, se habría horrorizado al ver el estado de su pelo (encrespado para ahorrar en productos), su espacio vital (espartano como una estación espacial) y su inexistente vida social. Pero Celia también se habría sentido orgullosa. Cuando Kasey entendió a su hermana, se dio cuenta de que Celia nunca había tenido miedo de sus robots. Tenía miedo de fallarle a Kasey, de no estar cuando Kasey, sin saberlo, la necesitara más que a cualquier otra cosa en el mundo.

Celia no debería haberse preocupado. Ahora, Kasey no necesitaba muchas cosas. Y las que necesitaba (sus robots, sus laboratorios…) eran dispensables. Celia no.

El único lugar donde Kasey todavía encontraba a Celia era en sus sueños. Su hermana estaría esperando todas las noches, sin importar cuánto tiempo le tomara a la mente de Kasey liberarla. Juntas bajarían al mar por una escalera. Se bañarían durante días bajo el sol, y Kasey le diría estas palabras desde el fondo de su corazón:

Te quiero.

Y, aunque me fallaras,

no te cambiaría por nadie.

Agradecimientos

Aunque escribí esta historia por primera vez en 2017, la he estado reescribiendo hasta 2020. Fue una experiencia extraña, cuanto menos, trabajar en una trama centrada en un desastre global a la vez que ocurría en la vida real. Pero, incluso en un aislamiento no tan diferente al de Kasey, no pasaba un día sin que pensara en mis seres queridos, especialmente en los que hicieron posible este libro.

A Leigh (otra vez) y a Krystal. Creísteis en esta historia antes que yo. Cuando me enfrentaba a un callejón sin salida, vuestras palabras me dieron el valor para darle al botón de enviar.

A John, que tomó la antorcha de la fe y tocó todas las puertas adecuadas. Y también a Folio, Kim Yau, Ruta Rimas y Sarah McCabe: vuestras lecturas me resultaron esenciales.

A Jen Besser, que me hizo sentir tranquila y cómoda durante nuestra primera llamada (cualquiera que me conoce sabe que esto es una verdadera hazaña). Me ayudaste a creer en esta historia. Gracias desde el fondo de mi corazón.

A todo el equipo de Macmillan, entre los que se incluyen: Luisa Beguiristaín, Kelsey Marrujo, Mary Van Akin, Kristen Luby, Johanna Allen, Teresa Ferraiolo, Kathryn

Little, Bianca Johnson, Allyson Floridia y Lisa Huang. Gracias a Brenna Franzitta. Y un gracias gigante a Aurora Parlagreco, no solo por el diseño sino también por el título diseñado a mano.

En lo relativo a la parte artística, gracias a Aykut Aydoğdu por la cubierta, a Paulina Klime y a Eduardo Vargas por las magníficas ilustraciones de la guarda. Gracias por adornar esta historia con vuestro talento.

A todo el equipo de Books Forward, especialmente a Chelsea Apple, Ellen Whitfield y Marissa DeCuir. Gracias por respaldar a Kasey y a Celia tan apasionadamente.

A Marie Lu, por responder a ese correo electrónico hace muchos años y por las amables palabras que me han hecho tener la sensación, tan rara en este mundillo, de que estoy cerrando un círculo.

Una vez más, gracias a todas las personas involucradas en *Descendant of the Crane*. Eliza, me ayudaste a crecer enormemente como escritora y te lo agradeceré en cada libro. Jamie, Lyndsi, Onyoo, Marisa y Jordy, gracias por quedaros con esta ermitaña en el año más ermitaño de la historia.

Al equipo de Indigo, gracias por recomendarlo. A Liberty Hardy por elegirlo como libro del mes. A Daphne Tonge por su Illumicrate. A Emily May, Chaima y Vickie Cai por las reseñas que presentaron el libro a tantos lectores nuevos. Y a los blogueros, bibliotecarios y libreros que ayudaron a *Descendant of the Crane* a encontrar su lugar. Por último, pero no menos importante, gracias a toda la Corte Imperial de Hesina, sobre todo a varios miembros de la vieja guardia: Shealea Iral, Mike Lasagna, Vicky Chen, Samantha Tan, Adrienne McNellis, Mingshu Dong, Bree de Polish & Rustics, Megan Manosh, Harker DeFilippis, Shenwei Chang, Jaime Chan, Sara Conway, Felicia Mathews, Lexie Cenni, Hannah Kamerman, Julith Perry,

Sophie Schmidt, Emily Cantrell, Kristi Housman, Aradhna Kaur, Avery Khuan, Nathalie DeFelice, Justine May, Rebecca Bernard, Lauren M. Crown, Noelle Marasheski, Maria, Angela Zhang, Rita Canavarro, Heather (Young, de Heart Reader), Lili, Stella NBFD, Davianna Nieto, Auburn Nenno, Jocelyne Iyare, Maddi Clark, Danielle Cueco, Zaira Patricia SA, Lauren Chamberlin, Kris Mauna, Sarah Lefkowitz, AJ Eversole, Michelle (magical reads), Anthony G., y Ashley Shuttleworth.

A Michella, Jamie, Kat, amigas y fans. A June y a Marina (dato: Umami Girls es el mejor chat y no puedo esperar a ver todos nuestros libros en las estanterías de las librerías). A Hafsah, la cabra más sabia y maravillosa, con el mejor gusto, y el mejor ojo: no sé qué haría sin ti.

Para Heather, esta reescritura existe gracias a ti. Seguiré escribiendo más historias gracias a ti. Mucho amor, amiga. Espero que podamos hacer esto una y otra vez.

A mis padres, siempre. Gracias por mantenerme viva todos estos años.

Y, finalmente, a William. Guardé el queso solo para ti. En las buenas y en las malas, en la proximidad y en la distancia, tú eres quien estaba destinado a encontrar.

¿TE GUSTÓ
ESTE LIBRO?

Escríbenos a

puck@uranoworld.com

y cuéntanos tu opinión.

ESPAÑA 🎇 /MundoPuck 🐦 /Puck_Ed 📷 /Puck.Ed

LATINOAMÉRICA 🎇 🐦 📷 /PuckLatam

📷 /PuckEditorial

¡Gracias por vivir otra
#EXPERIENCIAPUCK!